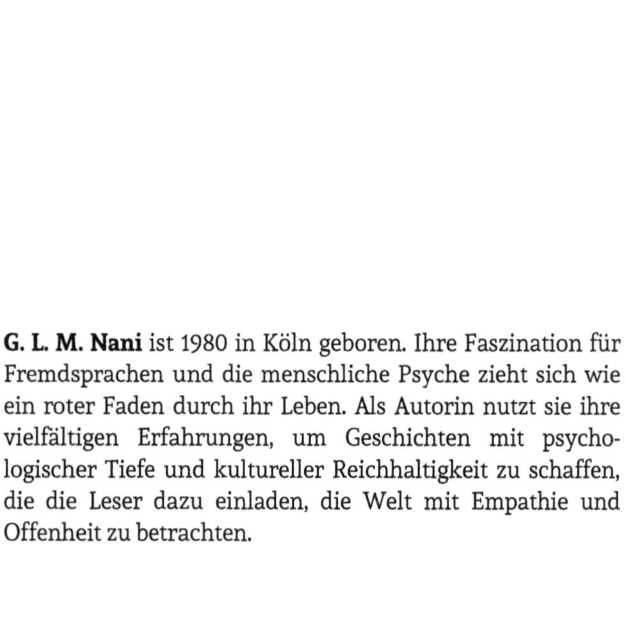

G. L. M. Nani ist 1980 in Köln geboren. Ihre Faszination für Fremdsprachen und die menschliche Psyche zieht sich wie ein roter Faden durch ihr Leben. Als Autorin nutzt sie ihre vielfältigen Erfahrungen, um Geschichten mit psychologischer Tiefe und kultureller Reichhaltigkeit zu schaffen, die die Leser dazu einladen, die Welt mit Empathie und Offenheit zu betrachten.

G.L.M. NANI

FALLEN GODS OF OLYMPUS

STRAFE DER GÖTTER

Erstausgabe Juli 2024

Copyright © 2024 dp Verlag, ein Imprint der
dp DIGITAL PUBLISHERS GmbH
Made in Stuttgart with ♥
Alle Rechte vorbehalten

Fallen Gods of Olympus

ISBN: 978-3-98778-683-9
E-Book-ISBN: 978-3-98778-675-4

Covergestaltung: ArtC.ore-Design / Wildly & Slow Photography
Umschlaggestaltung: ARTC.ore Design
Unter Verwendung von Abbildungen von
stock.adobe.com: © Sentoriak, © Image Lounge, © Image Lounge,
© Chaman, © Cuong
Lektorat: Sandra Florean
Satz: dp DIGITAL PUBLISHERS GmbH
Druck und Bindung: Books on Demand GmbH, Norderstedt

*Eine dankbare Seele sieht in jedem Moment ein Wunder;
sie verwandelt Schwäche in Stärke, und Mühsal in
Erfüllung.*

(Unbekannt)

Der Zorn des Zeus

Was ist erschütternder als ein Himmel, der seine Fesseln sprengt und einen Sturm loslässt? Das Donnern des Zeus! Es hallt in meinen Ohren wie das Zerbersten von Bergen, doch statt Ehrfurcht fühle ich nur eine aufkeimende Rebellion in meiner Brust.

„Hast du dich nicht schon genug ausgetobt, Grandpa?", frage ich mit einer Mischung aus Spott und Trotz in meiner Stimme. Ich weiß, ich spiele mit dem Feuer oder besser gesagt: mit dem Keil, den er so gern schwingt. Aber was ist das Leben ohne ein wenig Aufregung?

„Du respektloses Ding." Seine Antwort kommt so unerbittlich wie das Tosen eines Sturms. „Von allen Göttern bist du derjenige, der mir ein Dorn im Auge ist!"

Ich kann mir das Schmunzeln nicht verkneifen. Es ist ein ewiges Spiel, das wir austragen – eine Schlacht der Sticheleien zwischen dem Gott des Olymp und dem Gott der Liebe.

Meine Geschwister, Anteros und Harmonie, stehen zu meiner Seite, völlig erschrocken über das, was sich hier abspielt. Sie sind nicht wie ich. Das Feuer in mir brennt heißer als in jedem anderen Gott, allenfalls mit Ausnahme meines Großvaters. Und doch sind sie hier, verwickelt in die Konsequenzen meiner Dreistigkeit.

„Langweilig! Sie sagen mir, dass ihnen auf dem Olymp langweilig ist." Zeus' Verachtung schlägt ein wie ein Blitzschlag nach dem anderen, jeder Funke ein Tadel für unsere Undankbarkeit. „Ihr habt das Privileg, auf dem Olymp zu leben, und nennt es langweilig?!"

Die Strafe, die nun über uns verhängt wird, kommt nicht unerwartet, denn in der Welt meines Großvaters bleibt kein Fehltritt ohne Konsequenz. Doch ihre Schärfe trifft selbst mich tiefer als gedacht.

Ein Jahr lang unter den Sterblichen.

Ein Jahr lang unserer göttlichen Umgebung und Privilegien beraubt.

Ich, der Gott der Liebe, soll Liebe und Leidenschaft empfinden, doch ich darf sie nicht ausleben – eine Qual, die tiefer schneidet als jede Klinge. Anteros, der Gott der Gegenliebe, wird umgeben sein von unerwiderten Gefühlen, gefangen in einem Netz aus Verlangen ohne Hoffnung auf Erfüllung. Harmonie eingebettet in Konflikte, ohne Frieden, ohne Ausgleich – eine Ironie, die selbst die Schicksalsgöttinnen zum Lachen bringen würde.

Ich schaue zu meinen Geschwistern, in ihrem Blick spiegelt sich meine eigene Besorgnis wider. Was erwartet uns abseits des göttlichen Glanzes und der göttlichen Macht? Welche Lieder werden wir singen, wenn die Harfen des Olymp verstummen?

Ein bedrückendes Gefühl breitet sich in mir aus, als mir die volle Härte der Strafe bewusstwird. Ein Jahr unter den Sterblichen könnte für einen Gott wie mich eine Ewigkeit bedeuten – eine Ewigkeit ohne die süßen Früchte der Liebe, die ich so großzügig gesät habe. Ein Jahr, um herauszufinden, was Liebe wirklich bedeutet, wenn man sie nicht einfach mit einem Pfeil erschaffen kann.

***

Aus. Ein letztes „krrr" und dann Stille. Der alte Röhrenfernseher meiner Oma zeigt die schwarz-weißen Ameisen, die wie verrückt im Bildschirm umherlaufen. Die abgehackten Sätze des Nachrichtensprechers hängen noch in der Luft: „... *krrr ... dass dies das wohl schlimm... krrr ...witter des Jahr... krrr ... Verlassen Sie heute Nacht nicht ... krrr ... Zuhaus... krrr.*"

Mein Handy hat kein Signal. Ich bin eh müde und muss morgen früh aus den Federn. Soll sich das Gewitter doch die ganze Nacht austoben. Mein Unterbewusstsein wird es tun.

Zwei Arten von Albträumen reißen mich regelmäßig aus meinem Schlaf. Mal ist nur meine Mutter die Protagonistin der onirischen Szene, mal ist mein Erzeuger ebenfalls anwesend, den ich selbst im Schlaf niemals zu Gesicht bekomme. Eins haben beide gemeinsam: Die kleine Siela steht am Ende des Traumes allein da.

Heute spaziert nur meine Mutter durch die Straßen von Morpheus' Welt. Wir befinden uns in der Küche eines verlassenen und heruntergekommenen Hauses. Wir sitzen uns gegenüber auf wackligen Holzstühlen. Ich kann mich nicht an die Lehne stützen, die würde sonst zusammenbrechen. Ich schaue meine Mutter an und habe nur eine Frage, die ich ununterbrochen stelle: „Warum verlässt du mich wieder und wieder?"

Ihre Reaktionen sind ständig anders: Mal schaut sie mich wortlos an oder ignoriert mich, manchmal kann sie mich nicht hören, weil sie Kopfhörer trägt, und es gibt Male, da baut sie eine Mauer aus Stein zwischen uns. Die Antwort, die ich erhalte, ist stets dieselbe, nämlich keine. Dann folgt die Verwandlung. Sie ist schon zum davonfliegenden Vogel geworden, zur emotionslosen Statue oder Puppe und zum Gespenst. Heute Nacht verwandelt sie sich in die Eiskönigin, die mich mit einem Schauer am ganzen Körper und im Herzen da in diesem verkommenen Haus einfach sitzen lässt ...

Acht Uhr dreißig. Das Gewitter hat die ganze Nacht wie verrückt getobt. Wie ein Stier in der Arena, der mit einem roten Tuch gereizt wird. Jetzt ist es still. Die sprichwörtliche Ruhe nach dem Sturm. Oder war es andersherum?

Auf meinem Handy sind keine Nachrichten von Linda und Marc. Äußerst merkwürdig, denn seit Wochen reden sie von nichts anderem. Heute startet unser Seniorjahr. Das letzte Jahr. Und dann? Ja, was dann?

„Siela, Schatz. Frühstück", ruft meine Großmutter aus der Küche im Erdgeschoss.

„Gib mir zehn Minuten, Granny." Ich hüpfe aus dem Bett und achte darauf, dass der rechte Fuß zuerst den Boden berührt. Eine meiner Macken, die mir einen guten Start in den Tag garantiert. Meine Tischlampe funktioniert nicht, wahrscheinlich ein Kurzschluss. Dann wird die Sonne heute mein Zimmer erhellen. Mein Mund steht genauso weit offen wie meine Gardinen, als ich sie links und rechts von mir wegschiebe und aus dem Fenster schaue: Draußen herrscht das reinste Schlachtfeld. Die sonst so friedliche und spießige Nachbarschaft gleicht einer Szene aus einem Apokalypsen-Film. Ich bin sprachlos. Soll ich ein Reel auf TikTok hochladen? Ach, was. Den gleichen Gedanken haben sicher schon tausend andere gehabt, was dann wieder uncool wirkt.

„Sielaaaa!“

Oh, shit! Zähne, Dusche, Zopf, Uniform, Mascara, Lipgloss. Flüchtig betrachte ich mich im Spiegel. *Dünn, undefinierbare Farbe, hängt schief. Und er verpufft. Wie immer.* Der Rahmen, das große Rätsel um meine Wahrnehmung.

Meine Haare habe ich glücklicherweise gestern geglättet. Meine roten Locken sind mir zu wild. Gegen meine Haarfarbe kann ich nichts machen, ich habe es versucht, das Rot gewinnt immer. Aber gegen meine Wellen hilft mein Glätteisen. Ab nach unten.

Der Countrysender, Grannys treuer Begleiter, dudelt ununterbrochen seit siebzehn Jahren aus dem abgenutzten Radio. Mit dem Geld, das mein Erzeuger jeden Monat auf mein Konto überweist, könnte ich ihr Hunderte neuer Radios und HD-Fernseher kaufen, in den größten Formaten. Sie weigert sich. Es sei mein Geld und von diesem Mann, der ihre Tochter auf einen verhängnisvollen Pfad geführt hat, nehme sie keinen Penny an.

„Ist der Fahrer schon da?“

„Noch nicht, Kind.“ *Altes poröses Holz, hängt abfallend seit dem Tag, an dem meine Mutter uns verlassen hat. Und er verpufft. Wie immer.* Den Rahmen um den Kopf meiner Großmutter habe ich lange nicht mehr wahrgenommen.

„Alles in Ordnung? Du hinkst.“

„Ja, mein Herz. Mein Fuß ist nur taub, es wird gleich wieder. Hast du alles?“

„Ja. Sie haben doch alles gestern abgeholt." Das ist der Luxus, eines der teuersten Elite-Internate des Landes zu besuchen. Der Gepäck- und Chauffeurservice ist inklusive. Meinem Erzeuger sei Dank.

„Was möchtest du frühstücken? Möchtest du ein Stück Kuchen? Ich hole ihn gleich raus."

Wann immer ich in den Backofen meiner Großmutter schaue, ist ein Gebäck in der Mache drin. Jedes Mal ein anderes. Heute gibt es Apfelkuchen, meinen Favoriten.

„Nein, danke. Ich trinke nur einen O-Saft."

„Vergiss bitte deinen Termin bei Dr. Alden nicht. Er ist …"

„… übernächsten Dienstag. Keine Sorge, ich vergesse ihn nicht." Ich gehe nur hin, damit sie das Gefühl hat, alles zu tun, was in ihrer Macht steht, um mir zu helfen, und weil ich sie nicht enttäuschen möchte. Auch dieser Arztbesuch wird nichts Wesentliches verändern.

Ein kurzes Hupen erlöst mich. Mein Fahrer ist da. Granny umarmt mich und möchte mich nicht gehenlassen.

„Granny, ich muss los. Wir sehen uns in zwei Wochen", sage ich und wische ihr eine Träne von der Wange. Ich mag es nicht, wenn sie leidet. Und den Kloß in meinem Hals mag ich ebenfalls nicht. Ich packe meinen Rucksack, stecke das Handy in die Hosentasche und gehe.

Loveland Elite Hall, ich komme!

Meine Großmutter wohnt nicht weit vom Internat entfernt. Aber für eine Strecke, die sonst sieben Minuten dauert, braucht mein Fahrer heute ganze vierzig. Äste liegen wie Konfetti auf den Straßen verteilt herum, Mülltonnen querbeet auf den Gehwegen, Baumstämme und Fahrräder haben es sich auf Autos gemütlich gemacht. Wir schlängeln uns da durch. Aber ich habe Zeit. Am ersten Tag beginnt der Unterricht in einer Lightversion: nur zwei Unterrichtsstunden und dazwischen die Mittagspause. Mich wundert, dass ich weder von Linda, noch von Marc etwas gehört habe.

Als wir entlang der Allee auf die Einfahrt des *Loveland Elite Hall* zusteuern, breitet sich eine düstere Pracht vor mir aus. Das schwere Tor erhebt sich majestätisch vor uns. Keine Fernbedienung. Der Fahrer muss aussteigen und es manuell öffnen. Die eisernen Spitzen des Tores wirken wie strenge Wächter, die meine Ankunft kritisch verfolgen. Doch das, was nach all den Jahren stets meine Aufmerksamkeit fesselt, ist das Emblem der alten Eiche, das in dem rostigen Tor eingearbeitet ist. Sie ist das Symbol für Standhaftigkeit und Wachstum. Die Konturen der mächtigen Baumkrone scheinen fast lebendig zu sein und werfen schattenhafte Schimmer auf den Weg, der in das Innere des Internats führt. Unmittelbar hinter dem Tor beginnt die reale Präsenz der Natur: Die Äste der knorrigen Bäume, beladen mit dem satten Grün des Spätsommers, hängen bedrohlich über der Einfahrt, als würden sie eine unsichtbare Grenze zwischen der Außenwelt und dem inneren Heiligtum des Internats markieren wollen.

Linda und Marc stehen schon an unserem langjährigen Treffpunkt in der Nähe des Flügel B des Schulgebäudes. Das alte Pflaster, das von der Auffahrt zum Gebäude führt, erzählt eine Geschichte des Voranschreitens. Jeder Stein trägt die Erwartungen und Hoffnun-

gen all derjenigen in sich, die diesen Weg vor mir gegangen sind. Das leise Klappern meiner Schuhe und
mein tapsiger Gang auf dem Stein hingegen verraten
nur eins: meine Unsicherheit. Was mache ich nach diesem Schuljahr?

Trotz der beklemmenden Stimmung erkenne ich die
Schönheit des Anwesens und spüre eine gewisse Dankbarkeit, denn all diese Jahre ist es mein Zuhause gewesen. Nun muss ich meinen Platz finden – außerhalb des
Loveland Elite Hall.

Etwas beschäftigt Linda, sie zappelt und hampelt vor
Marc herum. Der hingegen schaut unbeeindruckt
durch die Gegend. Sie bemerkt mich nicht, als ich bei
ihnen ankomme, und redet weiter: „… sogar in Europa
scheint die Verbindung gekappt zu sein! …"

„Guten Morgen", unterbreche ich sie.

„Guten Morgen, Sisi. Was sagst du dazu?", stürmt es
aus Linda heraus.

„Wozu?", frage ich vorsichtig zurück.

„Na, dass wir kein Internet haben! In welcher Welt
lebst du eigentlich? Ist dir nicht aufgefallen, dass du
heute keine Nachricht von mir erhalten hast?"

„Natürlich ist es mir aufgefallen. Es war tatsächlich
mein erster Gedanke heute Morgen", gebe ich zu.

„Und?"

„Na, ich dachte, du seist wegen des ersten Schultages
aufgeregt und meldest dich deshalb nicht. Was sagtest
du mit Europa?", versuche ich, das Gespräch weg von
mir zu lenken.

„Meine Mutter hat heute Morgen mit meiner Tante in
England telefoniert und die hat mit einer Freundin aus

Frankreich telefoniert und beide sagten, dass selbst dort das Internet ausgefallen sei."

„Ja, aber wenn die Telefonleitung funktioniert, wird das Internet es auch bald wieder tun. Wobei es für mich unerklärlich ist", mutmaßt Marc, bevor er jemandem zuwinkt.

Ich folge seiner Handbewegung und zische ihn an: „Marc! Ernsthaft jetzt?" Er weiß, wie sehr ich dieses Mädchen leiden kann, nämlich gar nicht. Trotzdem lädt er sie ständig in unseren Kreis ein.

„Hi", quietscht Betty in die Runde und Marcs Gesicht leuchtet auf.

Was er an ihr so reizend findet, kann ich nicht verstehen. Alles an diesem Mädchen ist falsch, angefangen von ihren Wimpern, weiter zu ihrer Fake-Markentasche, bis hin zu ihren Fingernägeln und dem Zebralachen. Aber vor allem die Art, wie sie mit meinem besten Freund umgeht.

„Habt ihr es schon mitbekommen?", fragt sie, bewegt dabei theatralisch ihre Hand, öffnet entsetzt die Augen und fächert dreimal mit den Wimpern.

„Wir werden ein paar Stunden ohne das World Wide Web überleben, Betty", sage ich lebhaft desinteressiert.

„Was, das? Ach, Quatsch, das meine ich nicht. Also, habt ihr es nicht mitbekommen?" Der Frage folgt eine dramatische Pause. Sie lebt die Tipps unserer Schauspiellehrerin.

„Jetzt rück raus mit der Sprache", kommt mir Linda sichtlich genervt zuvor.

„Die neuen Geschwister ... habt ihr sie noch nicht gesehen? Gott, ihr drei ...“ Theatralische Pause mit Handrücken auf der Stirn. „... auf welchem Planeten lebt ihr?“

Ich wende mich Linda zu, doch bevor eine von uns reagieren kann, plappert Betty weiter: „Drei neue Schüler, Leute! Zwei Brüder und eine Schwester und ich sage nur eins: feuerhammerheiß!“

Sie liebt diese Wortkreationen, die keinen Sinn ergeben und nervig sind, ihrer Meinung nach aber die Bedeutung ihrer Aussagen betonen.

„Auch das werden wir überleben.“ Ich habe genug. Der Klassenraum ist mir in diesem Moment lieber als diese Runde, wobei ich Betty später im Schauspielkurs wieder ertragen muss. Literatur ist heute meine erste Stunde zusammen mit Linda. Ich lasse Marc mit Betty stehen, an seinem Gesichtsausdruck merke ich, dass ihm die Nachricht der neuen Mitschüler nicht gefallen hat. Selbst Schuld. Wenn er Interesse an ihr hat, dann muss er es klar und deutlich äußern. Nicht jeder kann zwischen den Zeilen lesen und was das angeht, ist Betty eine Analphabetin.

„Gib ihr doch mal eine Chance.“ Lindas Stimme reißt mich aus meinen Gedanken.

„Ach, Lin! Du kannst sie doch selbst nicht ausstehen.“

„Ich mache es nur aus Loyalität dir gegenüber“, erwidert meine beste Freundin.

„Bullshit! Ist Loyalität der Grund, weshalb du dich regelmäßig mit Donna triffst, obwohl sie mir den Freund ausgespannt hat?“

„Donna ist meine Cousine. Und es war auf der Grundschule, Sisi. Du warst sieben. Wie wär's mal mit einem richtigen Freund?"

„Wie oft soll ich es noch wiederholen?"

„Ah, ja, wie war es nochmal? Eine Liebe, die nicht nur den Körper, sondern auch den Geist und die Seele erhebt!"

„Was ist so schlimm daran?", frage ich und tue unschuldig.

„Dass es so eine Liebe nicht gibt."

Das weiß ich. Und genau deshalb sage ich das auch. Ich möchte gar keine Liebe in meinem Leben!

„Dabei stehen sie alle Schlange."

„Apropos Schlange. Was ist denn hier los?", versuche ich, vom ungemütlichen Thema abzulenken.

In der Zwischenzeit haben wir das Schulgebäude betreten und vor dem Büro unserer Schulleiterin herrscht ein Gedrängel, wie ich es das letzte Mal auf Taylor Swifts Konzert erlebt habe. Das wird wohl die Wirkung der neuen Mitschüler sein. Ich versuche, mir mit dem Ellbogen meinen Weg in den Klassenraum freizuschlagen, als die Tür von Mrs. Summers Büro aufgeht. Das Gequietsche wird lauter und die Menge teilt sich, so wie angeblich Moses das Meer geteilt haben soll. Drei Gestalten treten aus dem Raum, begleitet von unserer Schulleiterin. Meine Aufmerksamkeit richtet sich auf den Jungen in der Mitte und auf seine braun-grünen Augen. Sein Blick trifft meinen und in diesem Moment scheint alles andere zu verblassen. Ich höre Linda etwas im Hintergrund sagen, verstehe aber kein einziges

Wort. Er nickt mir zu und mein Herz setzt einen Moment aus. *Rubinrot aus eben diesem Edelstein, mit Rissen, schief. Und er verpufft. Wie immer.*

„Leute, bitte macht Platz. Wir sind hier doch nicht auf einer Viehschau!" Mrs. Summers Worte wecken mich aus meiner kurzen Trance und ich laufe zu Linda, die mittlerweile schon im Klassenraum ist.

„Das waren wohl die Geschwister … und ihre Wirkung." Sie zwinkert mir zu und nimmt Platz, den gleichen wie letztes Jahr: vorletzte Reihe direkt am Fenster.

Ich setze mich daneben. „Das waren sie wohl." Wobei ich nur einen von ihnen kurz sehen konnte.

Ich gehe nicht auf Lindas Blicke ein, da ich genau weiß, worauf sie hinauswill. Stattdessen tue ich konzentriert, hole mein Buch, mein Heft und meine Stifte aus dem Rucksack. Ich spitze den Bleistift an, lege alles akribisch genau nebeneinander auf die Bank und beschäftige mich mit ihnen, bis ich aus dem Augenwinkel bemerke, dass sich Linda weggedreht hat. Dann lehne ich mich zurück und warte, dass Mr. Dollman den Raum betritt. Die Klingel hat längst den Stundenbeginn angekündigt, alle anderen Schüler sind schon da und ich höre seine Elefantenschritte und das passende Lachen dazu. Er spricht mit jemandem, öffnet die Tür und hält sie offen. Die Person tritt ein und schaut nur mich an. Ich fühle mich augenblicklich von seiner Präsenz angezogen.

„Bitte nehmen Sie doch in der letzten Reihe Platz, Mr. DeVine. Ich freue mich, Sie in meinem Unterricht begrüßen zu dürfen."

Was stimmt denn mit Mr. Dollman nicht? So hat er bisher nie einen Schüler begrüßt.

Letzte Reihe. Schräg hinter mir. Um an seinen Platz zu kommen, geht Mr. DeVine durch den Korridor an meinem entlang und stößt dabei meinen Bleistift runter. Wir bücken uns beide und unsere Blicke treffen sich erneut. Diese Farbe und dieses Glitzern zu beschreiben, ist so aussichtslos, als würde man versuchen, den exakten Schimmer zu erklären, den man sieht, wenn das Sonnenlicht auf einen Wasserspiegel fällt und in alle Richtungen bricht.

„Dein Bleistift ist ja spitzer als ein Pfeil, sei vorsichtig!", haucht er mir ins Ohr und legt ihn an seinen Platz zurück.

Plötzlich fühle ich mich, als hätte jemand die Schwerkraft ausgeschaltet. Ein Kribbeln zieht durch meine Wirbelsäule und für eine Sekunde steht die Welt still. Mit einer fast schon mechanischen Bewegung setze ich mich wieder aufrecht hin. Ich zwinge mich, das seltsame Flattern in meinem Bauch zu ignorieren und Mr. Dollman zuzusehen, wie er seine Bücher methodisch auf dem Pult stapelt.

„Herzlich willkommen, Seniors. Bevor wir beginnen, lassen Sie uns Mr. Eros DeVine willkommen heißen."

Eros DeVine. Wer solche Eltern hat, braucht keine Feinde! Wie kann man seinen Sohn so nennen?

„Mr. DeVine, möchten Sie sich kurz vorstellen?"

„Sehr gerne, Mr. Dollman ..." Die Stimme ist tief und rau.

Ehe ich wieder in Trance falle, fange ich mich und versuche, mich nur auf den Inhalt und nicht auf den Ton zu konzentrieren. Was ist mit mir los? Alle haben sich zu ihm umgedreht, ich spiele mit meinem Bleistift.

Ich höre, wie er, Eros, kurz lacht und dann weiterredet: „... man könnte meinen, meine Eltern hätten mir mit diesem Namen einen Streich gespielt, statt mir einen Gefallen zu tun ..."

Alle lachen. Ich fühle mich ertappt, was unmöglich ist. Ich spiele mit der Spitze des Bleistifts und tippe sie immer und immer wieder auf die Fingerkuppe meines Zeigefingers.

„... dabei hat es meinen Bruder schlimmer erwischt, er heißt Anteros."

Wie auf Knopfdruck lachen alle erneut.

„Wie der Gott der Gegenliebe ...", flüstere ich.

„Wie der Gott der Gegenliebe", sagt Eros und ich bin mir unsicher, ob er es aus eigener Initiative von sich gibt oder ob er meine Worte wiederholt. „Ich freue mich auf das Seniorjahr hier mit euch."

Alle lachen, lächeln, tuscheln untereinander und drehen sich wieder nach vorn. Ich bin so vertieft in meine Gedanken, dass ich völlig vergesse, wo ich bin. Plötzlich holt mich ein schmerzhafter Piks in meiner Fingerkuppe zurück in die Realität. Erst jetzt bemerke ich, dass Linda mich anstarrt und dass Mr. Dollman bereits mit dem Unterricht begonnen hat. Ich sauge an der winzigen Wunde, bis sich kein Blutströpfchen mehr bildet, und höre Eros leicht lachen. Ich drehe den Kopf zu ihm. Er fixiert mich und lächelt dabei. Ich schaue schnell wieder weg. Warum schenke ich ihm und seinem doofen Gelächter mehr Gehör als dem Unterricht?

Den Rest der Stunde zwinge ich mich, an den Lippen meines Literaturlehrers zu hängen, der den Kurs mit folgender Ankündigung beendet: „Die diesjährige Klassenlektüre wird Apuleius' *Märchen von Amor und Psyche* sein, aber dazu mehr heute Abend bei der Begrüßungszeremonie." Er zwinkert dem neuen Schüler zu und schon ertönt die Klingel.

„Da hatte heute aber jemand Schwierigkeiten, dem Unterricht zu folgen", sucht Linda das Gespräch auf dem Weg zu unseren Schließfächern.

„Wen meinst du?", stelle ich mich dumm.

„Ernsthaft? Es ist ja nicht so, dass wir schon im Kindergarten in einer Gruppe waren und ich dich in- und auswendig kenne, Sisi."

„Ich verstehe nicht, worauf du hinauswillst." Ich spiele meine Masche weiter.

„Seit dem Moment, an dem dein Bleistift den Boden berührt hat, warst du nicht mehr im Klassenraum."

„Ach, Quatsch!"

Lindas Augenbraue wandert nach oben, das Zeichen, dass sie mir nicht glaubt.

„Ich habe mich gewundert, wie eine Mutter ihrem Kind sowas antun kann und es Eros nennt, wenn es schon mit Nachnamen DeVine heißt ..."

„Hast du, ja?" Die Braue ist weiterhin oben.

„Ja, findest du nicht ..."

Lindas Miene wechselt schlagartig, ihre Pupillen weiten sich überrascht und mir ist klar, dass Eros hinter mir steht. Ich drehe mich um und behalte recht.

„Eventuell kannst du meine Mutter irgendwann mal selbst fragen, was sie dazu geritten hat, mir diesen Namen zu geben", sagt er mit einem süffisanten Lächeln.

„Ich ... also ... ähm ... es tut mir ... ähm ...", stammele ich. Was ist heute nur mit mir los?

Wieder schaut er mich mit dieser arroganten Haltung an. Ich bin mir sicher, dass er genau weiß, wie er auf seine Mitmenschen wirkt. Er lächelt. „Du musst dich nicht rechtfertigen, ich weiß, dass es kein gewöhnlicher Name ist. Du bist aber auch nicht gewöhnlich."

Oh, nein, jetzt fängt das Geflirte an.

„... nicht jeder kennt den Namen des Gottes der Gegenliebe."

Er hat mich doch gehört! Ich habe es vor mich hin geflüstert und bin mir sicher, dass es nicht einmal Linda mitbekommen hat. Wie kann er?

„Und ich sagte doch, du sollst vorsichtig mit dem Bleistift sein." Diese Worte haucht er mir wie vorhin ins Ohr und ist dann weg, ohne sich zu verabschieden.

Linda macht keine Anstalten, sich das Schmunzeln zu verkneifen.

„Also, wo waren wir stehengeblieben?"

„Lin, bitte." Ich erblicke Marc, der an seinem Schließfach herumfuchtelt. „Hey, Marc. Hier sind wir." Dass er meine Rettung ist, hat mein Tonfall verraten.

„Lenke ruhig vom Thema ab", beendet Linda unsere Konversation.

„Hey, Mädels. Wie schaut's aus? Hunger? Habt ihr in die Speisekarte geschaut? Das Internet ist wieder in Betrieb. Hing wohl alles mit diesem ungewöhnlichen Unwetter zusammen."

„Wie schaut's aus, Sisi? Hast du Hunger oder ist dein Bauch voller Schmetterlinge?", zieht mich Linda auf, während wir zu dritt in den Speisesaal laufen.

Ich antworte nicht, ganz Unrecht hat sie aber nicht. Ob es Schmetterlinge sind, weiß ich nicht, auf jeden Fall grummelt es leise in der Magengegend.

Der Speisesaal ist überfüllt. Wie an jedem ersten Schultag. Die Wahl der warmen Gerichte macht mich nicht an. Ich pflücke mir einen Salat aus der Greenbar zurecht. Mehr Oliven, Hähnchenstreifen und Käsewürfel als Grünzeug und Tomaten, so liebe ich ihn. Ich schaue auf meine gefüllte Bambusschüssel wie auf ein Gemälde und bin zufrieden mit dem Ergebnis. Marc und Linda sitzen schon an unserem Stammplatz, dem großen Achtertisch, den nur wir drei belegen. Als ich zu ihnen komme, sind sie in ein Gespräch vertieft. Linda stochert in ihrem matschigen und fettigen Kartoffelgratin herum. Ich bin dankbar, dass ich mich für den Salat entschieden habe, und setze mich an das Tischende zwischen den beiden.

„Erster Schultag nach den Ferien und wir haben schon Hausaufgaben", seufzt Marc. „Zumindest haben wir jetzt besseres WiFi als letztes Jahr. Vielleicht überlebe ich den Physikunterricht, ohne einzuschlafen."

Linda verdreht die Augen und klopft auf ihr Buch. „Es geht doch nichts über das echte Gefühl von Papier zwischen den Fingern. Wer braucht schon WiFi, wenn man eine Bibliothek voller Bücher hat?"

„Ich nehme das WiFi", entgegnet Marc und tippt auf seinem Handy herum. „Stell dir vor, du musst jeden Tag Bücher mit dir herumschleppen."

„Das würde dir ein bisschen Muskeln geben", sage ich und zwinkere ihm zu.

„Wozu Muskeln, wenn man Gehirn hat?", kontert Marc, schaut dabei aber nicht auf. „Ich setze auf geistige Stärke."

„Ach, wirklich?", frage ich und kann mir ein Kichern nicht verkneifen.

Linda beginnt zu lachen und als sie etwas sagen möchte, verschluckt sie sich an ihrem Wasser und sprüht es quer über den Tisch.

Nachdem wir uns beruhigt haben, schaue ich nach vorn und mir gefriert der ganze Körper. Auf der anderen Seite des Saals steht Eros, sein Kopf ist in meine Richtung gewandt. Er ist zu weit entfernt, um Details erkennen zu können, doch offensichtlich ist seine Aufmerksamkeit auf mich gerichtet. Die neben ihm müssen Anteros und seine Schwester sein. Vorhin habe ich sie kaum wahrgenommen. *Saphirblau aus eben diesem Edelstein, mit Rissen, schief. Und er verpufft. Wie immer. Und Smaragdgrün aus eben diesem Edelstein, mit Rissen, schief. Und er verpufft. Wie immer.*

Jetzt, da seine Ausstrahlung mich wegen der Entfernung nicht hypnotisiert, kann ich das Gesamtbild besser betrachten. Er hat schwarze Locken, die so durcheinanderfallen, dass es fast gewollt aussieht. Die trainierten Muskeln zeichnen sich überdeutlich unter seinem roten, kurzärmeligen Shirt ab. Eine Aufschrift ist auf der Höhe des Herzens gedruckt. Keiner von ihnen trägt eine Uniform.

„Dein Ernst?" Linda stupst mich mit dem Ellbogen an und reißt mich aus meiner heimlichen Bewunderung.

Erst jetzt merke ich, dass seine Geschwister ebenfalls in meine Richtung schauen. Verschämt blicke ich nach unten. Aber es kommt noch besser. Betty, die sonst auf der anderen Seite des Saals sitzt, nähert sich unserem Tisch.

„Ist bei dir frei, Marc?", fragt sie mit klimpernden Wimpern und Unschuldsmiene.

„Aber klar", antwortet Marc, bevor Linda oder ich eingreifen können.

Der Essensplatz, den man sich am ersten Tag aussucht, bleibt für das ganze Jahr. So will es eine veraltete Internatsregel. Herrlich! Mit voller Wucht trete ich unter dem Tisch gegen sein Knie. Er verkneift sich einen Aufschrei und Linda ein Lachen. Im Nullkommanichts sitzt Betty neben ihm und zwei Sekunden später ist mir klar, was Sache ist. Sie hat ihre Gelegenheit gewittert, um den Neulingen näher zu sein.

Sie winkt ihnen zu. „Harmonie?! Harmonie?!" Das muss der Name der Schwester sein. „Hier sind drei Plätze frei!"

Sie hätten ablehnen können, tun sie aber nicht. Alle drei schlendern sie in ihrer vollen Schönheit – und ich muss zugeben, sie sind verdammt schön – zu uns herüber. Harmonie setzt sich anmutig neben Linda, lächelt sie an und Linda – offensichtlich total fasziniert – erwidert das Lächeln. Sie tauschen diese freundlichen Blicke aus, die man gewöhnlich mit jemandem teilt, bei dem man sofort eine Verbindung spürt.

Anteros gesellt sich zu Betty und Eros nimmt selbstbewusst am Tischende Platz, direkt mir gegenüber. Auf seinem Shirt steht „love" in Kleinbuchstaben und Schreibmaschinenschrift gedruckt. Ich werde von zwei leuchtenden, braun-grünen Augen gefesselt.

Ihre Rahmen blitzen erneut auf. Warum?

Das Licht blendet mich dermaßen, dass ich mir ziemlich sicher bin, einem Migräneanfall nicht zu entkommen. Es sei denn, ich verschwinde augenblicklich. Der Appetit ist mir vergangen, genauso wie Marc. Seine Miene spricht Bände. Buchbände.

„Wie viel bist du dir wert, Marc?", frage ich ihn unvermittelt.

Er schaut mich an, als hätte ich ihm die Frage auf Hindu gestellt.

„Um dir das anzutun?" Ich nicke hinüber zu Betty. „Wollen wir gehen?", schlage ich mit möglichst munterer Stimme meinen zwei besten Freunden vor.

„Du hast deinen Salat nicht angerührt", versucht Linda, mich auf meinem Stuhl zu halten.

„Die Oliven sind schrumpelig und schmecken bitter, ich habe keinen Hunger mehr."

„Wegen der Oliven?" Lindas Augenbraue ist erneut oben.

Mehr sagt sie aber nicht, um mich zum Bleiben zu bewegen, sondern wendet sich wieder Harmonie zu, die sie lächelnd etwas fragt.

„Marc, bitte bleib." Bettys Stimme klingt wie Zuckerwatte und er bleibt.

„Dann gehe ich eben alleine." Ich stehe auf und mache mich auf den Weg nach draußen.

„Wir essen noch fertig und kommen dann nach", ruft Marc mir hinterher, kein Anzeichen mehr seines Unmutes.

Ich schaue mich nicht nochmal um, sondern laufe schnurstracks raus und verbringe den Rest der Mittagspause versteckt hinter der großen, alten Eiche, dem Symbol unseres Schulwappens, und meinem Lieblingsplatz. Ich ziehe das Handy aus der Tasche und bin erleichtert darüber, dass ich mich mit meiner Playlist ablenken kann. Ein Wischen über den Bildschirm und meine Lieblingssongs strömen in meine Ohren. Ich hoffe, die Kopfschmerzen bleiben aus!

Ich genieße die Ruhe und kurz vor Pausenende schlendere ich in den Theaterraum zum Schauspielunterricht. Selbst wenn ich nicht gerade als herausragende Schauspielerin glänze, schätze ich Mrs. Dawsons unkonventionelle Unterrichtsmethoden. Angefangen vom Gefühlskreis zu Beginn jeder Stunde. Ich nehme auf einem der ungemütlich harten Holzstühle Platz. Heute bin ich ausnahmsweise die Erste. Nach und nach trudeln die anderen ein, leider auch Betty. Mrs. Dawson begrüßt uns, zieht ihre Schuhe aus, nimmt das Klassenbuch und kritzelt hinein. Sie erledigt die Bürokratie immer lieber sofort.

„Herzlich willkommen im neuen, eurem letzten, Schuljahr." Sie holt einen weiteren Stuhl, bittet Betty und Donna, ein wenig Platz zu machen, und platziert ihn zwischen sie. „Bevor wir beginnen, lasst uns bitte noch auf euren neuen Klassenkameraden warten. Ah, da ist er schon."

Die Tür öffnet sich und er spaziert herein. Das kann nicht wahr sein! Zwischen Betty und Donna, direkt mir gegenüber, setzt sich Eros DeVine und fixiert mich eindringlich.

Ich schaue sofort weg, was mir diesmal nicht schwerfällt, denn Eros' Sitznachbarinnen biegen und winden sich vor Freude in ihren Stühlen wie Klapperschlangen, wenn sie mit einer Flöte gelockt werden. Peinlich! Er scheint unbeeindruckt vom Tanz der Damen, seine Aufmerksamkeit ist stur auf mich gerichtet. Ich drehe mich demonstrativ zu Mrs. Dawson und hoffe, dass sie bald mit dem Unterricht beginnt.

„Mr. DeVine, herzlich willkommen in meinem Unt–"

Shit! Mein unzufriedenes Stöhnen muss zu laut gewesen sein. „Stört Sie etwas, Ms. Chrysalis?"

„Nein, alles in–"

„Ich würde vorschlagen, Sie steigen heute als Erste in den Gefühlskreis, Ms. Chrysalis", unterbricht sie mich. „Mr. DeVine, kurz für Sie zur Info: Der Gefühlskreis ist unsere besondere Art, den Unterricht zu starten. Jemand setzt sich in die Mitte des Kreises und sagt mit einem Wort, wie es ihm geht. Wem spontan eine Frage zu dem Gefühlszustand einfällt, der steigt mit in den Kreis und daraus ergibt sich dann ein meist wunderbarer Impro-Dialog, den wir als Basis für unsere Schauspielstunde nutzen."

„Mr. DeVine" bedankt sich für die Erklärung und fängt schmunzelnd meinen Blick ein.

„Ms. Chrysalis, bitte ... the circle is yours!", leitet Mrs. Dawson den ersten Gefühlskreis des Jahres ein.

Sichtlich angefressen ziehe ich den Stuhl in die Mitte des Kreises und überhöre das dezent kratzende Geräusch der Stuhlbeine auf dem Fußboden. Im Zentrum angekommen, wende ich mich um hundertachtzig Grad und zeige dem neuen Mitschüler den Rücken. Ich starre lieber die Lücke an, die mein Stuhl hinterlassen hat, als ihn.

Wie geht es mir? Ich habe im Gefühlskreis nie gelogen. Bisher.

„Mir geht es ... gut." Ich hasse diese Aussage. Es ist die langweiligste und banalste Antwort, die ein Mensch geben kann. Es ist wie ein Schüler mit unglaublichem Potential, der sich aber nicht anstrengt. Wie ich. Keiner steigt in den Kreis. Perfekt, dann kann ich gleich zurück an den Rand. Ich möchte gerade aufstehen, als sich mir zwei Hände sanft und dennoch bestimmt auf die Schultern legen und es mir unmöglich machen, mich zu bewegen. Selbst ohne mich umzudrehen, weiß ich, wer mich lähmt.

„Bist du dir da sicher?“, haucht er mir ins Ohr, aber so laut, dass alle anderen es hören können.

Reflexartig schließe ich die Augen und eine Gänsehautwelle überzieht meinen ganzen Körper. Eros DeVine steht in meinem Gefühlskreis. Ich habe die Wahl, entweder ich steige aus oder …

„Willst du etwa sagen, dass ich lüge?“, bekomme ich einigermaßen selbstsicher über die Lippen.

Mittlerweile steht er mir gegenüber, geht in die Hocke und trifft mich mit seinem Blick. „Es würde mich wundern, wenn es die Wahrheit wäre“, sagt er, ohne mit der Wimper zu zucken.

Wie bitte? Was zum Teufel? Wer glaubt er, wer er ist?

„Warum?“ Warum? Ernsthaft? In mir tobt es und das einzige Wort, das ich herausbekomme, ist ein dämliches „Warum“?

„Weil mir dein Körper etwas anderes verrät.“

„Woher willst du meinen Körper kennen, Eros DeVine?“

„Deinen Körper kenne ich *noch nicht*, aber ich kann Körpersprache lesen. Es gibt nichts, was für mich ungesagt bleibt! Und dir geht es nicht *gut*. Du bist aufgewühlt, unkonzentriert, schaust ständig grimmig drein, hast heute dein Essen nicht angerührt. Dir geht es alles andere als *gut*.“

Was für ein aufgeblasenes, arrogantes und selbstverliebtes Arschloch!

„Ich sage es dir klar und deutlich, Mr. Ich-bin-hier-der-Checker, dann brauchst du nichts an meiner Körpersprache zu lesen: Verschwinde aus meinem Gefühlskreis. Jetzt!"

Ohne den Augenkontakt zu unterbrechen, steht er auf, bückt sich dann wieder und flüstert mir ins Ohr: *„Noch nicht."* Diesmal hat es keiner gehört. Es ist nicht *was*, sondern *wie* er es mir sagt. Ich höre ein Versprechen, sanft wie der Flügelschlag eines Schmetterlings, das trotz meiner Wut eine leichte Unruhe in meiner Magengegend entfacht.

„Na, wenn es hier nicht geknistert hat!" Mrs. Dawsons Äußerung reißt mich aus meinen Gedanken und Empfindungen.

Geknistert? Ja, nee, ist klar. Wenn es hier geknistert hat, dann habe ich einen Oscar verdient. Oder?

„Was sich neckt, das liebt sich. Das ist der perfekte Einstieg für heute ..."

Mehr bekomme ich von der ersten Schauspielstunde in meinem letzten Schuljahr am Internat nicht mit. Was ist verdammt nochmal los mit mir?

DAS SPIEL DES EROS

Auf dem Olymp wäre ein Tag wie jeder andere, ein einfaches Fingerschnippen und die Welt würde sich beugen. Ein Pfeil, gedankenlos in die Luft geschossen, aus reiner Lust am Spiel, und ich würde einen Sturm entfachen, das pure Chaos. Getrieben nicht aus dem Wunsch heraus zu zerstören, sondern aus einem unersättlichen Drang nach Spaß in der endlosen Weite der langweiligen Ewigkeit. Gähn.

Doch hier, in dieser irdischen Sphäre des sogenannten „Elite-Internats", ist das Spiel ein anderes und mit ihm haben sich die Regeln geändert.

Ein Labyrinth der Jugend, wo jedes Gesicht eine Geschichte zu erzählen hat. Bei unserer Ankunft starrten sie uns an, wie Sterbliche es oft tun, wenn Götter unter ihnen wandeln – mit einem Mix aus Ehrfurcht und neugierigem Staunen in ihren Gesichtern.

Sie bemühen sich in ihren täglichen Ritualen, die von flüchtigen Modetrends und endlosen sozialen Tätigkeiten auf ihren Smartphones geprägt sind. In den Korridoren lamentieren sie über triviale Prüfungen, in der Kantine buhlen sie um die Anerkennung ihrer Altersgenossen und sind völlig überfordert von den Donnerschlägen und dem Gewitter meines Großvaters.

Und inmitten all dieser vorhersehbaren Muster und gespielten Dramen tauchte sie auf – Siela. Es brauchte nicht lange, bis sie das Zentrum meines Interesses wurde. Ihre grünen Augen, stolz und herausfordernd, verrieten mir nur eins: Sie ist mein neues Spielzeug.

Meine göttlichen Fähigkeiten mögen mir geraubt worden sein, doch selbst in dieser gedrosselten Form bin ich den Sterblichen weit überlegen in Intelligenz und Schnelligkeit. Ihre Körpersprache und ihre Energie sind derart simpel zu entziffern, dass ich die Gabe des Gedankenlesens nicht misse. Ihr Schlaf so tief, dass die Unsichtbarkeit überflüssig ist.

Meine Geschwister haben mal wieder Grund zur Beschwerde. Anteros, stets so dramatisch, warf mir vor, ich hätte selbst bei der Strafe das beste Los gezogen, während er von der Qual der unerwiderten Liebe heimgesucht würde und Harmonie umringt sei von Konflikten. Und ich? Ich soll Liebe und Leidenschaft zwar spüren, aber nicht selbst erleben dürfen – ein Zustand, den sie spöttisch als kaum eine Veränderung zu meinem jahrhundertelangen Treiben betitelten.

Ich zucke mit den Schultern. Wenn mein Großvater zu dämlich ist, eine Strafe vernünftig zu verkünden, kann ich nichts dafür.

Ich werde dieses Jahr genießen, so wie ich es jederzeit tue. Meine nächste Zielscheibe habe ich bereits ins Visier genommen.

***

Den Schulstart hatte ich mir anders vorgestellt. Ich hatte vor, dieses letzte Jahr passiv und apathisch vor mich hin zu dümpeln. Eigentlich. Wenn ich mir jedoch jetzt die Frage stelle, wie es mir geht, dann kann ich nur antworten: Ich bin aufgewühlt, unkonzentriert, schaue ständig grimmig drein und habe heute mein Essen nicht angerührt. Mir geht es alles andere als gut!

Er kann Körpersprache lesen und das verdammt gut. Nach dem Unterricht bin ich auf dem Anwesen umhergeschlendert. Hier im *Loveland Elite Hall* gibt es kein Anzeichen vom nächtlichen Sturm, ein weiterer Vorteil des Geldes: Die Gärtner und Hausmeister haben die Aufräumarbeiten erledigt, bevor der erste Schüler hereinchauffiert wurde. Was mache ich hier? Diese Frage stelle ich mir nach all den Jahren weiterhin. Ein Mann, der für mich ein Geist ist, überweist mir jeden Monat eine happige Summe. Macht ihn das zum Vater? Und zu welchem Preis? Er hat die Seele meiner Mutter entführt, die durch die Weltgeschichte reist, seitdem er sie verlassen hat. Und ich stehe da, ohne Mutter und ohne Vater. Nur seinen Vornamen hat sie mir mal verraten: Panagiotis.

Mein Handy vibriert und das ist gut so, denn die Richtung meiner Gedanken gefällt mir nicht.

„Wo bleibst du? Die Zeremonie fängt in einer Stunde an", ruft Linda besorgt vom anderen Ende der Leitung in mein Ohr.

Mist! Ich hatte ihr versprochen, mich um halb vier mit ihr auf dem Zimmer zu treffen. Vier Uhr dreiundfünfzig. Dass sie sich jetzt erst meldet ... Ungewöhnlich für Linda.

Ich befinde mich auf der komplett anderen Seite des Flügels C, wo sich unser Schlafbereich befindet, und lege einen Zahn zu.

Es kommen mir schon die ersten Schüler entgegen, die aufgebrezelt in Richtung der Aula Magna laufen. Es sind Marc, Betty und Anteros.

„Hey, Siela“, möchte mich Marc aufhalten. „Du warst in der Mittagspause nicht mehr aufzufinden. Darf ich dich etwas fragen?“

„Nicht jetzt, Marc. Die Zeremonie beginnt in einer knappen Stunde und wie du siehst, trage ich noch meine Uniform“, rufe ich ihm zu, ohne anzuhalten.

„Ich sage doch, dass du an Chronoverschleppung leidest“, ruft mir Betty in der typischen „ich-lache-und-möchte-klug-klingen“-Tonlage hinterher, die sie verwendet, wenn sie jemandem gefallen will. In diesem Fall Anteros.

Genervt verdrehe ich die Augen. Ein letzter Sprint und ich betrete endlich den Flügel C.

„Rennen im Flur verboten, Ms. Chrysalis. Und das seit zweihundertachtunddreißig Jahren“, ermahnt mich Ron, unsere Hausaufsicht. Seine Funktion im Internat ist mir ein Rätsel. Er müsste aufpassen, dass die Jungs im Flügel D bleiben und bloß nicht in unseren Bereich kommen. Aber genau das passiert nicht. Und das seit zweihundertachtunddreißig Jahren!

„Sorry, Ron. Ich habe es eilig. Die Zeremonie beginnt in weniger als einer Stunde.“ Er hat mich sicher nicht gehört und, wenn ich ehrlich bin, galten diese Worte eher als Erinnerung an mich.

Das Treppenhaus des Flügels C ist eine beeindruckende architektonische Kreation. Die majestätische Treppe, die die vier Etagen verbindet, füllt den Raum mit einer Aura vergangener Zeit. Sie besteht aus poliertem Holz, das im Laufe der Jahre eine wunderschöne Patina entwickelt hat. Die Stufen sind leicht abgenutzt, doch trotzdem stabil. Die Brüstung ist mit filigranen Verzierungen versehen, denselben wie am Eingangstor an der Allee. Jedes Mal, wenn ich die Treppen hinaufgehe, frage ich mich, wie viele Schülerinnen über die Jahre ihre Hände auf dem Geländer abgestützt haben. Ein Hauch von Nostalgie und Geschichte ist auf jeder Stufe spürbar. Aber nicht heute. Heute habe ich es eilig.

Der Aufstieg ist von einem warmen, gedämpften Licht erhellt, das durch die farbigen Fenster eindringt. Die regenbogenfarbenen Reflexionen tanzen an den Wänden und begleiten mich fast bis zu meiner Zimmertür.

Da bin ich, endlich! Raum 34 in der dritten Etage, ohne Aufzug. Keuchend lehne ich mich einen Moment an die Tür. Ich höre Linda kichern. Und es ist dieselbe Tonlage wie Bettys, wenn sie positiv auffallen möchte. Mit wem telefoniert sie? Dann ein weiteres Kichern. Jetzt packt mich die Neugier. Mit wem ist sie zusammen? Ohne zu klopfen, trete ich ein. Ich kann nicht sagen, dass ich dieses Zimmer vermisst habe. Mein Koffer liegt auf dem Bett, auch darum hat sich jemand heute gekümmert. Das Gekichere verstummt, sobald ich den Raum betrete.

„Da bist du ja", begrüßt Linda mich. Sie steht vor ihrem Bett und schaut jemanden an, der darauf sitzt. Neben ihr ... das kann nicht wahr sein! Harmonie. Sie verdeckt die andere Hälfte der Person. Wie ein Vorhang gehen beide zur Seite und enthüllen Eros, der lässig auf der Matratze liegt. Mit den Ellbogen stützt er sich ab und grinst mich an.

Prima Arbeit gemacht, Ron. So viel dazu, dass unsere Räume Tabu für Jungs sind. Was machen die beiden hier?

So lässig wie mein beschleunigter Herzschlag es zulässt, bringe ich ein „Hi" über die Lippen. Ich gehe auf Harmonie zu und strecke ihr meine Hand entgegen. Ob sie merkt, dass sie zittert? „Sorry, in der Mittagspause haben wir keine Gelegenheit gehabt. Ich bin Siela", stelle ich mich vor.

Ihre Schönheit ist unverschämt. Wie ihr Verhalten. Mit hocherhobenem Kopf und einem durchdringenden Blick schaut sie mich an und schweigt. Gut, womöglich habe ich es verdient.

„Harmonie, bitte", mischt sich Eros ein.

„Wir müssen los", lautet ihre Antwort. „Ich möchte nicht zu spät zur Begrüßungszeremonie kommen. Linda, begleitest du uns?" Ihre Tonlage ist sanft und passt nicht zu der Art, wie sie mich angeschaut und behandelt hat.

In meiner Aufregung habe ich übersehen, dass sich alle drei schon herausgeputzt haben. Linda trägt ein pinkfarbenes, knielanges Trägerkleidchen, Eros einen anthrazitfarbenen Anzug mit einem hellgrauen Hemd ohne Krawatte. Etwas glitzert an seinem Jackett, es ist eine winzige Anstecknadel, ein Stein im gleichen Rot wie der flüchtige Rahmen, den ich heute Morgen um ihn wahrgenommen habe. Harmonie trägt ein weißes Kleid mit pastellfarbenem Blumenaufdruck und Ohrringe im gleichen Grün wie ihr Rahmen von heute Mittag. Die Rahmen flackern diesmal nicht auf und eine Welle der Erleichterung durchströmt mich, denn die Kopfschmerzen sind bisher ausgeblieben.

„Ähm ... ich ... Sisi?", stammelt meine Freundin.

Ich nehme ihr die Entscheidung ab. „Geh ruhig vor, Lin. Aber halt mir einen Platz frei." Ich zwinkere ihr zu, damit sie kein schlechtes Gewissen hat.

„Okay, also dann bis gleich."

Eros lächelt mich verschmitzt an, seine Schwester hat den Raum schon verlassen, er folgt ihr und als Letzte geht meine beste Freundin.

Ich stehe allein da. Mein Fokus richtet sich auf das dritte Bett. Es ist unsere Garderobe, wie wir es seit letztem Jahr nennen, seit Marta nicht mehr erschienen ist. Ich muss schlucken. Es war unsere Garderobe! Darauf befindet sich nun ein Koffer und auf dem Nachttisch ein Bild von Harmonie mit ihren Brüdern. Herrlich!

Ich habe keine Zeit, mir jetzt Gedanken über unsere neue Zimmerbewohnerin zu machen, sondern muss mich beeilen. Ich schnappe mir das Duschzeug und mein mintgrünes Kleid aus dem Koffer und wie ein Komet in Lichtgeschwindigkeit bin ich bereit. Die Haare binde ich zu einem Messy-Bun zusammen, so muss ich sie nicht nachglätten. Ich trage einen Klecks Lipgloss auf, hole mein Minitäschchen, in das gerade mal das Handy und die Schlüssel passen, und verschwinde durch die Tür. Wenn ich mich spute, kann ich es pünktlich schaffen.

Ron ist in sein Buch vertieft, Teil 127 einer Fantasy-Saga, die nur er zu kennen scheint. Er hebt nicht mal den Kopf, als ich mich von ihm verabschiede und in den Außenbereich des Internats trete. Ein kühler Abendwind und eine erhabene Stille empfangen mich.

Keine Menschenseele weit und breit. Ich liebe diese Stille. Ich entscheide mich, den Weg über die Wiese zu laufen, er ist angenehmer und schneller als der gepflasterte.

„Darf ich dich begleiten?" Diese Stimme! Für einen Moment weiß ich nicht, ob ich die Stille oder diesen Wohlklang bevorzuge. Eros läuft neben mir. Mit seinem Arm streift er meinen und löst ein unerwartetes Kribbeln in mir aus.

„Was willst du?" Ich maskiere meine Überraschung mit einem Anflug von Grobheit.

„Dich begleiten und mich für das Verhalten meiner Schwester entschuldigen." Eros' Stimme ist ernst und sein Blick sucht meinen, während wir langsam den Weg in Richtung Flügel B einschlagen.

„Ich denke nicht, dass dies deine Aufgabe ist."

„Sie hat es nicht leicht. Seit wir hergezogen sind, ist sie … wie soll ich sagen … nicht mehr sie selbst. Neue Leute, neue Umgebung, es ist nicht einfach für sie … für uns, wenn ich ehrlich sein soll. Von jetzt auf gleich hat sich alles verändert. Gestern noch waren wir im wohlbehüteten Heim bei unserer Familie und heute sind wir hier."

Was soll ich darauf antworten? Ich kann ihn gut verstehen. So ging es mir auch. Einen Abend bringt mich meine Mutter ins Bett, liest mir meine Lieblingsgeschichte vor, sagt mir, wie sehr sie mich liebt – und am nächsten Morgen ist sie weg. Wieder. Wenn sie wenigstens gestorben wäre. Der Tod gibt Gewissheit. Aber, nein, sie reist durch die Welt und sucht nach ihrem Panagiotis.

„Aller Anfang ist schwer, ich kann sie verstehen. Mach dir keinen Kopf. Außerdem war ich heute Mittag selbst nicht sehr nett", antworte ich und versuche, die Gedanken an meine Mutter zu vertreiben.

„Du trägst ein wunderschönes Kleid. Das Grün passt hervorragend zu deinem Haar und deiner Augenfarbe." Erneut fixiert er mich von der Seite.

Bitte nicht. „Eros, lass es!"

„Warum? Was habe ich gesagt?"

„Behalt deine billigen Anmachsprüche für dich."

„Anmachsprüche?"

Wir haben es in den Flügel B geschafft. Die Korridore sind leer und die Tür der Aula Magna ist schon geschlossen. Scheiße, wir sind zu spät. Ich laufe einige Schritte vor Eros, will gerade die rostige Türklinke herunterdrücken, als er mich zu sich dreht und ich ihm direkt in die Augen schaue.

„Was willst du? Wir sind spät dran, wir müssen rein."

„Du schuldest mir eine Antwort!"

„Ich schulde dir gar nichts." Meine Stimme ist entschlossener, als ich mich fühle.

„Oh, doch! Was meinst du mit ‚billige Anmachsprüche'?"

„Das Grün passt hervorragend zu deinem Haar und deiner Augenfarbe", wiederhole ich belustigt seinen platten Flirtspruch. „Ernsthaft, Eros? Da muss schon mehr kommen."

Sein Gesichtsausdruck verändert sich schlagartig. Er lächelt und beugt sich zu mir herunter. „Provoziere mich nicht, Kleiner Fuchs!"

Der Hauch seiner Stimme in meinem Ohr setzt eine Welle in Bewegung, die sich durch meinen Körper windet und in meiner Magengegend einen Wirbel erzeugt. Es fühlt sich an, als hätten die Flügel eines einzelnen verirrten Schmetterlings, der im Gegenwind kämpft, meine Innenseiten gestreift. Und wie so oft heute, stehe ich ratlos vor den Gefühlen, die er in mir wachruft.

Ich habe nicht gemerkt, dass er die Tür geöffnet hat, doch nun stehen wir da und schauen uns an, während das komplette Internat uns anstarrt. Mein Gesicht muss röter als meine Haare sein, denn Hitze durchläuft meinen Körper. Ich blinzle und wünschte, ich könnte einfach so verschwinden.

„Ms. Chrysalis, Mr. DeVine, auf Sie beide haben wir noch gewartet. Bitte kommen Sie herein", ruft Mrs. Summer ins Mikrofon. Sie steht auf der Bühne, ihre Hände fest am Pult, und wartet ungeduldig darauf, dass wir unsere Plätze einnehmen. Der Weg durch die Mitte ist schlimmer als der *Walk of Shame*. Denn ich kann nicht mit gesenktem Kopf durch, nein. Ich muss Linda finden. Vereinzelt flackern die Rahmen der neuen Schüler auf. Wo ist sie, verdammt?

Eros scheint es nicht zu stören. Mit einem Grinsen, das Alices Grinsekatze grimmig hätte aussehen lassen, stolziert er neben mir her und genießt die Aufmerksamkeit, die ihm geschenkt wird.

Da erblicke ich Linda und den freien Spot neben ihr. In der zweiten Reihe. Harmonie und Anteros warten auf ihren Bruder in der sechsten.

Die Verkündung des Jahresprogramms ist eine der wichtigsten Zeremonien im *Loveland Elite Hall*. Eine Tradition nennt sie Mrs. Summer. Eine überholte, füge ich hinzu. Und damit meine ich nicht die Bekanntmachung an sich, sondern das ganze Drumherum.

Unsere Schulleiterin steht auf der Bühne, gekleidet wie eine Zeitreisende. Sie scheint die Robe zu mögen und die Motten mittlerweile auch. Der Beginn der Verkündung wird von einer Fanfare eingeleitet. Das Jahresprogramm steht handgeschrieben auf einer Papierrolle und ist ausschließlich in Reimen verfasst. Keiner darf dazwischenrufen und Zustimmung oder Ablehnung mitteilen. Wer hat sich das bloß ausgedacht?

„Liebe Lehrkräfte, liebe Schüler hier im Saal, an dem Loveland Elite Hall erklingt das Fanfaren-Signal. Das Programm fürs kommende Jahr steht nun bereit, voller Chancen und Erlebnisse, für uns alle weit und breit. Ein neues Schuljahr bricht an, voller Elan und Schwung, mit Juniors und DeVines, jung und voller Sprung. Neu in unserer Mitte und doch nicht allein, zeigt ihnen den Weg, lasst uns ihre Begleiter sein. Zu Ehren der DeVines, das Thema wird euch erfreu'n, Griechische Mythologie, Kunst und Literatur, das wird uns erneu'n. ‚Amor und Psyche' werden wir lesen und spielen im Saal, die Griechische Mythologie als Fach, erstrahlt genial.

Das Sportturnier wird nun als Olympische Spiele bekannt, Cricket, Fechten und mehr, das ist interessant. Auch Bogenschießen, Staffellauf und Synchronschwimmen mit dazu, bei den Spielen zeigt eure Talente, voller Elan und im Nu. Das Gala-Wochenende, ein Ereignis voll Glanz und Lied, das Prunk und Party zu einem Erlebnis verschmied'.

Musik, Tanz und Freude, auf unserem Campus so groß, kommt zusammen und feiert, mit viel Applaus und Getos'. Der Zukunftsorientierungstag wird bald sein, Hilft euch beim Planen, bei Träumen, groß und klein. Wo wird euer Weg hingehen, was wollt ihr tun? Mit unserer Unterstützung findet ihr die richtige

Spur im Nu. Wenn ihr eines Tages uns verlasst, wie wird dann euer Pfad? Nach dem Loveland Elite Hall, welchen Weg ihr wohl tretet an?“

Das ist eine gute Frage. Eine andere beschäftigt mich momentan aber mehr: Wer ist diese Familie DeVine und wie viel hat sie gezahlt, dass ein Internat sein komplettes Jahresprogramm auf den Kopf stellt?

Ein Stich am Nacken reißt mich aus meinem Gedanken. Ich schrecke auf, schaffe es aber, nicht aufzufallen. Meine zwei Minuten Ruhm haben mir heute gereicht. Ich fasse an die schmerzende Stelle. Was war das? Ich höre kein Insekt summen. Die Schüler in der Reihe hinter mir folgen dem Geschehen auf der Bühne. Ich blicke zu Boden und da liegt ein hellbrauner Papierflieger. Ich schaue nochmal meine Schulkameraden an, keiner beachtet mich. Ich hebe den Flieger auf. Er hat die Form eines Pfeiles. Da war wohl ein Profi am Werk. Die Spitze ist durch den Aufprall gekrümmt. Es ist kein normales Papier, sondern ... what the f...? Papyrus? Ich betrachte das kleine Kunstwerk und so perfekt, wie der Flieger zusammengefaltet war, beginnt er nun, in meinen Händen auseinanderzufallen. Eine Nachricht offenbart sich:

The game is on, Kleiner Fuchs!

Darunter das Bild eines perfekt gezeichneten Schmetterlings, des Nymphalis urticae – der Kleine Fuchs.

Ich schaue vier Reihen nach hinten und zwei braungrüne Augen fixieren mich.

Es ist eine langjährige Tradition, den Abend nach der Begrüßungszeremonie an der Alten Eiche ausklingen zu lassen. Es ist der erste von vielen. Solange das Wetter es uns ermöglicht, genießen wir die lauen Abende unter freiem Himmel. Es ist ein Mix aus Picknick, Party und Plausch.

Was wird nächstes Jahr sein? Ich habe keine Ahnung. Linda und Marc haben in den Sommerferien fleißig Anschreiben für Unis und Colleges verfasst, während ich mit Nichtstun beschäftigt war. Eine Europareise war Grannys Vorschlag. Allein bei dem Wort fühlt es sich an, als würde sich in meinem Magen etwas zusammenziehen, ein Knurren der Verweigerung. Jedes Mal, wenn meine Großmutter davon anfängt, ballen sich meine Fäuste unwillkürlich. Eine Reise, die so unschuldig klingt und doch so viel Wut in mir hervorruft. Hat sie vergessen, was letztes Mal passiert ist? Eine Europareise hat meine Mutter nach Kreta und in die Arme von Panagiotis geführt. Der Rest ist Geschichte.

Ein Missgeschick ist passiert. Marc, der selbsternannte DJ des Internats, hat sein Handy verloren. Es war ein Moment der Panik, als ihm klar wurde, dass ohne Smartphone keiner seiner legendären Playlists abgespielt werden kann. Doch die Krise wurde schnell abgewendet, als Mr. Langton, unser Musiklehrer, eine alte Stereoanlage aus dem Keller heraufbrachte. Verbunden mit einem kilometerlangen Verlängerungskabel steht sie nun vor der Alten Eiche. Marc arrangiert die kleinen Lautsprecher geschickt auf der Wiese, soweit die Kabel reichen. Bluetooth hat diese Anlage nicht. Er sieht eher wie ein experimentierender Physikprofessor als wie ein DJ aus. Aber die Erleichterung und sein Enthusiasmus sind unübersehbar. *Vinyl, dicker als sonst, mit weniger Kratzern. Und er verpufft. Wie immer.*

Die Musik ist nicht schlecht. Bevor ich überlegen kann, ob ich gehe oder dableibe, zieht mich Linda auf ihre Picknickdecke. Ich mache es mir neben ihr gemütlich und bin gespannt, welche Form der Abend heute annehmen wird. Wir hatten schon die unterschiedlichsten und wildesten Treffen: die Horrornacht, in der wir bis in die Morgenstunden Gruselgeschichten erzählt haben, die 90er-Party inklusive peinlicher Polonaise, die Tequila-Wahrheit-oder-Pflicht-Nacht, an die sich kaum einer erinnern kann, oder das gemeinsame Singen um das Feuer.

„Habe ich die Verkündung richtig verstanden, Sisi?" Nicht nur ich scheine Fragen über die diesjährige Bekanntmachung zu haben. Ich bleibe still und Linda spricht weiter: „Wir haben Griechische Mythologie als neues Pflichtfach? Das Sportturnier wird in Olympische Spiele umgetauft und de facto alles, was wir dieses Jahr tun, hat mit den alten Griechen zu tun?"
Ich nicke.
„Und das wegen der drei Geschwister?"
Ich wiederhole meine jasagende Kopfbewegung.
„Merkwürdig. Sisi, ist alles gut bei dir?"
„Ja. Warum fragst du?"
„Du bist so still!"
„Bin ich das nicht sonst auch?"
„Sisi, wie lange kennen wir uns schon?"
„Was?"
„Nichts. Nichts. Es ist nur, dass du so anders still bist. Nur das."
Anders still. Wie kann man anders still sein? Ich erwidere nichts, umklammere meine Knie und schaue in die Gegend. Um die Alte Eiche herum versammeln sich

nach und nach mehr Menschen. Gekicher und Gesang füllen die Luft. Picknickdecken liegen wie buntes Konfetti verteilt auf der Wiese. Marc scheint die Anlage allmählich bedienen zu können und lässt jetzt eine Schallplatte mit Songs aus den 60ern spielen. Er setzt sich ein paar Decken weiter zu Betty, Donna und George. Es bildet sich langsam ein Menschenkreis um die Lautsprecher, die zwar kratzige, aber doch ziemlich laute Töne von sich geben.

„Marc, was soll dieser Klang-Kompost?", ruft Betty und blickt gleichzeitig in den mittlerweile großen Kreis, um zu sehen, wessen Aufmerksamkeit sie erregt hat.

Ich kann nur die Augen verdrehen. Linda nimmt meinen Unmut wahr, umarmt mich und lacht. Marc steht sofort auf und begibt sich in Richtung Stereoanlage. Er scheint von Bettys abstoßendem Charme wie elektrisiert zu sein. Die Musik wird mit einem Mal sanfter, sie fällt unter das Genre Kuschelrock. Da hegt jemand Hoffnung heute Abend.

Angelehnt an Lindas Schulter schließe ich die Lider und lausche der Musik. Ich weiß nicht, wie lange ich mich von den Noten treiben lasse, irgendwann stupst mich Linda an. Ich öffne die Augen und bereue es sofort. Auf der anderen Seite des Kreises sitzt Eros und starrt mich an.

Ich löse mich aus Lindas Umarmung und bemühe mich, mein Unbehagen zu verbergen. Reflexartig greife ich nach meinem Handy, ein instinktiver Versuch, mich abzulenken. Mein Display zeigt jedoch eine leere Benachrichtigungsleiste, keine dringenden Newsfeeds, die mich erwarten. Linda stupst mich erneut an. Mit einem resignierten Seufzer lege ich das Handy beiseite und richte meine Aufmerksamkeit zurück in den Kreis, der mittlerweile geschlossen ist. Leute sitzen sogar in zweiter und dritter Reihe hinter uns. Sowas ist noch nie passiert. Und dieses Jahr kann es nur an ihnen liegen: an den DeVines.

Wie drei angezogene Unterwäschemodels sitzen sie locker und lässig auf einer schweren Damastdecke. Mein Gehirn spielt Pingpong mit meinen Sehorganen: Das eine will wegschauen, die anderen kleben an Eros. Ich will mir nicht vorstellen, wie peinlich dieses Hin und Her aussehen muss.

Er scheint unberührt davon zu sein, denn seine Augen stehen still. Auf. Mich. Gerichtet.

„Hey, DeVines, ich bin der Tratsch-Tornado im *Loveland Elite Hall* und wenn kein anderer fragt, tue ich es", sagt Betty. „Was bringt euch hierher? Wo ist eure Familie und was macht sie? Das Internet spuckt ja null Informationen über euch aus."

Selbst Bettys penetrantes Organ schafft es nicht, Eros' Aufmerksamkeit von meinem Gesicht abzulenken. Langsam ist es mir unangenehm.

Er ist derjenige der Geschwister, der antwortet, ohne den Blick von mir abzuwenden, was niemandem aus dem Kreis entgeht. „Unsere Familie lebt in Griechenland."

Jetzt verstehe ich meine Abneigung gegenüber diesem Menschen.

„Wir sind Götter."

Wir warten alle darauf, dass er noch etwas sagt. Aber da kommt nichts. Was für ein arrogantes Arschloch!

Mein Körper muss Bände gesprochen haben, denn er fragt mich: „Ist was?"

Ich kann meinen Sarkasmus nicht zurückhalten. „Götter? Ernsthaft?"

Er hebt die Augenbrauen, ein schiefes Grinsen auf den Lippen. „Götter. Ernsthaft."

„Götter der Finanzwelt!", klärt Anteros uns auf und schaut dabei seinen Bruder an. Wenn Blicke töten könnten!

Betty ist natürlich die Erste, die reagiert. „Ich hätte dir geglaubt, dass ihr Götter seid. So märchenhaft betörend wie ihr alle drei ausschaut."

Irgendwie finde ich es amüsant, dass Eros ihr keine Beachtung schenkt.

„Also, erzählt mal mehr", traut sich nun Linda zu sagen. „Wir möchten mehr wissen."

„Unser Großvater hat sein Leben damit verbracht, ein Imperium aufzubauen, das sich über verschiedene Branchen erstreckt", erwidert Anteros und ich merke, wie Eros bei dieser Antwort einen Moment innehält.

Dann finden seine Augen wieder meine und wir teilen einen Moment, der meinem Herz einen Aussetzer verpasst.

„Habt ihr spezielle Talente?", fragt jetzt jemand anders, fast schon hungrig nach Details.

„Ich habe eine Leidenschaft für das Klavier und Ballett und ich liebe es zu schwimmen", antwortet Harmonie mit Samt in ihrer Stimme.

Anteros fügt mürrisch hinzu: „Und ich verbringe meine Zeit auf dem Footballfeld und dem Cricket Pitch."

„Und was ist mit dir, Eros?" Betty hat jetzt erneut das Fragezepter in der Hand und sie wird es so schnell nicht mehr abgeben.

„Ich halte mich mit Dart, Fechten und Bogenschießen fit", antwortet Eros knapp.

„Wer von euch ist Mamas Liebling?" Hat dieses Mädchen denn wirklich kein Schamgefühl?

„Eros. Zweifelsohne! Er ist unser Mamasöhnchen", lässt Anteros die Frage nicht unbeantwortet. Diesmal lächelt er kurz.

„Anteros, bis hierhin und nicht weiter." Eros' Worte bringen seinen Bruder zum Schweigen.

Alle, außer Eros, lachen und die Geschwister werden weiter ausgefragt. Ab einem gewissen Punkt fühlt es sich an, als wären die Fragen nur Hintergrundrauschen zu der stillen Konversation, die zwischen Eros und mir stattfindet. Ich kann nicht erklären, was in mir geschieht. Ich fühle eine Mischung aus Erregung und Unruhe in meiner Brust. Es ist, als würde ein Schwarm bunter Schmetterlinge darin umherschwirren – eine lebhafte Unordnung, die jedes Mal zu tanzen beginnt, wenn wir uns anschauen.

„Glaubt ihr an Schicksal?", fragt jemand plötzlich.

„Absolut", antwortet Eros. Sein Blick fängt den meinen erneut ein und lässt ihn nicht los.

Dieser Abend wird als der in die Geschichte des *Loveland Elite Halls* eingehen, an dem die DeVines unter Beschuss genommen und beleuchtet wurden wie seltene Exponate unter einem Mikroskop.

Für mich wird er als der Abend in die Geschichte eingehen, an dem Eros' Augen meine durchdringt haben. Und ich seine.

„Ich sag doch, du bist anders still“, flüstert mir Linda ins Ohr, kurz bevor wir von unserer Picknickdecke aufstehen, um gegen Mitternacht endlich schlafen zu gehen. „Kommst du mit, Harmonie?“

„Lauft ihr schon vor. Ich hole noch meine Zahnbürste, die in Anteros’ Rucksack ist.“

„Dieser Gott der Finanzwelt erreicht, was bisher keinem zuvor gelungen ist.“

„Und was genau wäre das?“

„Deinen Körper, deinen Geist und deine Seele zu erheben, Siela Chrysalis.“

Ich antworte nicht, sondern zeige ihr wortlos den Papierflieger, den Eros mir bei der Begrüßungszeremonie an den Nacken geschossen hat.

„Sieh an“, sind ihre einzigen Worte und sie lächelt dabei, wie nur sie es kann.

Linda hat nicht mal ihre Zähne geputzt, sie ist sofort ins Bett gefallen und zwei Sekunden später hat sie schon tief und fest geschlafen. Ich habe mich für die Bettruhe vorbereitet und setze mich in meinem Lieblingsschlafanzug, der mit vielen weißen und nur einem einzigen schwarzen Schaf, im Schneidersitz auf mein Bett und betrachte den Mond aus dem Fenster heraus. Er ist fast voll, es fehlt eine minimale Scheibe, bis die Wölfe anfangen können zu heulen. Gott sei Dank, beeinflusst mich der Zyklus dieses Himmelskörpers nicht. Er strahlt heller als eine Straßenlampe. Leider ist es das einzige astronomische Licht, das ich beobachten kann. Es sind zu viele Wolken am Himmel und künstliche Beleuchtung auf dem Internatsgelände. Ich lasse den Tag Revue passieren und kann ihn mit einem Wort, oder besser Namen, zusammenfassen: Eros!

Ich hole den Papierflieger aus meinem Täschchen. The game is on, Kleiner Fuchs! Ein Kribbeln breitet sich über meinen gesamten Körper aus. Meine Lider werden allmählich schwerer und obwohl Morpheus wahrscheinlich um die Ecke lauert, weiß ich, dass ich niemals einschlafen würde, wenn ich die Gardinen nicht zuziehe.

Ich ignoriere bewusst das kleine Känguru in meinem Magen, als ich am Fenster stehe und die Geschwister DeVine unten auf der Wiese sehe. Unfassbar schön. Anders kann man sie nicht beschreiben. Trotz der Dunkelheit bleibt mir ihre Ausstrahlung nicht verborgen. Ihre Körperhaltung strahlt Kraft, Macht und Entschlossenheit aus. Eros' Gestalt erkenne ich sofort. Er steht in der Mitte zwischen seinen beiden Geschwistern, das Gesicht dem Gebäude zugewandt, folglich meinem Fenster. Ob er mich sehen kann? Plötzlich hebt er eine Hand in meine Richtung und meine Zweifel erhalten eine Antwort. Auch die beiden anderen schauen jetzt hinauf. Mist! Ruckartig ziehe ich die Gardinen zu, mein Atem wird schneller. Ich fühle mich wie ein Dieb, der auf frischer Tat ertappt wird. Es kann nicht lange dauern, bis Harmonie hereinkommen wird. Ich krieche ins Bett und ziehe die Decke über den Kopf. Und da öffnet sich schon die Tür. Das ging aber schnell.

„Ich wusste nicht, dass ich mein Zimmer mit einer Stalkerin teile", zischt Harmonie, sobald sie die Tür zu- und abgeschlossen hat. Eine weitere Internatsregel.

Ihr Zimmer? Ich versuche, nicht zu atmen und so still wie ein ausgestopftes Huhn auf der Matratze zu liegen.

„Tu nicht so, als würdest du schlafen. Ich weiß, dass du hellwach bist."

Ich entscheide mich, nicht zu antworten. Meine neue Zimmerbewohnerin lässt es glücklicherweise auf sich beruhen. Das kann ein lustiges Zusammenleben werden. Irgendwann gibt Linda ein paar Schlaftöne von sich, dann liegt auch Harmonie im Bett und schlussendlich hat Morpheus mich doch gepackt. Die sonst so verlässliche Migräne aufgrund der Rahmen bleibt aus. Die Aufregung der heutigen Ereignisse hat sie möglicherweise in den Hintergrund gedrängt.

Die Nacht war zu kurz. Statt des Hahngesangs wecken mich Harmonies und Lindas Gekicher. Eine Strophe des Meisters des Morgengeschreis wäre mir lieber gewesen. Den Grund für die hörbar gute Laune habe ich nicht verstanden. Als ich eins meiner vom Schlaf noch klebrigen Augen aufbekomme, sehe ich, dass beide schon angezogen sind. Mist, es ist später, als es sich körperlich anfühlt.

„Sisi, ich habe so einen Schmacht. Harmonie und ich gehen schon mal in den Speisesaal."

Was für mich absolut in Ordnung ist. „Geht ruhig. Ich trinke eh nur einen O-Saft." Und so kann ich unserer neuen Mitbewohnerin dezent aus dem Weg gehen, die keine Anstalten macht, mich auch nur anzuschauen. Was habe ich ihr getan?

Gekicher begleitet beide nach draußen. Ziemlich gerädert und in Zeitlupe komme ich aus den Federn. Wie immer: Fensterseite und den rechten Fuß zuerst. Mein Stundenplan verrät mir, dass ich heute Schauspielunterricht habe. Schon wieder. Ursprünglich hatte ich mich darauf gefreut, jetzt lässt die Freude nach.

Der Speisesaal ist fast leer. An unserem Tisch sitzt nur Linda. Überall verteilte Krümel und Tropfen verraten mir, dass die Runde größer gewesen sein muss. Auch an Eros' Platz sind Essensreste. Mein Blick huscht durch den Saal, ohne den zu finden, den er sucht.

„Hey, wo ist Harmonie?", frage ich Linda.

„Mit ihren Brüdern in Mrs. Summers Büro", antwortet sie leise und schaut zur Seite.

„Schon wieder?"

„Ja, sie sagen etwas von Uniformen. Keine Ahnung." Ihre Antwort klingt zögerlich und bevor ich nachhaken kann, spuckt sie den Grund für ihre Unruhe aus: „Sisi, ich kann heute Nachmittag leider nicht mit dir zum Schwimmen gehen."

„Oh!", entfährt es mir.

„Ich gehe mit Harmonie und ein paar anderen ins Kino. Es läuft dieser neue Film und alle reden davon." Ihre Worte überschlagen sich fast, als wolle sie damit jeden Einwand verhindern.

Ich starre sie an. „Aber ... das ist doch unser Termin, unsere BFF-Zeit."

„Ich weiß, aber ... ich will ihn unbedingt sehen und du gehst nicht gerne ins Kino." Sie weicht meinem Blick aus. „Ich dachte, das wäre okay für dich. Ich möchte den Film ungern verpassen, nur weil ..."

„Nur weil ich wegen der Rahmen nicht mitkommen kann", vervollständige ich den fehlenden Teil, bemüht um Verständnis. „Du hast recht, Lin. Ich wünsche euch viel Spaß."

„Du bist mir also wirklich nicht böse? Nächste Woche sind wir wieder zusammen beim Schwimmen, versprochen." Lindas Erleichterung ist greifbar. Sie gibt mir einen schnellen Kuss auf die Wange und huscht dann zur Tür hinaus.

Sauer bin ich nicht, aber ein wenig enttäuscht. Natürlich möchte ich Linda den Spaß nicht verderben, schon gar nicht wegen meiner Rahmen und darum geht es mir nicht, sondern vielmehr um unseren langjährigen Schwimmtermin, den sie in einem Wimpernschlag abgesagt hat.

Als ich meinen Gedanken beende, merke ich, dass das Küchenpersonal bereit ist, in seine gewohnte Routine zu starten: Brotkörbe, Aufschnittplatten und Getränkekannen wegräumen, fegen, Tische nass wischen. Wenn ich mich nicht beeile, kann ich meinen O-Saft vergessen. Ich laufe zu den Theken und bitte Adele, unsere Küchenchefin, um einen Moment Geduld.

„Warum können Sie nie ein paar Minuten früher kommen, Ms. Chrysalis?"

Für meine Unpünktlichkeit kann ich leider nichts, sie ist angeboren. Ich behalte den Gedanken aber für mich. Genüsslich schnell exe ich den frischgepressten O-Saft, den Adele mir reicht, und verlasse als letzte Schülerin den Speisesaal.

Mit einer Mischung aus innerlichem Ringen und Herzrasen stehe ich vor dem Theatersaal. Fast pünktlich. Der Stuhlkreis ist schon vorbereitet, Mrs. Dawson wuselt wie ein flinker Wirbelwind herum und fegt mit ihrer Energie die letzten Müdigkeitsreste aus unseren Körpern. Ich stehe zwar an der Tür, doch meine Aufmerksamkeit richtet sich auf den Kreis, in dem ich erneut jemanden vergeblich suche. Ein Lufthauch an meinem Ohr und eine leichte Berührung an meinem

Finger verraten mir, dass die vermisste Person hinter mir steht. Vermisst? Was zum Teufel denke ich da?

„Guten Morgen, Kleiner Fuchs."

Mein Körper fühlt sich an wie eine Melodie, bei der man nicht jede Note trifft: Mein Herz pocht wie verrückt, eine Welle der Erregung durchfährt mich und mein Atem stockt. Ich drehe mich zu Eros um, innerlich springe ich vor Freude, doch es gelingt mir, nicht zu verraten, was in mir vorgeht.

Er antwortet mit einem spitzbübischen Lächeln und zieht seine Hand weg.

„Ms. Chrysalis, Mr. DeVine, bitte schließen Sie die Tür und kommen Sie doch in den Kreis", begrüßt uns Mrs. Dawson.

„Euch zwei gibt es ja nur noch im Türen-Doppelpack!", ist Bettys Kommentar. Sie kann nicht ihre Klappe halten.

Jeder sitzt an dem Platz von gestern. Herrlich.

„Guten Morgen in die Runde." Wie sonst auch fängt Mrs. Dawson mit der Bürokratie an. Sie hat einen Stapel Skripte in der Hand und nach der Begrüßungszeremonie ist uns allen bekannt, um welches Stück es sich handelt, das wir dieses Jahr aufführen werden. „Dieses Jahr werden wir die Ehre haben, eine der bezauberndsten Liebesgeschichten der griechischen Mythologie auf die Bühne bringen zu dürfen: *Amor & Psyche!*"

Betty wippt auf ihrem Stuhl hin und her, ihre Beine zucken unruhig, sie kann sie kaum stillhalten und fährt sich dabei nervös durch die Haare. Alles an ihr schreit: Ich will die Hauptrolle! Wie jedes Jahr. Fairerweise muss man sagen, dass sie ihre Sache gut macht.

Ich lehne mich entspannt zurück. Wenn im Stück ein Hirte vorkommt, dann wird dies meine Rolle sein. Wie jedes Jahr. Hinten links auf der Bühne mit dem tiergroßen Stoffschaf an meiner Seite. Woolly Allen könnte ich ihn umtaufen. Ich lächle vor mich hin, stolz und belustigt über meine Namenskreation und merke erst, als mein Sitznachbar mich anstupst, dass mich alle anstarren. Mein Blick huscht hinüber zu Betty, die ihn mit einem glutroten Kopf und einem vernichtenden Ausdruck erwidert.

„Also, Ms. Chrysalis, was sagen Sie?", zieht meine Schauspiellehrerin die Aufmerksamkeit auf sich.

„Was sage ich zu was?", antworte ich, aber dank meiner Beobachtungsgabe – denn nicht nur Mr. DeVine kann Körpersprache lesen – habe ich sofort eine Ahnung, was Sache ist.

„Da Sie und Mr. DeVine mich in der letzten Stunde im Gefühlskreis besonders berührt haben, habe ich mich entschieden, ihnen beiden die Hauptrollen zu geben. Mr. DeVine wird Amor spielen und Sie Psyche."

Das. Kann. Nicht. Wahr. Sein!

„Aber, Mrs. Dawson, ich ... ich kann nicht."

„Wie bitte?"

„Ich habe nie eine Hauptrolle gespielt. Sie wissen, dass ich nicht tanze. Ich bin mir sicher, dass Betty ..."

„In diesem Stück wird nicht getanzt. Die Entscheidung steht, Ms. Chrysalis. Enttäuschen Sie beide mich nicht!", unterbricht Mrs. Dawson meinen holprigen Versuch, mich aus der Rolle zu reden. Ihr Tonfall erlaubt keine Widerrede.

Scheiß Gefühlskreis! Da sitze ich nun mit einer Hauptrolle an der Backe und einem Co-Star an meiner

Seite. Auf beides würde ich liebend gern verzichten. Mein Gegenüber ignoriert mich. Er ist drauf und dran, seinen Charme einzusetzen, um Betty zu trösten. Und es wirkt. Ihre klimpernden Wimpern, das verlegene Lächeln und die geröteten Wangen sind der Beweis.

Selbst als Mrs. Dawson nach dem Gefühlskreis die Skripte verteilt und wir mit dem *table read* beginnen, würdigt mich Eros keines Blickes. Warum tut er das? Und aus welchem Grund stört es mich? Soll er doch! Die Schulglocke ist meine Erlösung, wenn auch nur eine kurze, denn wir werden später die Mittagszeit zusammen an einem Tisch verbringen müssen. Es sei denn, ich verzichte auf mein Mittagsessen, was nicht zur Debatte steht.

Die Stille am Tisch ist ohrenbetäubend. Und alle scheinen es auf mich abgesehen zu haben. Jeder auf seine Art und Weise. Bettys Wut gegen mich ist wieder zurückgekehrt. Sie schaut mich an und schießt giftige Pfeile auf mich. Marc ist bemüht, Betty zu beruhigen. Ich bezweifle, dass er überhaupt den Grund für ihre rabiate Stimmung kennt. Hauptsache, er bekommt eine hauchdünne Scheibe ihrer Aufmerksamkeit. Anteros ist einfach nur da. Er macht einen leidenden Eindruck. Ich frage mich manchmal, was in seinem Kopf vorgeht. Eros lächelt mich süffisant an. Harmonie ignoriert mich. Sie pickt die Erbsen von ihrem Teller, ein Vorhaben, das nicht so gut klappt.

„Verdammt! Ich kann nicht einmal mehr mit der Gabel umgehen, seit wir hier auf der … auf diesem Internat sind", flucht sie.

Nur Linda lächelt mich an und fragt mich, wie der Schauspielunterricht war.

„Nicht jetzt“, antworte ich knapp, da Betty mich weiterhin fixiert.

Linda schaut kurz zu ihr hinüber, lächelt und isst weiter.

„Übrigens, wer kommt heute alles mit ins Kino?“, fragt Betty aus dem Nichts in die Runde. „Du sicher nicht, Siela!“

„Wieso nicht?“, fragt Eros sie, schaut aber mich an. Es gefällt mir, dass es ihn interessiert.

„Sie bekommt Migräne bei einer zu hohen Dichte an Individuenkonglomerat.“

Eros schaut mich weiter an, sagt aber nichts. Ein Anflug von Unzufriedenheit zeichnet sich auf seinem Gesicht ab.

„Ich komme auch“, sage ich, überrascht über meine eigene Aussage und Entschlossenheit. Morgen werde ich es zutiefst bereuen, aber im Moment ist es mir egal.

„Bist du sicher?“, fragt mich Linda vorsichtig.

„Ja, ich möchte sehen, ob der Film dem Hype gerecht wird, und so haben wir trotzdem unsere BFF-Zeit“, erwidere ich. Ist dies wahrhaftig der Grund? Ich weiß es nicht genau.

„Je mehr, desto besser“, mischt sich Harmonie in das Gespräch, die ihren Kampf mit den grünen Kügelchen aufgegeben zu haben scheint. Ihre Tonlage und ihre Miene passen nicht zu ihrer Aussage. „Linda, wir beide könnten schon früher losgehen, um die Tickets für alle zu besorgen. Dann kannst du mir zeigen, wo diese Boutique ist, von der du mir erzählt hast.“

„Ähm ... ähm ...“, stottert Linda vor sich hin.

„Keine Sorge, ich kann für alle vorstrecken.“

Ich glaube nicht, dass sich Linda Gedanken um das Geld macht. Sie schaut kurz zu mir herüber und läuft dann Harmonie nach, die schon auf dem Weg nach draußen ist.

„Wartet, wir kommen mit!", ruft Betty den beiden hinterher. Innerhalb von Sekunden ist auch sie zusammen mit Marc und Anteros außer Sichtweite. Sie folgen ihr wie zwei Schoßhunde auf Schritt und Tritt.

Was ist soeben geschehen? Wie ist es dazu gekommen, dass ich hier allein mit Eros zurückgeblieben bin?

„Dann viel Spaß im Kino", sagt er und möchte aufbrechen.

„Du kommst nicht mit?", frage ich und ärgere mich über den Schimmer an Enttäuschung, der in meiner Stimme mitschwingt.

Seine Augen funkeln. „Möchtest du, dass ich mitkomme?"

„Es war nur eine Frage", antworte ich genervt.

„Meine auch."

Die Weisheit der Athena

„Möchtest du, dass ich mitkomme?", hatte ich gefragt, halb im Scherz, halb aus ernsthaftem Interesse.

Ihre Antwort war ausweichend, doch ihre Augen verrieten mir erneut mehr, als sie wollte. Es war das gleiche Funkeln wie gestern, vor der albernen Zeremonie und beim Lagerfeuer, und wie heute, als sie sich im Schauspielunterricht wunderte und ärgerte, dass ich sie ignorierte. Da ist etwas in ihrem Blick – eine Herausforderung, ein Hauch von Hoffnung, vielleicht auch ein Stückchen Trotz. Da ist dieses Feuer, das mich reizt.

Ich hatte nicht vorgehabt, die anderen ins Kino zu begleiten, nicht wirklich. Flimmernde Bilder auf einer Leinwand anzustarren, welch geistlose und stumpfsinnige Tätigkeit.

„Ich komme auch." Doch diese drei Worte haben mein Spiel geändert. So werde ich also hingehen, um Siela und ihre Emotionen weiterhin zu betrachten.

Ein Schauspiel der anderen Art bieten derweil meine Geschwister. Es amüsiert mich, Harmonies versteckte Frustration zu sehen, ihre sorgfältigen Pläne durchkreuzt von Sielas Unberechenbarkeit. Ihren Kampf mit den Erbsen, ein sinnbildliches Ringen mit der neuen Normalität, die sich ihrem Naturell widersetzt.

Auch Anteros zeigt seine Anpassungsschwierigkeiten, seine Miene oft so starr und durchdrungen von einer Stille, die lauter spricht als der Lärm um uns herum. Er lässt mich die Last der Strafe am meisten spüren.

Doch trotz aller Entbehrungen, trotz des Verlusts unserer Macht finde ich langsam Gefallen an diesem menschlichen Theater.

***

Kinosäle, Jahrmärkte, Konzerte, Einkaufszentren sind meine absoluten Endgegner. Aus der Menschenmenge prasseln jede Menge Rahmen auf mich ein, sodass mich innerhalb kürzester Zeit die Migräne heimsucht. Ich habe alle möglichen Abwehrtechniken ausprobiert: die dunkle Brille, die vor dem Licht der Rahmen schützen soll, die präventive Einnahme von Kopfschmerztabletten, viel Flüssigkeit trinken. Vergeblich.

Auch bei den Kinobesuchen erweisen sich meine bisherigen Strategien als nutzlos. Es spielt keine Rolle, ob ich als Erste eintrete oder als Letzte, ob ich die Rahmen der Menschen nacheinander oder auf einem Haufen sehe. Die Kopfschmerzen sind unvermeidlich. Mal kommen sie schleichend wie ein Dieb, mal stürmisch wie ein Tornado. Ausgeblieben sind sie nie.

Heute ist es nicht anders. *Holz, Stein, Glas, Plastik, Kupfer, schief, gerade, defekt, glänzend, matt. Und sie verpuffen. Wie immer.* Ich nenne sie Rahmen, doch es sind Linien aus Licht und Energie, die um Menschen aufblitzen und die ebenso schnell verschwinden, wie sie erscheinen. Jeder Rahmen ist anders.

Innerhalb der sicheren Mauern des Internats fühle ich mich mittlerweile wohl. Die ersten Tage im ersten Jahr waren schlimm, eine ständige Konfrontation mit einer Flut neuer Gesichter. Doch mit der Zeit wurde das *Elite Hall* zu einem Ort der Geborgenheit. Die Rahmen flackern nur bei neuen Schülern auf.

Linda und Marc haben in all den Jahren gelernt, die Welt ein wenig durch meine Augen zu sehen. Sie bemühten sich, unsere gemeinsamen Aktivitäten so zu gestalten, dass ich nicht leiden musste. So fanden unsere Treffen außerhalb des Internats stets in geschlossenen Räumen statt.

Besonders Linda ist mein sicherer Anker. Bisher gewesen. Als ich den Kinosaal betrete, sind die meisten bereits hier. Marc, Betty und Anteros haben die besten Plätze eingenommen. Sie sind umgeben von etwa einem Dutzend anderer Schüler. Vor ihnen sitzen Linda und Harmonie. Gespräche und Gelächter füllen den Raum. Sie bemerken mich nicht, denn sie sind in eine lebhafte Unterhaltung vertieft. Ich schaue kurz auf die Eintrittskarte, die für mich an der Kasse hinterlegt wurde, und scanne die Reihen nach meinem zugewiesenen Platz. Er ist auf der anderen Seite des Korridors, weit oben, isoliert und am Rand. Ich setze mich hin und blicke auf die leeren Plätze neben mir. Ein Gefühl der Einsamkeit umgibt mich. Ich hätte Harmonie beim Verteilen der Tickets keine böse Absicht unterstellt, wenn ihr höhnisches Lächeln, als sie sich zu mir dreht, sie nicht verraten hätte. Linda, vom Handy abgelenkt, bemerkt nichts davon.

Kurz spiele ich mit dem Gedanken, mich umzusetzen. Dann schließe ich die Augen und entscheide mich, sie zu ignorieren. Die gedämpften Gespräche und das Rascheln der Snacks um mich herum verblassen allmählich. Hinter meinen geschlossenen Lidern nehme ich wahr, wie die Lichter langsam gedimmt werden, und höre die ersten Werbespots auf der Leinwand laufen. Plötzlich fühle ich, wie sich der Sitz neben mir unter dem Gewicht einer anderen Person senkt. Ein leichter Duft, der mir mittlerweile vertraut ist, füllt meine Sinne.

„Darf ich mich zu dir setzen?", haucht Eros mir ins Ohr.

Ich spüre seine Worte an meiner Haut mehr, als dass ich sie höre. Ich halte die Luft an und, ohne etwas zu sagen, nicke ich nur leicht.

Der Film beginnt und ich versuche, mich auf die ersten Szenen zu konzentrieren, aber mein Puls pocht laut in meinen Ohren, schneller als die dramatische Musik, die durch die Lautsprecher hallt. Eros neben mir stiehlt meine komplette Aufmerksamkeit. Er bewegt sich leicht und legt seinen Arm auf die Lehne zwischen uns, dicht an meinen. Meine Finger beginnen, unmerklich zu zittern, und das Atmen fällt mir schwer. Vielleicht ist es die Kühle des Kinos oder die Intensität des Films?

Doch dann passiert es – eine sanfte Berührung, so flüchtig, dass sie auch ein Irrtum meiner Sinne sein könnte. Eros' Finger streifen die meinen, ein zufälliges Streicheln, das eine Welle warmer Schauer über meinen Rücken jagt. Es fühlt sich an, als hätte der leiseste Flügelschlag eines Nachtfalters die Luft zwischen uns für einen unendlichen Moment zum Vibrieren gebracht.

Ich halte den Atem an, mein Herz überschlägt sich fast und ich frage mich, ob er die heftigen Schläge hören kann.

Es hilft nicht, den Fokus auf den Film, das Rascheln der Chipstüten oder das gelegentliche Lachen des Publikums zu richten. Das Gefühl, das diese flüchtige Berührung in mir ausgelöst hat, hat mich komplett eingenommen und ich möchte mehr davon. Als hätte Eros es gespürt, berührt er meine Hand erneut und ich erlaube meinen Fingern, einen Moment länger an den seinen zu verweilen. Doch dann erwacht ein altbekanntes Gefühl und ich weise die Berührung sofort zurück.

„Ich wollte nicht ...", sagt Eros nur und zieht seinen Arm von der Armlehne weg. Mit ihm verschwindet die unerwartete Wärme, die mich nur Sekunden zuvor umfangen hatte.

Für den Rest des Films bemühe ich mich, in die Handlung einzutauchen, es fällt mir aber schwer. Sobald der Abspann erscheint, steht Eros auf und verlässt den Saal.

Ich schaue ihm hinterher. Danke, Mom. Diese Angst, mich auf Beziehungen einzulassen, hast du mir hinterlassen. Und eine weitere vertraute Emotion macht sich in mir breit: Die Wut auf meine Mutter.

Sobald ich an diesem Abend mein Zimmer erreiche, kriecht der Schmerz erbarmungslos in meinen Schläfen hervor, pulsierend und pochend wie ein eigenständiges Wesen, das in meinem Kopf lebt.

Jeder Lichtstrahl, der durch die Ritzen der Vorhänge dringt, fühlt sich an wie ein Nadelstich in den Augen. Ich ziehe die Decke über meinen Kopf und versuche, mich in die Dunkelheit zu flüchten. Doch mit ihr kommen die Erinnerungen an Eros – an seine Nähe, seine zufällige Berührung im Kino – und an meine Mutter.

Ich atme tief ein, versuche, mich auf etwas zu konzentrieren. Auf den Rhythmus meines Atems, auf den Ruf der Eule, die sich im Baum in der Nähe meines Fensters niedergelassen hat. Doch jeder Ton und jeder Gedanke scheinen wie Trommeln in meinem Kopf zu hallen.

Das Wochenende schrumpft auf das winzige Universum meines Bettes zusammen und vergeht in einem Nebel aus Schlaf, Erinnerungen und Albträumen: Warum schwebt sie in meinen Gedanken und meinem Unterbewusstsein? Warum kann ich sie nicht loslassen? Sie war nie an meiner Seite, war stets abwesend. Wie kann man jemanden vermissen, den man nie hatte? Warum fehlt sie mir?

Warum kleben diese Erinnerungen an mir wie nasse Herbstblätter am Fenster, die mir die Sicht verdecken? Erinnerungen, wie wir im Garten eine Gänseblümchenkrone basteln und sie mir sagt: „Du bist eine Königin, gib dich nie mit dem Durchschnitt zufrieden, Siela!" Erinnerungen, wie sie mich kitzelt, bis mir meine Gesichtsmuskeln wehtun vor Lachen. Erinnerungen, wie wir zu dritt auf Grannys Fußboden sitzen, Popcorn essen und meine Lieblingszeichentrickfilme anschauen.

Jedes Mal, wenn wir einen Abend bei Granny verbrachten, wünschte ich mir, er möge nie enden. Denn ich wusste, am nächsten Tag würde meine Mom wieder verschwinden.

Wie gern wäre ich Teil der Nachbarsfamilie gewesen. Spießig und verlogen nannte sie meine Mutter und lachte sie aus. Glücklich nenne ich sie und bewundere sie. Mutter, Vater und Kind. Eine klassische Bilderbuchfamilie mit großem Haus und stets frisch gemähtem Rasen, in der der Vater seine Tochter und seine Ehefrau jeden Morgen an der Türschwelle küsste, bevor er zur Arbeit ging. Ich habe die Tochter beneidet, weil sie das hatte, was mir fehlte. Eine richtige Familie.

Es war schon schwer genug, meinen Erzeuger nie kennengelernt zu haben. Doch meine Mutter toppte alles. Sie kam und ging, ließ Hoffnung entstehen und vernichtete sie unentwegt. Kann die Liebe zu einem Mann stärker sein als die zum eigenen Kind? Ich werde es nie erfahren, denn ich habe mich entschieden, nie zu lieben und demzufolge nie Kinder zu bekommen. Liebe zerstört. Sie führt uns auf eine Suche, als jagten wir einem Trugbild hinterher, einer Fata Morgana.

Und im Namen der Liebe lassen wir jene zurück, die wir weniger lieben. Und die Zurückgelassenen sind geplagt von Selbstzweifeln. Warum nicht sie? Was haben sie falsch gemacht? Waren sie nicht genug?

Und so habe ich mich entschlossen: Zum Schutz meiner selbst möchte ich meine Mutter nie wiedersehen.

Montagmorgen. Die erste Stunde Griechische Mythologie. Sie ist Pflichtfach für das komplette Internat, was bedeutet, dass alle Schüler in der Aula Magna sein werden.

Linda und Harmonie sitzen vorn in der ersten Reihe. Dahinter haben Marc, Betty und Anteros Platz genommen. Für mich ist keine Lücke frei. Seit Freitagmittag

in der Mensa habe ich Linda nicht mehr sprechen können. Wir haben uns kurz abends auf dem Zimmer getroffen, da plagten mich aber schon die Kopfschmerzen. Sie ist dann über das Wochenende zu ihren Eltern
gefahren und heute Morgen erst wiedergekommen. Genauso wie Harmonie, der ich lieber aus dem Weg gehe.
Irgendwo in der Mitte nehme ich Platz. Eros sitzt in der
dritten Reihe. Als würde er meinen Blick spüren, dreht
er sich zu mir und lächelt mich an. Augenblicklich
schaue ich weg, bin mir aber leider bewusst, dass es zu
spät ist. Ich ignoriere das Blubbern in meiner Magengegend und die Erinnerung an seine Berührung im Kino.

Die Aula Magna pulsiert vor Energie und Geräuschen,
als würde ich mich auf einem Marktplatz in Marrakesch um zwölf Uhr mittags befinden und nicht in einem Internat in Loveland um acht Uhr am Montagmorgen. Gemurmel, Gesprächsfetzen, Gelächter, Rascheln von Papier und das Klappern von Stiften. Es
herrscht eine lebhafte Vorfreude. Ich nehme an, dass
alle neugierig auf die neue Lehrerin sind. Laut Betty soll
sie eigens für dieses Fach eingestellt worden sein. Sie
gilt als Koryphäe der griechischen Mythologie. Wer
Bettys Informationsquelle ist, würde ich gern erfahren.

Die für die Lehrer vorgesehene Seitentür an der
Bühne öffnet sich und ein Schleier der Stille legt sich
nach und nach über die Aula: Die Gespräche flauen ab,
das Lachen und das Kichern verebben, das Rascheln
verstummt, einige nehmen eine aufrechte Sitzposition
ein und wir alle richten unsere Aufmerksamkeit auf
die zwei Frauen, die den Raum betreten. Eine davon ist
Mrs. Summer, die zur Einführung mit auf die Bühne
tritt. Ich hoffe, dass uns diesmal das mittelalterliche

Reimtheater erspart bleibt. Neben ihr nimmt Ms. Atherton, unsere neue Lehrerin, ihren Platz ein. Elegant, majestätisch und einschüchternd. Wie eine dorische Säule steht sie neben unserer Schulleiterin. *Marmor, perfekt geschliffen und gerade, wie ich es selten gesehen habe. Und er verpufft. Wie immer.* Es ist nicht allein ihre Haltung, die Respekt einflößt, sondern die Art, wie sie die Luft um sich herum zu beherrschen scheint, als würde sie jedem im Raum direkt in die Seele blicken. Keiner wagt es wegzuschauen, denn ihre Präsenz löst eine seltsame Mischung aus Furcht und Faszination aus. Erwartungsvoll und in der Stille scheinen wir ihr zu sagen: Wir sind bereit, Ihr Wissen und Ihre Weisheit aufzunehmen, Ms. Atherton!

„Viele von euch fragen sich sicher, was zum Zeus die griechische Mythologie in eurem Schulprogramm verloren hat. Noch dazu als Pflichtfach", sind die einleitenden Worte unserer neuen Lehrerin.

Viele kichern, weil sie sich ertappt fühlen.

„Als ich vor einer halben Ewigkeit und sieben Leben mit dieser wundervollen Materie in Berührung gekommen bin, hätte ich niemals gedacht, dass sie mich so weit bringen würde, dass ich heute die Ehre und Aufgabe haben würde, kleine Flammen der Leidenschaft in den Herzen junger Menschen zu entzünden. Denn genau das macht die griechische Mythologie. Ja, viele mögen sagen, sie bringt historisches, kulturelles und interkulturelles Verständnis. Und zweifelsohne tut sie das auch. Aber sie vollbringt so viel mehr. Denn die griechische Mythologie steht nicht für sich. Nein, sie durchdringt Fächer wie Literatur, Kunst, Musik, Geschichte und Philosophie. Mythologische Geschichten sprühen vor moralischen Lektionen und ethischen Dilemmata. Und vor allem – und dies ist das, was mich am meisten fasziniert – erwecken sie die Vorstellungskraft. Geschichten über die Entstehung der Menschheit, über Naturphänomene, über Kriege, über Glauben und göttliche Ordnung und natürlich über Liebe. Sie werden in einem fantasievollen und, lasst mich sagen, wundervollen Licht dargestellt und ermöglichen es euch, eurer Kreativität freien Lauf zu lassen und euch in unterschiedliche Perspektiven einzufühlen. Sagt mir bitte, dass dies nicht wunderbar und einzigartig ist, meine lieben Mythen-Entdecker!"

Ihre Haltung verrät, dass sie keine Antwort von uns erwartet. Selbst wenn sie es täte, würde sie keine erhalten, denn wir sitzen alle sprachlos da, gespannt auf ihre Worte, und warten darauf, dass sie uns mehr erzählt.

„Na, das nenne ich doch Euphorie und Liebe zum Beruf", durchbricht Mrs. Summer die Stille.

„Die griechische Mythologie ist mein Leben, Mrs. Summer, nicht nur mein Beruf!", korrigiert Ms. Atherton unsere Schulleiterin. „Und ich wünsche mir inbrünstig, liebe Mythen-Entdecker, dass ein kleiner Funke dieses Lebens zu euch überspringt. Lasst mich euch mitteilen, was euch dieses Jahr aus mythologischer Perspektive erwarten wird: Unsere Reise beginnt mit einer Einführung der Götter, die auf dem Olymp thronen und die Welt lenken. Wir werden die Grundlagen der Mythen entdecken und die Hauptgötter und ihre Zuständigkeiten enthüllen. Neben Zeus, Achilles, tanzenden Musen werdet ihr staunen, wie stark bevölkert der berühmteste griechische Berg ist. Doch dies ist erst der Anfang! Wir werden weiter unseren Fokus auf die Rolle der Frauen und insbesondere der Mütter in der griechischen Mythologie legen. Ihr werdet feststellen, wie mächtig und einflussreich die Göttinnen und Heldinnen waren und wie sie die Geschicke der Götter und Menschen lenkten. Nicht selten waren sie die treibende Kraft hinter epischen Ereignissen. Wir werden unter anderem die beeindruckende Stärke der Metis, Athena und Aphrodite kennenlernen und herausfinden, wie ihre Beziehungen zu anderen Göttern und zu ihren Kindern ihr Handeln und ihre Entscheidungen beeinflussten."

Ms. Atherton stellt uns lediglich das Jahresprogramm vor, aber sie macht es mit solch einem Gefühlsüberschwang und Erzählkunst, dass ich mich wie in den Mythen selbst fühle. Ihr Vortrag fesselt uns alle.

„Außerdem werden wir uns in die Tiefen epischer Kriege und heldenhafter Taten stürzen und in die Welt der Weisheit, der Künste und der Liebe eintauchen. Hier werden besonders Amor und Psyche ihre Pracht entfalten und ihr werdet die Schönheit der Tragödien und der Leidenschaft erleben. Wir werden einen kleinen Exkurs in die Welt der Halbgötter unternehmen, um zu verstehen, wie sie trotz der feindseligen Haltung einiger Götter ihr Erbe und ihre Kräfte bewahrten und nutzten.

Doch wenn ihr denkt, meine lieben Mythen-Entdecker, die griechische Mythologie sei nur eine Reise in die Vergangenheit, so irrt ihr euch gewaltig! Sie pulsiert in den Adern der modernen Welt und beeinflusst Literatur, Kunst und Popkultur. Ihr werdet staunen, wie viele Ausdrücke in unserer Sprache aus der fabelhaften Welt der Mythologie stammen. Nun, was erwarte ich von euch, meine lieben Mythen-Entdecker? Einen Rucksack voller Neugierde, Abenteuerlust und Fantasie. Lasst uns gemeinsam die Tore zu einer magischen Welt öffnen, begebt euch mit mir auf eine aufregende Reise, bei der ihr euch neu kennenlernen werdet. Macht euch für Wunder bereit!"

Als die Klingel das Ende der Stunde verkündet, breitet sich eine Welle des Bedauerns unter uns Schülern aus. Ich muss zugeben, dass ich Ms. Atherton gern noch eine Weile zugehört hätte. Widerwillig packen wir unsere Hefte und Stifte ein, nur einer stürmt sichtlich angepisst aus der Aula: Eros DeVine.

Ich habe sie nicht gemietet oder gekauft, aber nach all den Jahren habe ich es schon geschafft, die Alte Eiche für mich zu beanspruchen. Mit allen Mitschülern habe ich eine Art stillschweigende Vereinbarung: Wenn ich komme, lassen sie mir den Platz frei. Mit fast allen. Die Neuankömmlinge Anteros und Harmonie DeVine wissen bisher nichts von meinen Eigentumsansprüchen. Sie belegen meinen Platz seit einer ganzen Weile. Und ich lauere wie ein Fuchs darauf, dass sie verschwinden. Auch auf die Gefahr hin, dass Harmonie mich wieder als Stalkerin betitelt. Nach einer gefühlt endlosen Wartezeit räumen endlich beide den Platz und laufen schnurstracks einer Person entgegen. Wenn ich mich nicht irre, ist es unsere neue Lehrerin. Sie ist zu weit entfernt, um es mit Sicherheit sagen zu können. Außerdem ist es mir egal. Hauptsache, ich kann mich endlich an meinen Lieblingsplatz setzen.

Das ist der Ort, an dem meine Gedanken ihre Freiheit erlangen. Hier fliegen sie ungezügelt wie Adler. Meine

Sehnsüchte, Hoffnungen und Träume rennen hier wie wild umher, selbst wenn es nur ein kurzer Auslauf ist. Zu sehr dürfen sie sich nicht entfalten, sonst bekomme ich sie nicht mehr in den Käfig. Wenn ich ihnen freien Lauf lasse, könnten sie mich auf denselben Pfad wie meine Mutter führen.

Hier erlaube ich mir, über meine Zukunft nachzudenken: Was möchte ich nach meinem Abschluss machen? Diese Frage schiebe ich vor mir her. Viel Zeit bleibt mir für eine Entscheidung leider nicht mehr. Der Tag der Zukunftsorientierung naht und für viele Optionen ist die Frist schon abgelaufen.

Nicht ich bin es diesmal, die meine Gedanken abrupt zügelt, sondern ein kollektives Flüstern und Wenden der Köpfe der wenigen Schüler im Garten. Eine magische Anziehungskraft lenkt ihre Aufmerksamkeit – und bald auch meine – in eine Richtung. Zu einem bestimmten Menschen. Egal, wie weit entfernt er sein mag, Eros' Züge sind eindeutig.

Mit jedem Schritt, den er näherkommt, wird mehr von seiner Figur sichtbar. Wie ein Panther joggt er mit anmutigen und rhythmischen Bewegungen. Seine schwarzen Locken sind vor Anstrengung leicht feucht und kleben an seiner Stirn. Seine Muskeln spannen und entspannen sich unter der Haut und nun, da er nur ein paar Meter von mir entfernt ist, erkenne ich ein leichtes Lächeln auf seinen Lippen. Seine Augen funkeln lebendig und energisch. Er hat nichts Freches an sich, sondern eher die Zufriedenheit, im Hier und Jetzt sein zu können. Er scheint in seiner eigenen Welt zu sein und die Bewunderung der Mitschüler gar nicht wahrzunehmen. Ich schaue ihm hinterher, bis er irgendwann in einer Rechtskurve verschwindet.

Eros in Joggingklamotten und leicht verschwitzt sieht verdammt gut aus. So sehr ich diesen Gedanken nicht zu Ende denken möchte, er drängt sich doch ganz weit nach vorn und bittet darum, dass ich ihn anhöre. Irgendetwas scheint in den vergangenen Tagen mit meinem Käfig nicht zu stimmen. Das Bild des joggenden Eros formt sich erneut in meinen Gedanken und diesmal schmunzele ich leicht über meine eigenen unerwarteten Fantasien.

„Was ist so witzig?"

Ich schrecke auf. Überraschend dicht neben mir hat sich Eros niedergelassen. Ich blinzle ein paar Mal, um sicherzugehen, dass es keine Halluzination ist. Sein Duft bestätigt mir aber, dass ich die Realität nicht verlassen habe. Ich fühle mich so, als hätte er die perfekte Lücke in meiner Wahrnehmung gefunden, um sich neben mich zu setzen. Ich bin total verwirrt. Nicht nur wegen seiner scheinbaren Fähigkeit, sich geräuschlos und unsichtbar zu bewegen, sondern weil ich mich erneut ertappt fühle, wie ein offenes Buch, erwischt in einem Moment der intimsten Gedanken.

Meine innere Stimme versucht, mich zu beruhigen, aber egal, was sie sagt, ich kann ihr nicht folgen.

Unsere Blicke treffen sich kurz und Hitze schießt mir ins Gesicht.

„Also?", fragt er mit einer Stimme, die unerklärlicherweise beruhigend und herausfordernd zugleich klingt. Er sitzt mir zu nahe. Viel zu nahe.

Jeder vernünftige Teil von mir sagt mir, dass einer von uns beiden den Abstand vergrößern sollte. Doch es ist mein Platz, mein Zufluchtsort und außerdem möchte ich mich nicht von ihm entfernen. Nein. Doch. Das macht mich wütend. Ein innerer Konflikt entfacht in mir und der Umstand, dass ich ihm wieder in die Augen schaue, ist nicht hilfreich. Dieses braun-grüne Glitzern hat etwas Magisches, es lockt mich an und bringt die Sicherheit meines Käfigs in Gefahr. Stopp!

„Was willst du, Eros?", frage ich schroff, in der Hoffnung, dass er meine Unsicherheit nicht bemerkt.

Er lächelt, jetzt wieder frech. „Die gleiche Frage stelle ich mir auch jedes Mal, wenn sich unsere Blicke treffen. Was will ich?"

„Was sollte dieser Papierflieger, den du mir zugeworfen hast? Und die Nummer im Kino?" Ich ignoriere die Gänsehaut, die meinen Körper überzieht, als ich an die Berührung unserer Finger denke.

„Pfeile sind im Internat nicht erlaubt."

„Was?"

„Ich will dein Herz erobern", wispert er mir kaum hörbar ins Ohr und sein Atem auf meiner Haut lässt mein Herz beschleunigen. Verräter!

„Mir wird gleich übel", flunkere ich und versuche, mich von ihm zu distanzieren, mein Körper hat sich aber gegen mich aufgelehnt. Ich kann mich nicht vom Fleck rühren.

Er zieht eine Augenbraue hoch, sein Lächeln wird ein Stückchen breiter, fast spöttisch. „Ach, wirklich? Dein Puls spricht da eine andere Sprache." Seine Finger streichen sanft über meinen Handrücken, ein weiterer elektrisierender Kontakt. Ich muss es stoppen.

„Hör jetzt auf!" Mein Tonfall lässt keine Annäherung mehr zu.

„Dein Wunsch sei mir Befehl", antwortet er und rückt ab.

Leider muss ich mir eingestehen, dass es doch nicht mein Wunsch war und mich die Lücke zwischen uns nun stört. Eine Weile sitzen wir stumm nebeneinander. Ich zupfe die Grashalme rechts neben mir und starre auf meine Schuhe. Die hätten einen Besuch in der Waschmaschine nötig. Dann traue ich mich und schaue ihn an. Er schaut in die Ferne. Sein Profil ist perfekt. Ein anderer Ausdruck fällt mir bedauerlicherweise nicht ein. Wie eine meisterhaft gemeißelte antike Marmorbüste. Dieser Gedanke ist dermaßen kitschig und ich habe keine Ahnung, woher der entspringt.

„Du tanzt also nicht?", fragt er mich und dreht unvermittelt den Kopf in meine Richtung. Sein Blick trifft mich wie ein Pfeil und in meiner Magengegend explodiert ein unangekündigter Konfettiregen.

„Stimmt. Ich tanze nicht", entgegne ich und frage mich, wohin dieses Gespräch führen soll.

„Schade. Aber es wundert mich nicht." Er lässt den Satz so stehen.

Ich werde nicht darauf eingehen, sondern aufstehen und diese Unterhaltung hinter mir lassen.

„Alles ist ein Tanz, weißt du?"

Dieser Satz lässt mich innehalten.

„Das Leben, die Liebe, selbst unsere kleinen Wortgefechte."

Ich drehe mich wieder zu ihm um.

Er sitzt weiterhin und schaut mich entschlossen an. „Ich wette, wenn du dich einmal traust, wenn du all die Mauern niederreißt und dich wahrhaftig hingibst, dann tanzt du wundervoll. So befreit und leicht, als würdest du schweben."

Ohne zu antworten, drehe ich mich um und gehe los, doch er lässt nicht locker.

„Sehen wir uns morgen im Schauspielkurs?", fragt er und sein Lachen ist wieder da.

„Ich bin morgen nicht da", rufe ich zurück, ohne den Schritt zu verlangsamen. Ich habe meinen Termin bei Dr. Alden – den Termin, auf den Granny so viel Wert legt, obwohl ich jetzt schon sagen kann, dass er nichts verändern wird. Er wird mich nur den halben Tag kosten.

„Du schwänzt?", fragt er.

„Absolut", antworte ich.

„Du kannst doch nicht einfach den Unterricht ausfallen lassen!"

Ich halte kurz inne, wende meinen Kopf zu ihm und mit dem gleichen frechen Lächeln, das er sonst permanent auf seinen Lippen gemalt hat, sage ich: „Wenn du wüsstest, was ich alles kann, Eros." Dann gehe ich weiter.

Sein Lachen hallt hinter mir wider. „Oh, ich weiß es, Siela. Die Frage ist, ob du es weißt?"

Seine Worte treffen ins Schwarze. Eigentor, Siela Chrysalis.

Was mache ich hier? Seit ich sehen und mich einigermaßen artikulieren kann, ist dies der siebenunddreißigste Arzt, dem ich gleich meine Geschichte erzählen werde. Eine bunte Palette an Reaktionen ist mir begegnet. Zusammengefasst: Ich werde nicht ernst genommen. Wie auch? Ich selber tue es nicht und habe keine

Erklärung für den Streich, den mir mein Sehvermögen spielt. Meiner Großmutter zuliebe habe ich mich selbst an sogenannte Heiler gewandt. Ergebnislos. Nach fast achtzehn Jahren habe ich mich mit der Wahrnehmung dieser Lichtblitze abgefunden und hinterfrage sie nicht mehr.

Mrs. Summer zweifelt zusehends an meinem ungewohnten Krankheitsbild, wodurch es schwieriger wird, eine Unterrichtsbefreiung zu erhalten. „Das ist die letzte, die ich unterschreibe und dir aushändige. Und nur, weil deine Oma wirklich sehr besorgt ist."

Und nur ihretwegen sitze ich jetzt hier im Wartezimmer und warte darauf, aufgerufen und später belächelt, ausgelacht oder gar direkt aus der Praxis hinausgeworfen zu werden.

Der minimalistisch möblierte Raum wirkt auf den ersten Eindruck zwar edel und stilvoll, doch bei genauerem Betrachten ist es eher kühl und unpersönlich. Luxuspraxis halt! Alles wirkt auf mich steril: die Stühle mit ihren schlanken Metallbeinen, die Kunstwerke an den Wänden, der Empfangstresen. Die ästhetischen Ansprüche sind alle bedient, aber dem Raum fehlt eine warme und gemütliche Seele. Braucht man die bei einem Arztbesuch?

„Ms. Chrysalis, bitte folgen Sie mir. Dr. Alden empfängt Sie in Raum 3." Eine höchst professionell klingende Stimme, höflich, aber äußerst distanziert, reißt mich aus meinen innenarchitektonischen Überlegungen und im Nu befinde ich mich im nächsten sterilen Raum. Die Bücher im Regal könnten dem Zimmer etwas Wärme schenken, wenn sie nicht alle einen weißen Rücken hätten.

Dr. Alden sitzt an seinem Schreibtisch in seinem gemangelten Kittel und tippt Notizen in seinen Laptop. Sie werden sicher die Stühle und den Boden desinfizieren, sobald ich die Praxis verlasse.

„Ms. Chrysalis, was führt Sie zu mir?", fragt er mich, fixiert aber den Bildschirm und die Finger klimpern weiter auf der Tastatur. *Poliertes Metall, wahrscheinlich Platin, hauchdünn, fast unsichtbar, hängt fast gerade. Und er verpufft. Wie immer.*

Ich erhasche einen Blick auf das querstehende Familienfoto. Der einzige Gegenstand außer dem Laptop und einer kleinen grauen Tischuhr auf seinem Arbeitsplatz. Dr. Alden, seine Frau und zwei Kinder. Sein Sohn und seine Tochter nehme ich an. Mit strahlendem Werbelächeln und Zähnen, die weißer als Schnee leuchten, vermitteln sie den Eindruck einer perfekten Familie.

„Ms. Chrysalis?"

„Bitte entschuldigen Sie, Dr. Alden."

„Was führt Sie zu mir?", wiederholt er seine Frage. Die Ungeduld, die mitschwingt, ist nicht zu überhören.

Ich weiß jetzt schon, dass ich mir die Leier sparen kann. Granny zuliebe beginne ich widerwillig, mein Problem zu schildern. „Ich habe eine Art Sehstörung …"

„Überlassen Sie bitte mir die Diagnose und beschränken Sie sich nur auf die Symptome."

Ich atme scharf ein und setze neu an: „Seit meiner Geburt nehme ich flüchtige Lichterscheinungen, ich nenne sie Rahmen, um die Menschen, die mir das erste Mal in meinem Leben begegnen, wahr. Gut, so ganz stimmt es nicht. Es kommt schon mal vor, dass ich den Rahmen wiederholt bei Menschen sehe, die ich kenne."

„Sie sehen einen Rahmen aus Licht um den Menschen?“ Er schaut mich teilnahmslos an.

„Ja, um den Kopf herum.“

„Aber nur flüchtig?“ Er macht keine Anstalten, sich Notizen zu machen.

„Er flackert nur einige Sekunden auf.“

„Und wie sind diese Rahmen, die Sie so sehen?“ Seine gesamte Haltung verrät mir, dass er mir nicht glaubt. Am liebsten würde ich den Raum verlassen.

„Ganz unterschiedlich.“ Ich habe keine Lust, ihm mehr Erklärungen zu geben. Deswegen behalte ich es für mich, dass die Rahmen die verschiedensten Farben, Formen, Größen und Materialien haben.

„Schränkt Sie diese Tatsache ein?“

„Ja.“

„Und wie genau?“

„Es ist mir fast unmöglich, Orte mit großen Menschenmengen zu besuchen: Kinos, Konzerte, Shoppingmalls. Ich bekomme danach starke Migräne und benötige Tage, bis ich mich davon erholt habe.“

„Welche Schule besuchen Sie?“

„Das *Loveland Elite Hall*.“

Er schaut mich überrascht an und ich meine wahrzunehmen, wie sich seine Haltung ein wenig verändert. „Wie heißen Ihre Eltern, Ms. Chrysalis?“ Muss diese Frage sein?

„Meine Mutter heißt Carmen Chrysalis. Meinen Vater habe ich nie kennengelernt.“

Seine Haltung ist wieder die Ursprüngliche.

„Ein Internat ist auch voller Menschen!“

Und du bist ein Idiot, der nicht einmal zuhört.

„Ich nehme den Rahmen meist nur beim ersten Mal wahr." Meine Gedanken wandern wie von selbst zu Eros und seinem rubinroten Rahmen. „Bei Menschen, die ich schon öfter gesehen habe, passiert es nur ab und an, dass ich..."

Dr. Alden lässt mich nicht ausreden. „Wissen Sie, Ms. Chysalis, grüne Augen sind besonders ..." Er erzählt mir etwas von Synästhesie, von erhöhter Sensibilität der visuellen Wahrnehmung, bla, bla, bla. Nichts, was ich nicht schon gehört hätte. Er beendet seinen Monolog mit folgendem Satz: „Wissen Sie, Ms. Chrysalis, es gibt Menschen, die erfinden Krankheiten, um Aufmerksamkeit und Mitleid zu erregen."

„Ich leide nicht unter dem Münchhausen-Syndrom, Dr. Alden." Auch diese Unterstellung ist mir nicht neu.

„Ich empfehle Ihnen, sich auf Ihr letztes Schuljahr zu fokussieren, anstatt von einem Arzt zum anderen zu wechseln und dadurch meine Zeit und die meiner Kollegen unnötig in Anspruch zu nehmen."

Arschloch! „Ich danke Ihnen dennoch, dass Sie sich die Zeit genommen haben. Alles Gute, Dr. Alden." Frustriert verlasse ich den Raum, die Praxis, das Gebäude und schlendere zum Auto. Mein Fahrer bringt mich ins Internat zurück.

Ich steuere direkt mein Zimmer an und schlüpfe unter die Bettdecke.

Ich muss den ganzen Nachmittag geschlafen haben. Das sanfte Licht des Mondes, das durch die Vorhänge strahlt, weckt mich aus meinem tiefen Schlaf. Linda und Harmonie sind weg, sie waren aber da, denn die Rückstände ihrer Anwesenheit liegen auf ihren Betten verstreut.

Ich schaue auf meinen Wecker. Achtzehn Minuten nach elf Uhr. Daneben liegt ein Zettel. Mein Herz schlägt schneller und meine Brust fühlt sich an, als würde sie fast explodieren. Als ich genauer hinschaue, merke ich, dass es kein Papierflieger ist. Ein Stich von Enttäuschung macht sich bemerkbar.

Lory und Jenna machen eine Pyjamaparty. Harmonie und ich schlafen dort. Wenn du möchtest, komm rüber.

Es ist eine Nachricht von Linda. Keine Anrede, kein Abschied, nur eine nachträgliche Einladung, als wäre es eine reine Pflicht, mich zu informieren. Ich habe leider das wachsende Gefühl, dass sich Harmonies negativer Einfluss wie ein Schatten über mich und meine beste Freundin legt.

Ich lege den Zettel zurück auf den Nachttisch und denke nicht mal im Traum daran, die Pyjamaparty zu besuchen. Automatisch greife ich nach dem Handy. In einem halbbewussten Zustand gebe ich in der Suchmaschine den Nachnamen ein, der sich unaufgefordert in meine Gedanken gebrannt hat: DeVine.

Ich finde die gleiche schlichte Unternehmensseite vor. *Sie haben diese Seite vor einem Tag besucht*, erinnert mich die Suchmaschine. Ein Finanzimperium wird vorgestellt, das von der Familie DeVine geführt wird. Mehr nicht. Keine Hintergrundgeschichten, keine Fotos, keine Kontaktmöglichkeiten, keine Persönlichkeit. Ihre digitale Existenz scheint auf das Nötigste beschränkt zu sein. Wie ist sowas heutzutage möglich?

Ich wechsle zu Instagram und TikTok und durchstöbere erneut die öffentlichen Profile der Geschwister.

Doch selbst hier herrscht eine auffällige Leere. Ein paar sporadische Posts, die nichts Persönliches verraten, keine Videos oder Selfies. Ihre Aktivität ist minimal. Vielleicht sind sie einfach nur zurückhaltend, was ihre Privatsphäre angeht. Beim Essen im Speisesaal ist mir ebenfalls aufgefallen, dass ich sie nie mit Handys gesehen habe. Besitzen sie überhaupt welche?

Ernüchtert lege ich mein Smartphone weg, schließe die Vorhänge und drifte erneut in einen unruhigen Schlaf ab.

Es ist stets der gleiche Traum: Wir spazieren Hand in Hand auf einer großen Lichtung. Ich in der Mitte, mein Vater hält meine linke Hand, meine Mutter die rechte. Wir sind glücklich und lachen. Wie eine richtige Familie. Ich schaue meinen Vater an, kann ihn aber nicht erkennen, denn das Sonnenlicht scheint so auf sein Gesicht, dass es blendet. Dann drehe ich mich zu meiner Mutter. Sie sieht mich nicht an, sie fixiert ihn. Sie strahlt ihn regelrecht an. Dann verändert sich ihr Ausdruck. Er wird ernster, erst schaut sie fragend, dann überrascht, bis blankes Entsetzen und eine versteinerte Miene den Platz einnehmen. Ich blicke nach links, doch da ist niemand mehr. In der Ferne sehe ich ihn, er verlässt uns. Als ich mich wieder meiner Mutter zuwende, bin ich fassungslos: Sie lässt meine Hand los und starrt in die Ferne. Sie trennt sich von mir. Ich fange an zu schreien und dies ist der Moment, an dem ich meist aufwache. Aber nicht diese Nacht. Diese Nacht schlafe ich weiter. Als würde ich durch ein Summen im Schlaf gehalten werden. Es ist eine beruhigende Melodie, die wie eine Streicheleinheit den Raum und meine onirische Welt erfüllt.

Dann diese Stimme: „Es war nur ein böser Traum. Schlaf weiter!“

***

Du bist mein Spiel, Kleiner Fuchs! Schon lange habe ich nicht mehr solch eine Neugierde gespürt – eine Ablenkung von der alltäglichen Monotonie. Bisher habe ich es genossen, andere agieren zu lassen und zu beobachten, was geschieht. Aber nicht bei dir. Bei dir möchte ich der Spieler sein. Es gibt etwas an dir, das mich in einer Art herausfordert, die ich nicht vorhersehen kann.

Stell dir vor, selbst ich, derjenige, der normalerweise die Fäden zieht, sehne mich nach Gesellschaft. Ich will nicht länger nur der Beobachter sein. Ich möchte jemanden an meiner Seite haben, dessen Träume ich teilen, dessen Gedanken ich erkunden kann. Und dieser Jemand, das bist du. Bei Tageslicht mag es wirken, als hätte ich Zweifel, aber in der Stille der Nacht suche ich nach deinem Geist, deinem Wesen, deiner Seele.

Du bist ein bedrohliches Spiel für mich. Ich bewege mich auf dünnem Eis, denn ich laufe Gefahr, mich mit meinen eigenen Waffen zu schlagen. Doch dieses Risiko, diese Unsicherheit, zieht mich nur noch mehr an.

Und eins weiß ich: Ich will sehen, wohin dieses Spiel führt. Unter Umständen wird mein eigenes Herz getroffen und ich werde die Schärfe meiner eigenen Pfeile spüren.

***

82

Ich wache auf, doch niemand ist da. Habe ich etwas anderes gehofft?

Das Flüstern in Morpheus' Welt

In der Stille der Nacht reflektiere ich über die jüngsten Ereignisse: Sielas Nähe im dunklen Kinosaal und an der Alten Eiche. Sie offenbart durch ihr Schweigen mehr, als Worte es je könnten. Und dafür bedarf es keiner göttlichen Fähigkeiten. Das Zittern ihrer Hände, ihr rasender Herzschlag und die Mauer, die sie plötzlich zwischen uns errichtet hat. Ich konnte ihre Angst deutlich spüren, deswegen habe ich mich zurückgezogen. Nicht aus Mangel an Mut, sondern aus Respekt vor ihrer Verletzlichkeit. Vielleicht ist es diese ungewohnte Zurückweisung, die mich mehr fesselt, als ich zugeben möchte.

„Du spielst mit dem Feuer", hat mich Anteros gewarnt.

„Ich spiele. Punkt", habe ich ihm versichert.

„Die Gegenliebe ruft und das bedeutet, dass du nicht mehr spielst. Schon lange nicht mehr, Eros", behauptete er.

„Kümmere dich um deine Angelegenheiten und lass meine in Ruhe, Anteros! Sag, wie quälend ist es, an Betty und Marc zu haften und nicht die Möglichkeit zu haben, die Gegenliebe wirken zu lassen? Im Gegenteil, der arme Junge muss leiden und du musst es mitansehen. Und neulich hörte ich den Sportlehrer über dich reden. Dein Teamgeist und deine Koordination sind eine Lachnummer in der Mannschaft. Wusstest du das?" Ich musste mich wehren und von mir ablenken.

In Wahrheit hatte sich der Lehrer auch über meine Schwester lustig gemacht, dieses Detail ließ ich aber bewusst weg. Aufgrund der Strafe hat Anteros seine Teamfähigkeit und meine Schwester ihre harmonischen Züge verloren. Sie leidet sehr hier auf Erden und wegen ihrer Rolle als Bitch – wie sie wohl hier genannt werden würde. Ich möchte nicht tiefer in die Wunde schneiden.

Die Ausgangstore des Olymp sind geöffnet. Von meinem Zimmerfenster aus beobachte ich, wie Anteros und Harmonie mit ihrem göttlichen Besuch durch die Gärten des Internats spazieren. Ich frage mich, ob diese neue Anwesenheit langfristig sein wird.

Auch ich habe Besuch bekommen, von Nea, der Schwalbe meiner Mutter Aphrodite.

„Ein Weg, den man erneut einschlägt, ist eine bewusste Entscheidung", hat sie mich erinnert. Ein sanfter Tadel in ihren Worten.

Kann ich zugeben, dass ich mehr empfinde, als ich wahrhaben möchte?

***

„Habe ich schon erwähnt, dass ich dieses Jahr den Geschichtsunterricht hasse? Alles dreht sich nur um mythologische Themen." Marcs Laune am Frühstückstisch entspricht der Farbe seiner Finger, nachdem er in der Zeitung geblättert hat. Er wischt sich die Druckerschwärze mit einem feuchten Tuch ab, das Betty ihm wortlos, aber wimpernklimpernd überreicht. Und die Welt ist wieder in Ordnung. Zumindest Marcs.

Die Dynamik am Tisch geht mittlerweile ihren eigenen Weg: Linda und Harmonie verbünden sich täglich stärker. Marcs Laune ist von Bettys Aufmerksamkeiten abhängig. Anteros scheint ein lebender Dekoartikel zu sein und Eros' Gesprächigkeit schwankt zwischen „ich unterhalte den kompletten Speisesaal" und „ich habe den Mund nur, um mein Müsli zu kauen und meinen Saft zu trinken". Seit einigen Tagen scheint es eher zu heißen „ich unterhalte mich mit jedem, selbst mit dem Besen in der Ecke des Saals, außer mit Siela".

Es sollte mich nicht tangieren. Tut es aber. Spätestens im Schauspielkurs muss er mich ansprechen, wenn auch nur laut Drehbuch.

„Geschichte und Mythologie sind nicht so weit auseinander, wie man denkt", wirft Anteros tiefenentspannt in die Runde. Dass ich ihn mal am Tisch reden höre ...

„Ach, ja? Darum geht es mir auch nicht. Es geht mir darum, dass Mr. Jensons sich offensichtlich in Ms. Atherton verguckt und nun den Geschichtsunterricht in Griechische Mythologie 2.0. verwandelt hat." Marc reagiert sichtlich verärgert auf die Äußerung. Doch es scheint mehr an Anteros als Person zu liegen, als an dem, was er gerade gesagt hat. Er klebt ständig an Marc und Betty – wie Schatten, die ihren Gestalten folgen. Und das scheint mein bester Freund nicht ausstehen zu können.

„Marc, du nervst mit deinem Heulbaluba!" Betty scheint die Regieanweisung „Action" gehört zu haben. Als befände sie sich auf der Bühne, betont sie jede Silbe absichtlich und laut, dass sie ja alle hören, und gestikuliert wild mit ihren Händen.

Ich bin leicht genervt von ihrer Darbietung, während Eros sichtlich amüsiert reagiert. Er lächelt und sagt dann: „Betty, Liebes …“ Ihr Gesicht läuft prompt rot an. „… spare dir deine Schauspielkunst für später.“ Mit einem Augenzwinkern in ihre Richtung verlässt er den Saal.

Ich kann mir ein Schmunzeln nicht verkneifen.

„Wollen wir gemeinsam in den Klassenraum?“, frage ich Linda zögernd. Vor einigen Wochen wäre diese Frage überflüssig gewesen.

„Nein. Ich muss kurz zurück aufs Zimmer“, erwidert sie knapp. Auch dies wäre vor ein paar Wochen unvorstellbar gewesen. Die Antwort sitzt, genauso wie Harmonies kaum wahrnehmbares, fieses Lächeln.

Während Mr. Dollmanns Stimme den Raum füllt, werfe ich Linda verstohlene Blicke zu.

Eine enorme Kluft hat sich zwischen uns aufgetan hat. Gedankenverloren spiele ich mit meinem Kugelschreiber und bemühe mich, nicht zu offensichtlich in ihre Richtung zu schielen.

Mr. Dollmann spricht mich unvermittelt an: „Was ist Ihre Meinung zum Thema, Ms. Chrysalis?“

„Entschuldigen Sie bitte, Mr. Dollmann, aber ich konnte Ihnen nicht folgen“, gebe ich zu.

„Danke für Ihre Ehrlichkeit, Ms. Chrysalis. Der Arm und die Wange Ihrer Freundin scheinen interessanter zu sein als *Amor & Psyche*, nicht wahr?“, antwortet er mit leicht gehobener Augenbraue und einem spöttischen Lächeln.

Meine Wangen glühen vor Scham und ich senke den Kopf, um der Aufmerksamkeit zu entkommen. Ich hasse es, vor allen anderen bloßgestellt zu werden.

„Warum hat sich Amor in Psyche verliebt?", erklingt Eros' Stimme im Raum. Alle Augen richten sich auf ihn. Auch meine. „Das möchte Mr. Dollmann von dir wissen, Siela." Sein Blick bohrt sich in meinen, unerschütterlich, selbst als unser sichtlich verärgerter Lehrer zu sprechen beginnt.

„Wenn Sie mir schon meine Worte vorwegnehmen, Mr. DeVine, möchten Sie die Frage beantworten?"

„Selbstverständlich, Mr. Dollmann", antwortet Eros, doch seine Aufmerksamkeit bleibt auf mich gerichtet. „Amor verliebte sich in Psyche, weil er die Unschuld, Reinheit und die wahre Schönheit in ihr sah. Er erkannte etwas in ihr, das über das Sichtbare hinausging. Es war ihre Seele, die ihn wirklich anzog. Psyche verkörperte eine Schönheit, die nicht an der Oberfläche endete. Amor sah über das Äußere hinaus und fand eine Verbindung, so tief wie die Seele, eine Verbindung, die echte Liebe definiert. Es geht darum, jemanden wahrhaftig zu sehen, jenseits der physischen Erscheinung, und sich in das zu verlieben, was unendlich ist – die Seele eben. Diese tiefe Verbindung überwindet alle Hindernisse und bleibt bestehen, trotz aller Prüfungen und Trennungen, die das Schicksal ihnen in den Weg legt. Das ist die Art von Liebe, die ewig währt."

Stille. Dann murmeln einige im Raum zustimmend, beeindruckt von Eros' Antwort.

Mr. Dollmann nickt. „Ich hätte es besser nicht sagen können, Mr. DeVine! Nächste Stunde dürfen Sie an meinem Pult sitzen und den Unterricht führen. Das meine ich ernst."

Eine erneute Welle des Flüsterns durchquert den Raum.

Eros lächelt nur und neigt den Kopf als Zeichen des Respekts, und wendet sich schließlich von mir ab.

Die Mittagspause hat sich gezogen wie eine Bremsspur auf der Autobahn, nur dass in der Letzteren mehr Spannung und Adrenalinausstoß sind. Weder Eros noch sein Bruder waren da. Und die anderen vier – selbst Marc und Linda – haben mich auf die eine oder andere Weise genervt, allen voran Harmonie.

Jedes Mal, wenn ich mich in ein Gespräch vertiefte, fand sie einen Weg, um meine Worte zu verdrehen oder mich vor allen bloßzustellen.

„Hast du eigentlich eine Ahnung, wovon du sprichst?", fragte sie in einem herablassenden Ton, sobald ich meine Meinung äußerte.

Und jedes Mal, wenn ich versuchte, das Gespräch zu wechseln, lenkte sie es zurück und stellte sicher, dass ich im Mittelpunkt der Lächerlichkeit stand. Ihre ständigen Sticheleien und abwertenden Kommentare haben die Pause zu einer Tortur gemacht, aber Lindas zunehmende Distanziertheit verletzt mich mehr. Knappe Antworten und gar Schweigen sind derzeit alles, was ich von ihr erhalte.

Mit diesen Gedanken im Kopf schlendere ich lustlos durch die Flure des Internats, bis ich vor der Tür des Theaters Halt mache. Abgeschlossen. Merkwürdig. Ich lehne mich an die Wand und lasse mich daran herunterrutschen, bis ich mit dem Hintern den Boden erreiche. Was geschieht nur in meinem Leben? Ich verliere meine langjährige Freundin wegen der DeVines. Apropos DeVines ... Eros. Was stellt er mit mir an? Seit diesem ersten Augenkontakt vor Mrs. Summers Tür bröckeln all meine Gewissheiten. *Amor verliebte sich in Psyche, weil er die Unschuld, Reinheit und die wahre Schönheit in ihr sah. Er erkannte etwas in ihr, das über das Sichtbare hinausging.* Dieses Gefühl habe ich in einigen wenigen Momenten auch bei ihm, bei Eros. Im folgenden Augenblick bleibt es jedoch aus.

Bettys unverkennbares schrilles Gelächter durchdringt meine Gedanken. Sie kommt auf mich zu, ihren Arm bei Eros eingehakt. Er lächelt sie auf übertrieben charmante Weise an und ich bereue meine Schmetterlingsgefühle umgehend. Wobei Schmetterlingsgefühle eine Übertreibung ist. Es sind eher Raupen, rede ich mir ein.

Nach und nach trudeln die anderen ein und versammeln sich vor der verschlossenen Tür. Sie versperren mir zwar die Sicht auf Betty und Eros, ihrem Lachen kann ich aber nicht entkommen.

„Platz da, Platz da. Ich bin spät dran." Genau als die Klingel den Beginn des Unterrichts ankündigt, öffnet Mrs. Dawson die Theatertür für uns. „Wir skippen heute den Gefühlskreis und steigen direkt in die Proben ein. Mr. DeVine, Ms. Chrysalis, sind Sie bereit?" Sie wirkt heute gestresster als sonst. Ihre Stirn ist in Falten gelegt und ihre Stimme klingt gereizt. „Wir proben heute den anfänglichen Funken zwischen Amor und Psyche. Betty, kannst du bitte die Lichter ausschalten?

Alle sind jetzt bitte ruhig. Ich möchte Federn fallen hören! Ready when you are, Siela und Eros."

Es ist eigenartig, aber faszinierend zugleich, wie unsere Lehrer zwischen dem Duzen und Siezen wechseln, als ob sie damit spielerisch die Grenzen zwischen formeller Distanz und persönlicher Nähe verwischen würden. Diese Art der Ansprache verleiht dem Unterricht aber eine unkonventionelle, fast familiäre Atmosphäre.

Ich stehe mitten im Kreis und kann um mich herum nichts sehen, denn ich trage eine Augenbinde. Eros steht ganz nah hinter mir. Mein Herz schlägt schneller und gemischte Gefühle von Verlangen und Unsicherheit ziehen durch meinen Magen. Obwohl ich innerlich zittere – was die perfekte Stimmung für den Auftakt wäre –, bringe ich meinen ersten Satz sehr amateurhaft über die Lippen: „Wo bin ich? Warum hast du mich hierhergebracht?"

„Du bist an einem sicheren Ort, Psyche. Ein Ort, der jenseits der Zeit und des Raumes existiert, ein Ort nur für uns beide", entgegnet Eros mit einer übertrieben dramatischen Betonung.

„Warum darf ich dich nicht sehen?", frage ich verzögert, nachdem ich kurz den Text vergessen habe.

Er räuspert sich, bevor er antwortet: „Meine wahre Form ist nicht für Sterbliche bestimmt. Aber das Wichtigste ist nicht, wie ich aussehe, sondern wie du dich in meiner Nähe fühlst."

„Ich fühle … Wärme? Aber gleichzeitig Verwirrung. Wer bist du?" Meine Stimme klingt flach und tonlos, als würde ich die Sätze automatisch abspulen.

„Das ist ein Geheimnis, das jetzt noch nicht gelüftet werden kann. Doch ich verspreche dir, ich meine es gut mit dir. Ich habe dich hierhergebracht, weil das Schicksal es so wollte." Eros zögert.

„Das Schicksal? Was meinst du damit?" Ich klinge mehr genervt als neugierig. Eros steht so dicht neben mir, dass ich die Wärme seiner Haut spüre. Seine Nähe und der Druck, die Szene perfekt darzustellen, lassen mich ungewollt schärfer reagieren als beabsichtigt.

„Stopp!", ruft Mrs. Dawson dazwischen.

Wir erschrecken alle, ich nehme die Augenbinde ab und in der nächsten Sekunde ist es im Raum wieder hell.

„Im Kindergarten meiner Nichte spielen die Kinder das Weihnachtsstück filmreifer, als ihr zwei es gerade getan habt. Und wir sprechen von Drei- bis Fünfjährigen! Was war das für ein auswendiggelerntes, emotionsloses Runtergerattere? Selbst ein Roboter hätte mehr Emotionen gezeigt. Eros? Siela? Was ist los mit Ihnen?"

Keiner von uns antwortet. Ich spüre weiterhin Eros' Wärme dicht hinter mir und es verschlägt mir die Sprache.

„Euch fehlen die Worte? Mir auch. Ms. Chrysalis, jeder hier in der Runde hätte die Hauptrolle mit Begeisterung angenommen – außer Ihnen. Sie kennen mich, Siela. Ich dulde solche Ausrutscher nicht!"

„Entschuldigen Sie, Mrs. Dawson." Eros spricht mit einer sanften, doch selbstbewussten Stimme. „Ich weiß, wir waren heute nicht auf unserem besten Niveau. Aber ich verspreche Ihnen, dass wir beide das Potenzial haben, dieses Stück zu einem unvergesslichen Erlebnis zu machen. Geben Sie uns bitte noch eine Chance. Wir werden Sie nicht enttäuschen."

Seine Worte sind überzeugend und seine Miene strahlt Entschlossenheit aus, dass jeder im Raum weiß, wie ernst ihm die Angelegenheit ist. Mit einem Lächeln, das Herzen erwärmen könnte, wartet er auf Mrs. Dawsons Antwort.

Als würde sie sich auf solch ein schleimiges Gefühlsgedusel einlassen!

„In Ordnung, Mr. DeVine", antwortet sie jedoch. „Eine Ausnahme möchte ich diesmal machen."

Was war das gerade? Hat sie sich tatsächlich von Eros überreden lassen?

„Jeden Nachmittag werden Sie in diesem Saal eine Stunde intensiv üben", spricht sie weiter. „Sie werden sich gefälligst anstrengen und zusammenarbeiten. Sollte diese Szene in den nächsten Wochen nicht perfekt sein – ebenso wie alle weiteren Szenen in der Zukunft –, dann können Sie die Hauptrollen vergessen und Sie werden in meinem Fach nicht weiterkommen. Und glauben Sie mir, Sie möchten nicht erfahren, welche Konsequenzen das hat."

Da der Schauspielunterricht einer meiner Leistungskurse ist, könnte ich die hypothetische Aufnahme auf einer Uni vergessen.

„Betty und Donna. Bitte kommen Sie nach vorne, wir proben jetzt die Szene, in der Aphrodite plant, Psyche zu töten."

Nach dem Kurs stürme ich aus dem Theatersaal, Eros folgt mir umgehend.

„Den Oscar werden wir in diesem Leben wohl nicht gewinnen, du und ich, was?"

„Was willst du, Eros? Lass mich einfach in Ruhe. Wir sehen uns eh schon öfter, als mir lieb ist.“

„Öfter, als dir lieb ist? Willst du mir etwa damit sagen, dass deine Augen mich nicht suchen, wenn ich nicht da bin?“ Sein Lachen und das Gefühl, erneut ertappt worden zu sein, regen mich auf.

„Du bist ein aufgeplustertes Ar...“

„Ah, ah, ah, sprich es nicht aus. Du meinst es nicht so.“

„Wetten?“ Meine Wut ist im Nullkommanichts hellwach. „Du bist ein aufgeplustertes Arschloch!“

„Das mag wohl stimmen. Aber ich lasse dein Herz höherschlagen und das macht dich wild ...“

Ich verliere gleich die Kontrolle.

„... vor Wut, Siela“, beendet er den Satz. Er steht jetzt dicht vor mir und versperrt mir den Weg.

Ich muss schleunigst hier raus. Ich ertrage es nicht, wie dieser Mensch mich lesen kann und was er mit meiner Gefühlswelt anstellt. „Eros DeVine, ich habe es dir schon einmal gesagt und ich meine es verdammt ernst: Du stehst mir zu nahe. Verschwinde aus meinem Kreis!“ Mein Herz hämmert unkontrolliert, während ich die Worte ausspucke.

Er schaut mich an, fast als könnte er meine Seele berühren. Dann tritt er wortlos zur Seite.

Ich bin dermaßen außer mir, dass ich beim Losgehen meinen Arm heftig gegen seinen stoße. Ich beiße mir auf die Lippe, um den Schmerzensschrei zu unterdrücken. Ohne weiteres Zögern renne ich hinaus und atme tief durch, als ich endlich an der frischen Luft bin.

„Siela, ist alles in Ordnung?“ Marc steht an der Alten Eiche und hantiert an seinem neuen Mischpult. Etwas um seinen Kopf flackert kurz auf. Warum blitzt sein Rahmen erneut auf?

„Ja. Was machst du?“, frage ich, wohl wissend um seine Vorbereitungen für das morgige Lagerfeuer. Er ist nun unser offizieller DJ.

„Komm, setz dich zu mir, ich brauche eine Pause. Aus diesem Wirrwarr an gelben, schwarzen und roten Kabeln werde ich nicht schlau. Ich muss Mr. Langton um Hilfe bitten.“

„Warum nutzt du nicht einfach die Playlist von deinem Handy, jetzt, wo du ein Neues hast?“, schlage ich vor. Ich blicke auf das Gewirr aus Kabeln vor ihm, das an die verhedderten Weihnachtslichterketten erinnert, die meine Granny einmal jährlich aus den Kisten kramt und stundenlang auseinanderklamüsern muss.

„Man kann es nicht vergleichen. Der Klang von Vinyl hat eine einzigartige Wärme und Tiefe.“

Jetzt, da er es erwähnt … Der Rahmen, den ich um ihn herum wahrnehme, ähnelt einer Vinylplatte.

„Wir wissen alle, dass Musik deine Leidenschaft ist“, sage ich, während ich neben ihm auf der Wiese Platz nehme und mich an die Alte Eiche lehne.

„Musik ist mein Leben. Ich bin Musik, Siela“, betont Marc und spielt mit einem der Kabel. „Jede Note, jeder Akkord, jede Melodie und jedes Lied erwecken Gefühle in mir, die ich nicht beschreiben kann. Und das ist nicht nur, wenn ich Musik höre. Wenn ich Musik komponiere …“

„Du komponierst auch?“, frage ich ihn verwundert.

„Ja. Im stillen Kämmerchen. Das ist ein Teil von mir, den ich nicht preisgeben möchte.“

„Noch nicht?“

„Noch nicht“, wiederholt er und lächelt. „Wenn ich komponiere, amplifiziert sich dieses Gefühl. Es ist, als würde ich nie dagewesene Emotionen empfinden, und auf einer gewissen Ebene ist es, als würde ich eine komplett neue Sprache erfinden. Verstehst du, was ich meine?“

Ich nicke leicht und die Gitter meines inneren Käfigs wackeln wie verrückt. Es ist, als würde in mir ein Aufstand beginnen. Das, was ich in all den Jahren behutsam eingesperrt habe, rebelliert gegen mich. Und dies alles innerhalb weniger Wochen. Wer weiß, wie es wäre, der Revolution freien Lauf zu lassen? Ich könnte geköpft oder zur Anführerin gewählt werden.

„Ist alles in Ordnung?“, fragt Marc.

„Ja“, lüge ich erneut. „Das, was du mir erzählst, klingt wunderbar, Marc. Und danke für dein Vertrauen.“ Diesmal bin ich ehrlich.

Das, wenn auch kurze, Gespräch mit Marc begleitet mich für den Rest des Tages. Normalerweise hätte ich es in die dunkle Kammer meines Gehirns verbannt und hätte meine Zeit mit Linda verbracht. Aber was ist derzeit normal?

Ich nehme meine Gedanken mit in den Schlaf und heute Nacht eröffnet sich mir eine komplett neue Traumwelt:

Ich stehe in einem endlosen, dunklen Raum, der nur von einem schwachen, flackernden Licht erhellt ist. Vor mir steht ein gewaltiger, rostiger Käfig, dessen Tür weit geöffnet ist. In seinem Inneren flattern Schatten wie Vögel. Sie sehen zwar aus wie Tiere, aber mir ist bewusst, was sie darstellen: meine Träume, meine Hoffnung und meine Leidenschaft.

Plötzlich schießen aus dem Boden riesige Ketten, die sich wie Schlangen um meine Beine, Arme und Taille schlingen und mich festhalten. Die Schatten im Käfig werden lauter und beginnen, gegen die Gitterstäbe zu schlagen. Jeder Schlag lässt mich erzittern. Mit jeder Sekunde werden sie verzweifelter, ihre Schreie dringen in meine Ohren.

Aus der Ferne höre ich eine fremde Stimme, die sagt: „Lass sie frei. Sie gehören nicht in den Käfig, Siela."

Doch ich kann mich nicht bewegen, die Ketten halten mich fest.

Die Schatten werden zu greifbaren, lebendigen Wesen. Sie strecken ihre Hände durch die Gitter, starren mich an und schreien ununterbrochen ihre Namen: „Hoffnung." Die Hoffnung, dass ich meinen Platz in dieser Welt finde.

„Traum." Der Traum von Freiheit, Glück, Selbstfindung und Liebe.

„Leidenschaft." Die Leidenschaft für die Dinge, die mir Freude bereiten und mein Herz höherschlagen lassen, die mich zu meiner Bestimmung führt.

Sie verlassen den Käfig und schwirren um mich herum. Anstatt mir zu helfen, verschwinden sie in der Dunkelheit.

Leere breitet sich in mir aus. Das Gefühl, alles verloren zu haben. Meine Träume, meine Hoffnung und meine Leidenschaft – all das, was mich ausmacht.

Jeden Moment wache ich auf. Oder doch nicht? Was passiert?

Ich nehme ein sanftes Kribbeln wahr. Obwohl ich schlafe, bemerke ich, dass jemand eine Haarsträhne aus meinem Gesicht streicht und vorsichtig die Hand auf meine Wange legt. Dann höre ich ein leises Flüstern: „Schlaf, Kleiner Fuchs. Lass die Finsternis hinter dir.“

Ich möchte aufwachen, aber plötzlich beginnt die bedrückende Dunkelheit meines Albtraums zu schwinden. Der endlose Raum, in dem bis eben der Käfig thronte, verändert sich. Die Schwärze weicht einem sanften Dämmerlicht und statt des kalten Bodens spüre ich, dass ich auf einer weichen Wiese liege, umgeben von leuchtenden Blumen und flackernden Kerzen.

Die schweren Ketten, die mich zuvor gefesselt hielten, verwandeln sich in goldene Schmetterlinge, die zart um mich herumwirbeln. Die Schatten, die eben noch im Käfig waren, tanzen nun als leuchtende Figuren um mich herum, ihre Bewegungen sind voller Leichtigkeit und Freiheit.

Ich befinde mich unter einem großen, alten Baum, der der Alten Eiche ähnelt, aber deutlich größer ist. Ich fühle mich geborgen. Das Gefühl der Leere ist gewichen und ich empfinde eine innere Ruhe und Frieden.

Am Rande meines Bewusstseins nehme ich weiterhin die Anwesenheit von jemandem wahr. Ich weiß, wer bei mir ist. Ein Gefühl von Sicherheit umgibt mich und ich lasse mich weiter in den tiefen, friedlichen Schlaf sinken.

Als ich die Augen öffne, bin ich allein im Raum. Es war nur ein Traum oder vielleicht Wunschdenken?

Heute ist unsere erste Einzelprobe. Mrs. Dawson hat unmissverständlich klargemacht, wenn wir uns nicht anstrengen, wird sie uns die Hauptrolle entziehen und wir fielen in ihrem Fach durch. Als Strafe und Vorbereitung müssen wir nachmittags eigenständig üben. Wie versprochen ist die Tür geöffnet. Ich atme tief durch, bevor ich hineingehe. Die Dunkelheit des Theatersaals begrüßt mich. Es ist ein merkwürdiges Gefühl, sich allein in diesem Raum zu befinden. Heute würden nur Eros und ich hier sein.

Ich betätige den Lichtschalter, aber es gehen nur die Hälfte der Lichter an, weshalb ich mich im Halbdunkeln bewege. Wo der andere Schalter ist, weiß ich leider nicht. Die Stühle sind noch alle im Kreis positioniert. Einige stehen schief. Der Raum hat etwas Geisterhaftes. Ich steige auf die Bühne, die sich komplett im Dunkeln befindet, und just, als ich den zweiten Lichtschalter entdecke und ihn betätigen möchte, höre ich Schritte hinter mir.

„Warum kannst du mich nicht blind lieben?" Ohne Vorwarnung steigt Eros direkt in die Rolle des Amors.

Ich versuche, es ihm nachzutun. „Wie kann ich jemanden lieben, den ich nicht sehe?", antworte ich. Meine Worte sind begleitet von einem Zittern in meiner Stimme.

„Fehlt dir etwas, meine geliebte Psyche?" Seine Körperwärme verrät mir, dass er dicht hinter mir steht.

„Ich liebe nur die Idee, die ich von dir habe."

„Und ich wiederhole meine Frage, meine geliebte Psyche, fehlt dir etwas? Bist du etwa nicht glücklich?" Er raunt mir diese Worte ins Ohr und es kostet mich meine ganze Konzentration, mich an meine nächste Textzeile zu erinnern.

„Doch, ich bin glücklich, aber ich wäre glücklicher, wenn ich dein Antlitz zu Gesicht bekäme, wenn ich wüsste, wer du bist. Ich glühe vor Leidenschaft, aber für wen? Das weiß ich nicht."

„Das weißt du wohl, meine geliebte Psyche."

„Warum dürfen meine Augen nicht sehen, für wen mein Herz glüht?"

„Sobald deine Augen in meine blicken, verlierst du mich und ich dich. Ich flehe dich an, meine geliebte Psyche, liebe mich blind."

Eros packt mich sanft an meiner Schulter und dreht mich zu sich. Im Halbdunkeln stehen wir uns gegenüber. Wir atmen beide schwer. „Darf ich den Abstand zwischen unseren Seelen schließen?", fragt er mich sanft.

Ich nicke kaum merklich, dann legt er seine Lippen auf meine. Meine Haut prickelt unkontrollierbar. Ich schließe die Lider und bin unfähig, mich von seiner Umarmung und seinem Kuss zu lösen, weil ich mich nicht lösen will.

Eros hält inne und kurz darauf spüre ich erneut seine Lippen, diesmal küsst er mich intensiver. Und was danach passiert, ist ein Tanz, wie ich ihn bisher nie erlebt habe. Weil ich bisher meine Gefühle nie zugelassen habe. Ich habe sie nie tanzen lassen.

Ein wohliges Kribbeln wie Schmetterlingsschwärme, die sanft über meine Haut tanzen, durchfährt mich vom Kopf bis zu den Zehenspitzen. Nicht nur, weil diese dialoglose Szene nicht im Skript stand, sondern weil ich diese Berührung kenne, es ist die gleiche wie aus meinen Träumen.

Plötzlich stoppt er und schaut mir tief in meine Augen, die ihn fragen, weshalb er aufgehört hat. Er streichelt mit einer Hand meine Wange und geht, ohne etwas zu sagen.

Enttäuscht stopfe ich das Skript in die Tasche und verlasse ebenfalls den Raum. Meine Schritte hallen laut auf dem Flur, als ich mich von diesem Gefühlschaos entferne, das er in mir auslöst. Mit jedem Schritt versuche ich, die wachsende Unruhe in meinem inneren Käfig zu dämpfen, doch mein Herzschlag übertönt alles. Wut keimt in mir auf. Sie richtet sich gegen Eros – dafür, dass er mich einfach so hat stehen lassen, und gegen die ungewollten Gefühle, die sich unaufhaltsam ihren Weg bahnen. Ich brauche Abstand und Raum zum Atmen.

Heute Abend wird offiziell mit dem traditionellen Lagerfeuer das letzte Outdoortreffen des Jahres eingeleitet. Die kühlen Temperaturen werden keine Außenaktivitäten mehr zulassen. Linda, Harmonie und ich sitzen auf einer Wolldecke, doch die Stimmung ist alles andere als gemütlich. Linda, meine einst beste Freundin, hält bewusst Abstand zu mir und rückt näher zu Harmonie. Eine kalte, fast spürbare Distanz hat sich zwischen uns eingeschlichen. Und Harmonie mit ihrer boshaften Haltung mir gegenüber macht die Situation nicht leichter. Es herrscht eine angespannte Stille wie das Brodeln vor einem Gewitter.

Das Feuer brennt schon seit einigen Stunden und Holz wird ständig nachgelegt – der Abend und die Nacht sollen lang werden. Marc versorgt uns mit bester

Musik, einige tanzen ausgelassen. Er sieht sehr glücklich aus hinter der Vintage-Anlage. Das gestrige Kabelchaos ist behoben.

Bei dem einen oder anderen flackert der Rahmen auf.

Der Streit im Flur mit Eros, das tiefgründige Gespräch mit Marc, die zwei Träume und vor allem der Kuss von vorhin lasten schwer auf mir, was mich noch stiller stimmt als sonst. Doch heute möchte ich mich nicht so fühlen. Das ist mein letztes Lagerfeuer an der Alten Eiche und ich will es genießen, feiern und alles andere um mich herum vergessen. Demnach tue ich das Offensichtlichste: Ich suche die Butterbrottüten-Gang. Ich muss nicht lange suchen, drei Meter rechts vom Lagerfeuer entfernt stehen die vier Mitglieder der Saufbande im Kreis, alle mit braunen Tüten in der Hand. Es ist ein ständiges Kommen und Gehen, ich bin nicht die Einzige, die der Gruppe einen Besuch abstattet. Sicheren Schritts marschiere ich auf sie zu.

„Was willst du hier, Siela Chrysalis? Willst du uns etwa verpetzen?", begrüßt mich Leo, der Leader.

„Meinst du nicht, es ist etwas zu spät, um euch zu verpfeifen, Leo?"

„Eben. Also, was willst du?"

„Einen Schluck."

Sie lachen mich aus. „Geh wieder in den Kreis, Püppchen." Sie haben nicht vor, mir eine der Tüten zu geben, dementsprechend drohe ich ihnen mit dem Kindischsten, was ich sagen kann: „Entweder ihr lasst mich jetzt trinken oder morgen weiß die komplette Lehrerschaft Bescheid, was ihr hier so seit Jahren treibt. Und dann könnt ihr euren Abschluss in den braunen Tüten finden. Und nenn mich nicht ‚Püppchen'!"

„Hör zu, Püppchen, du drohst hier niemandem." Leo kommt mir für meinen Geschmack ein wenig zu nah.

Ich kann seinen Atem riechen und hochgradiges Zeug trifft meine Nasenlöcher. Ich will gerade kehrtmachen, da hält er mich zurück.

„Hier, aber nur, weil ich heute eine Friedenstaube zum Frühstück hatte." Er drückt mir die Tüte in die Hand. Dem Gewicht nach zu urteilen, ist die Flasche fast leer. „Wenn du sie ext, bist du meine neue Göttin."

Nichts einfacher als das! Tatsächlich ist kaum etwas mehr drin. Ohne zu überlegen, führe ich die verdeckte Pulle an meine Lippen und leere sie mit einem Zug. Als das Gesöff meinen Rachen entlangläuft, entfacht sich ein Feuer. Ich will am liebsten losschreien. Die vier Idioten krümmen sich wortwörtlich auf dem Boden vor Lachen. Ich hole die Flasche aus der Tüte: Absinth.

Die Wirkung setzt schlagartig ein. Hitzewellen durchfahren meinen Körper wie fünf Achterbahnen gleichzeitig. Ich verliere die Orientierung, stehe aber noch auf den Beinen. Ich suche nach Linda und kann sie nicht finden, bis ich bemerke, dass ich in die falsche Richtung schaue. Da ist sie und neben ihr, wie könnte es auch anders sein, sitzt er. Eros. Auf meinem Platz. Er hat eine kleine Wasserflasche in der Hand und seine Miene ist streng, fast einschüchternd. Mit einer Kopfbewegung bedeutet er mir, mich zu ihm zu setzen. Zumindest ist es das, was ich verstehe.

Mit gesenktem Blick folge ich seiner Anweisung und setze mich zu ihm an den Rand der Decke. Ohne ein Wort zu sagen und ohne mich anzuschauen, überreicht er mir eine Wasserflasche. Diese exe ich ebenfalls. Die durchsichtige Flüssigkeit löscht das grüne Feuer. Eros nimmt mir das leere Gefäß aus der Hand und dabei berühren sich unsere Finger. Die Achterbahn fängt wieder an, diesmal in der Magengegend. Seit einiger Zeit ein vertrautes Gefühl. Ein Gefühl, das ich nicht empfinden möchte.

Seine Augen blitzen auf, aber diesmal vor Wut. Eros DeVine ist wütend. Etwa auf mich? Mir fällt ein, weshalb ich überhaupt zur Butterbrottüten-Gang gegangen bin und mir dieses grüne Gift hab geben lassen: vor allem seinetwegen.

„Verpiss dich“, schreie ich ihn an. Besser gesagt, ich denke, dass ich ihn anschreie, denn in Wahrheit, lalle ich diese Aufforderung vor mich hin. Ich muss lachen.

Eros' Stirn legt sich in Falten und sein Mundwinkel zuckt.

„Nimm das Leben lockerer, Mr. DeVine. Führ dich nicht ständig auf wie ein Gott auf Erden.“

Er regt sich weiterhin nicht, sondern starrt mich nur an.

Meine Lust, ihn zu provozieren, steigt. „Denkst du, du kannst mir Befehle erteilen? Meinst du, du kannst dich wie ein Casanova verhalten? Glaubst du wirklich, dass allein dein Aussehen und die Tatsache, dass dir so viele Frauen – und nicht nur sie – hinterherlaufen, dir das Recht dazu geben?“

Weiterhin keine Reaktion. Die Musik hat aufgehört zu spielen und die Gespräche um mich herum sind verstummt.

Ich will eine Reaktion. „Das kannst du nicht, Eros DeVine. Weißt du, warum? Denn du bist und bleibst ein Muttersöhnchen!“ Ich erinnere mich an Anteros' Worte bei unserem letzten Lagerfeuer und es ist die einzige

Schwachstelle, die mir einfällt, um seinen Stolz zu treffen.

„Siela Chrysalis, was fällt dir eigentlich ein?“

Wer spricht und woher kommt die Stimme?

„Betty.“ Da kommt seine Reaktion. „Halt dich da raus!“

„Was gibt dir das Recht, ihn ein Muttersöhnchen zu nennen? Nur weil deine Mutter ein Hippie ist, du ohne ihre Liebe aufgewachsen und zum Eisklotz geworden bist? Du machst ja sogar ein Geheimnis aus deinem Geburtstag, um nicht an deine abwesenden Eltern erinnert zu werden. Während wir alle unsere Geburtstagspartys feierten, hat deine Mutter dich bei deiner Oma abgesetzt, um der großen Liebe ihres Lebens hinterherzujagen.“ Bettys Worte schwingen wie ein Schwert in der Luft und landen direkt dort, wo sie es nicht tun sollten.

Mit einem Mal bin ich nüchtern. Alle starren mich an.

Eine leichte Brise fängt an zu wehen. Ich schließe kurz die Augen in der Hoffnung, dies würde mir aus der Patsche helfen. Tut es natürlich nicht. Als ich sie wieder öffne, hat sich nichts geändert: Alles ist still und alle starren mich an.

„Ich habe wohl ins Schwarze getroffen, du geistige Sternenkollision.“ Betty lässt nicht locker.

„Welchen Teil von ‚halt dich da raus‘ hast du nicht verstanden, Betty?“ Eros’ Tonlage erlaubt kein Einmischen mehr.

Der Wind fängt stärker an zu wehen und die Flammen tanzen in seinem Takt. Wie kleine verrückte Glühwürmchen springen die Funken in der Luft. Mir wird unwohl, körperlich und seelisch. Mit aller Kraft, die ich aufbringen kann, stehe ich von der Decke auf, darauf bedacht, nicht umzufallen und Eros nicht zu berühren. Ohne ein Wort zu sagen, mache ich mich auf den Weg zum Flügel C. Ich bin lediglich zwanzig Schritte gelaufen, da ist Eros hinter mir. Er packt mich an den Schultern, dreht mich sanft um und zwingt mich, ihn anzuschauen. Ich will nicht und senke den Blick. Er streift mein Kinn und führt so meine Augen zu seinen.

„Siela ... Kleiner Fuchs ..."

Alles in mir schreit. Ich darf ihn nicht näher heranlassen. Ein Regentropfen fällt sanft auf meine Nase. Dann ein weiterer und noch einer. Ich schaue zurück zum Lagerfeuer. Die meisten brechen auf. Linda beobachtet uns aus der Ferne. Der Regen wird stärker und intensiver. Rauch vermischt sich mit den Flammen. Weg sind die Glühwürmchen. In Sekundenschnelle bin ich klatschnass.

„Du hast ja Locken!" Er schaut mich an, als hätte er mich zum ersten Mal gesehen. Meine Haare offenbaren im Regen ihre wahre, wilde Natur.

Ich darf ihn nicht näher heranlassen!

„Weißt du, was dieser Abend mir gezeigt hat? Dass du nicht nur Mamas Teddybär bist, sondern auch ein weichgespülter Schlappschwanz, der Bettys Unterstützung braucht, um sich zu wehren."

Er will was sagen, aber seine Schwester hält ihn auf.

„Eros, kannst du mir bitte mit dieser schweren Decke helfen? Jetzt!"

„Ich komme." Er dreht sich um und geht.

Ein lauter Donner grollt in diesem Moment und dröhnt durch die Luft und in mir. Ein heftiges Gewitter zieht auf. In der Ferne höre ich meine Mitschüler schreien und kreischen.

Es ist erst neun Uhr, als ich mich ins Bett verkrieche. Kaum habe ich mich zugedeckt, da öffnet sich die Tür und Linda tritt ein, ihre Silhouette zeichnet sich gegen das flackernde Licht des Flurs ab.

Ich schalte meine Nachtlampe an.

„Sorry, ich wollte dich nicht wecken“, sagt sie knapp, während sie sich aus ihren nassen Klamotten schält. Sie ist allein, Harmonie tröstet wahrscheinlich noch ihren Bruder. Das ist meine Gelegenheit, um mit meiner Freundin endlich ungestört reden zu können.

„Du hast mich nicht geweckt“, versichere ich ihr. „Lin, können wir reden?“

„Worüber möchtest du reden, Siela?“, fragt sie mich, während sie mit einem Handtuch ihre Haare trocken tupft.

Siela. So hat sie mich in all den Jahren unserer Freundschaft nie genannt. Ich bin immer Sisi für sie gewesen.

„Über uns. Ich vermisse meine Freundin.“

„Deine Freundin ist weiterhin hier. Aber du hast dich verändert.“

„Wie bitte?“ Ich traue meinen Ohren nicht.

„Ja, seit Eros hier ist, bist du ganz anders. Er hat etwas an dir verändert.“

„Das hat er nicht“, widerspreche ich heftig, aber in mir keimt der Zweifel. „Außerdem verbringst *du* jede freie Minute mit Harmonie. Wo bleibt da Raum für unsere Gespräche und für unsere Freundschaft?“

„Sie erzählt mir wenigstens, was in ihr vor sich geht. Aber du ... du redest nicht mehr mit mir, nicht wirklich.

Du teilst deine Gedanken und Gefühle nicht mehr. Früher hättest du das getan."

Das ist nicht fair. Ich möchte antworten, aber in diesem Moment öffnet sich die Tür und Harmonie tritt ein. Ihr Blick wandert zwischen uns hin und her und ein unlesbares Lächeln bildet sich auf ihren Lippen. Sie hat sich ebenfalls umgezogen. Die Kleidung, die sie trägt, ist ihr zu groß. Sie gehört wahrscheinlich ihren Brüdern.

„Störe ich?", fragt sie, scheint aber nicht wirklich an einer Antwort interessiert.

„Nein, natürlich nicht", antwortet Linda schnell und greift nach ihrer Jacke.

„Was ist los, Linda?", fragt Harmonie mit ihrer süßesten Stimme und schaut dabei mich mit giftiger Miene an. „Ich habe mich gefragt, wo du bleibst, und habe mir Sorgen gemacht. Jenna und die anderen warten schon."

„Ich bin fertig. Lass uns gehen." Linda wirft mir einen letzten, unentschlossenen Blick zu, bevor sie mit Harmonie den Raum verlässt.

Ich starre auf die geschlossene Tür und Tränen brennen in meinen Augen.

Was hat es mit diesen DeVines auf sich? Warum fühle ich mich stets so seltsam, wenn ich in ihrer Nähe bin? Sie wirken, als seien sie einem Roman, einem Mythos oder einem Gemälde entsprungen. Angefangen bei ihren Namen.

Eros strahlt eine Art unwiderstehliche Anziehungskraft aus, die ich kaum in Worte fassen kann. Anteros dagegen wirkt eher zurückhaltend, dennoch auffallend. Er hat etwas Anziehendes, aber es ist eine leisere, tiefere Art von Attraktivität, die erst erkennbar wird, wenn man sich entscheidet, genauer hinzuschauen. Und dann ist da Harmonie, deren Schönheit so unaufdringlich ist, dass sie leicht übersehen werden könnte. Aber einmal bemerkt, ist sie unvergesslich.

Sie sind alle drei so makellos. Bewegen sich mit einer Anmut und Selbstsicherheit, die ich selten gesehen habe. Manchmal scheinen sie so ... alt. Nicht im Aussehen, sondern in der Art, wie sie sprechen. Als würden sie mehr wissen, als sie zugeben. Ihre Antworten sind oft umschwärmt von einer Aura des Mysteriums, als gäbe es da eine tiefere Schicht, die ich nicht erreichen kann.

Sie sind Götter der Finanzwelt, haben sie gesagt. Über die man im Internet keine Informationen finden kann. Äußerst merkwürdig im digitalen Zeitalter.

Es ist, als ob sie die Regeln der Realität leicht verbiegen könnten, gerade genug, um Fragen aufzuwerfen, aber nicht genug, um es voll und ganz greifen zu können.

Ist das nur meine Fantasie oder steckt mehr dahinter?

Ihre Blicke sind durchdringend, als könnten sie Gedanken lesen oder Wahrheiten entdecken, die anderen verborgen bleiben. Es ist beunruhigend und faszinierend zugleich. Sie haben diese Intensität in ihren Augen, die mich manchmal glauben lässt, sie könnten in die tiefsten Ecken meiner Seele sehen, vor allem Eros.

Ich schlafe irgendwann ein und träume von der Lichtung, von Teddybären, grünem Gift, Käfigen und von ihr. Wie sie mir den Rücken kehrt und mich allein dort stehen lässt, um der Liebe ihres Lebens hinterherzulaufen. Heute Nacht werden meine Albträume nicht besänftigt.

Die Fänge der Aphrodite

In der Stille meiner Gedanken stehe ich – der Gott der Liebe – am Abgrund meiner Gefühle. Mein Blick haftet an den Sternen, deren Glanz mich an Sielas Augen im Moment unseres Kusses erinnert. Wieso habe ich sie geküsst? Und weshalb hat sie meinen Kuss erwidert, wenn sie mich dann ein Mamasöhnchen nennt? Wie konnten wir nur von solch einer wundervollen Nähe zu einem Streit voller Vorwürfe gelangen? Ist ihre Angst dermaßen groß?

Meine Handlungen hier auf Erden sind im Olymp nicht unbemerkt geblieben. Meine Mutter sieht, wie ich an den Fäden des Schicksals ziehe, die mich mit Siela verbinden, und ist nicht erfreut. Nea, ihre treue Botin, hat mir ihre Worte überbracht. Sollte ich aufhören? Ist es das Risiko wert? Kann ich überhaupt zurück?

Und da sind noch Anteros und Harmonie, die sich in ihrer menschlichen Form weiterhin nicht zurechtfinden und mir die Schuld für ihre Unruhe und Unzufriedenheit geben. Sie träumen von einer Flucht in die Plasmawelt – ein Zufluchtsort, der uns erlauben würde, unsere Göttlichkeit fern von Zeus' Kontrolle auszuleben.

Es gab bisher nur einen Gott, der es gewagt hat, eine solche Tarnwelt zu errichten: Fallaxios. Er spielte ein trügerisches Spiel, indem er Zeus nur Illusionen auf seinem Plasma vorführte, ein Schauspiel dessen, was der Herrscher der Götter zu sehen verlangte, während er insgeheim ein anderes Leben führte.

Die Erinnerung an die Vergeltung, die Zeus an Fallaxios ausübte, lässt mich zögern. Die Götterstrafe ließ ihn zu Sternenstaub zerfallen.

Ist es nicht ein zu hoher Preis, die Sicherheit unseres Exils zu riskieren für den flüchtigen Geschmack von Macht und Freiheit?

Ich suche nach Antworten, doch alles, was widerhallt, ist das Echo meiner eigenen Fragen.

***

Ich würde uns Schüler des *Loveland Elite Hall* als überdurchschnittliche Meister im Desinteresse bezeichnen, außer wenn es um die neuesten Gerüchte und die Schulferien geht. Aber nicht dieses Jahr und nicht im Fach Griechische Mythologie. Obwohl der Unterricht um acht Uhr beginnt, ist die Aula um sieben Uhr fünfunddreißig schon überfüllt und – man mag es nicht glauben – die Plätze sind fast alle besetzt. Links und rechts von Linda sind aber welche frei, weshalb ich zögerlich zu ihr in die dritte Reihe schlendere. Ich quetsche mich durch meine Mitschüler und nehme neben meiner Freundin Platz, die gedankenversunken auf ihr Handy starrt. Die Bildergalerie ist offen – Erinnerungen an Momente, die wir gemeinsam verbracht haben.

Als sie mich wahrnimmt, legt sie das Gerät weg und versucht, sich nichts anmerken zu lassen. Trotz des Impulses, die Stille zu durchbrechen, bleibe ich ruhig. Ich lasse stattdessen meinen Blick schweifen und suche nach dem Grund meiner ständigen Unruhe. Abwesend.

„Du, wegen dem, was du mir am Freitag gesagt hast …", setzt Linda an und sucht krampfhaft nach den richtigen Worten, als aus dem Nichts Harmonie erscheint und neben ihr Platz nimmt. Linda verstummt.

Ein paar Minuten vor Beginn suche ich erneut den Raum ab. Marc sitzt sichtlich angepisst neben Betty, die sich angeregt mit Anteros unterhält. Wo ist sein Bruder?

Die Tür an der Bühne öffnet sich und eine majestätische Ms. Atherton hat ihren Auftritt. Trotz des modernen, grauweiß melierten Hosenanzugs wirkt sie wie aus einer anderen Zeit. Sie erfüllt den Raum mit einer lebhaften Energie. Ihre Leidenschaft ist spürbar und ihre Begeisterung ansteckend. Man kann nicht anders, als mitgerissen zu werden. Und sie hat nicht einmal begonnen. Umgehende Stille und gespannte Erwartung breiten sich aus.

Unsere Lehrerin lässt uns nicht lange warten. „Einen wunderschönen guten Morgen, meine lieben Mythen-Entdecker. Nachdem wir in der letzten Stunde zur Gänze die Hauptgötter des Olymp kennengelernt haben, wollen wir uns heute mit einem weiteren äußerst faszinierenden Thema befassen: die Mutterrolle in der griechischen Mythologie. In den antiken Erzählungen finden wir eine reiche Vielfalt an mächtigen, liebevollen und manchmal auch ambivalenten Mutterfiguren.

Viele der mächtigen Göttinnen und sterblichen Frauen sind nicht nur leidenschaftliche Liebhaberinnen, sondern auch Beschützerinnen und Lenkerinnen des Schicksals ihrer Nachkommen. Bevor wir das

Thema weiter vertiefen, möchte ich euch fragen: Kennt jemand von euch eventuell eine bekannte Mutter aus der griechischen Mythologie? Wenn ja, wer ist es?"

Die Mutterfigur. Kein Thema auf der Welt schmerzt mich mehr als dieses. Gibt es Göttinnen, die ihre Kinder aus eigener Wahl heraus im Stich gelassen haben? Nicht mal in der grausamen Fantasie der Mythologie sind Mütter so herzlos gegenüber ihren Kindern.

„Iokaste", ruft jemand von hinten in den Raum rein.

„Da kennt sich aber jemand aus!" Ms. Atherton zeigt sich beeindruckt. „Was wissen Sie sonst über Iokaste? Sie sind Mr. ...?"

„Miller. Samuel Miller", stellt sich der Junge à la James Bond vor. Nur, dass er in puncto stimmliche Selbstsicherheit noch ein wenig Übung benötigt. „Sie ist die Mutter von Ödipus, der seinen eigenen Vater tötet und als Belohnung seine eigene Mutter als Ehefrau erhält."

„Korrekt. Aber alles unwissentlich", ergänzt Ms. Atherton. „Freud hat ihn bekannt gemacht. Ich nehme an, ich muss Ihnen nicht sagen, wer Freud war und was er mit dem Ödipuskomplex meinte. Das würde den Rahmen unseres Unterrichts deutlich sprengen, meine Mythen-Entdecker. Aber hier haben Sie ein Beispiel von dem, was ich in der ersten Stunde sagte. Nämlich, dass die Mythologie allgegenwärtig ist und uns überall begleitet, selbst – wie in diesem Fall – in der Psychologie."

Ich wäre in meiner Kindheit froh gewesen, Ödipus oder Elektra als unbewusste Freunde an meiner Seite zu haben, das hätte bedeutet, dass eine Mutter oder ein Vater anwesend gewesen wäre.

„Entschuldigen Sie, Ms. Atherton." Es ist die Stimme, die meinen Körper, meinen Geist und meine Seele zum Beben bringt. „Wie kann man so viel Wert auf diese alten Geschichten legen? Selbst wenn die Mythologie uns überall begleitet, wie Sie sagen, bedeutet das wirklich, dass alle diese Geschichten eine positive Botschaft für uns heute haben? Manche sind vielleicht nur tragische Erinnerungen an vergangene Zeiten und bringen uns eher Rückschritt als Fortschritt."

„Mr. DeVine, Sie machen im Unterricht endlich mit. Welch eine Ehre! Sehen Sie, das eine schließt das andere nicht aus. Selbst oder vor allem die Tragik kann uns lehren, zu wachsen und Empathie zu entwickeln. Es ist nicht immer die Geschichte selbst, sondern wie man sie interpretiert und welche Lehren man für sich selber daraus zieht."

Plötzlich ist die Stimmung im Saal zum Zerreißen gespannt.

„Wenn wir schon beim Thema der Mutterrolle in der Mythologie wären, Ms. Atherton, wie würden Sie die Geschichte über eine Mutter interpretieren, die nie anwesend war, die man nie kennenlernen konnte? Wie im Falle der Göttin Athena? Ist das eine Lektion in Unabhängigkeit?"

Diese Worte schießen mir mitten ins Herz. In mir zieht sich alles zusammen. Wie kann er das ansprechen, was Betty mir Freitag an den Kopf geworfen hat? Das, was mich innerlich zerreißt? Seine Worte hallen in mir nach, treffen genau die wunden Stellen meiner Seele, die Betty bereits erneut aufgerissen hat. Es fühlt sich an, als ob Eros jede meiner Narben sehen, vielmehr spüren kann. Ist er ein Arschloch oder hat er unter Umständen denselben Schmerz gespürt? Warum reitet er auf dem herum, was mich quält? Ich schlucke, versuche, meine Gefühle zu unterdrücken, doch in diesem Moment fühle ich mich verletzlich und bloßgestellt.

Auch Ms. Atherton scheint kurz innerlich zu schwanken, fängt sich aber schnell und antwortet: „Es kann unterschiedliche Interpretationen geben, Mr. DeVine. Einige können darin sehr wohl eine Lektion in Unabhängigkeit erkennen, andere eher eine Geschichte über den Verlust und wieder andere können es als eine Erinnerung daran sehen, wie wichtig es ist, die Beziehungen zu schätzen, die man hat.“

„Und welche Interpretation haben Sie?“ Eros' Miene ist ernst, fast fordernd.

„Dass es manchmal Kräfte gibt, die außerhalb der eigenen Kontrolle liegen. Und dass man die Umstände genauer kennen sollte, bevor man den Mund öffnet. Aber beantworten Sie mir eine Frage, Mr. DeVine. Welche Interpretation haben Sie für Mütter, die in der Mythologie ihre Kinder nicht nur schützen, sondern auch dominieren? Wie, sagen wir, im Falle der Göttin Aphrodite?“

„Was ist so schlimm daran, wenn eine Mutter ihre Kinder an sich bindet und beschützt?“

„Man könnte argumentieren, dass diese Mutter ihre Unsicherheiten auf ihre Kinder projiziert und sie daran hindert, sich selbst zu finden. Dass die Kinder nie wirklich die Chance haben, ihre göttlichen Flügel auszubreiten, sozusagen. Was meinen Sie, Mr. DeVine?“

„Nicht jeder hat das Bedürfnis, ständig davonzulaufen oder die eigene Freiheit zu betonen. Einige geben sich damit zufrieden, zu wissen, dass sie geliebt sind."

„Aber zu welchem Preis?", hält unsere Lehrerin dagegen. „Der Unfähigkeit, sich von der Kontrolle zu lösen und sich selbst zu entdecken? Lassen Sie sich eins sagen: Manchmal ist Freiheit wertvoller als übermäßiger Schutz." Somit beendet sie diesen filmreifen Schlagabtausch.

Was hat sich hier gerade abgespielt?

„Ich würde sie alle entfernen", sage ich zu Linda, als die Klingel den Unterricht beendet und wir uns aus den Stuhlreihen der Aula schälen.

„Was meinst du genau?" Ihre Stirn legt sich in Falten.

„Unsere gemeinsamen Fotos."

„Warum sollte ich?" Ihre Stimme ist scharf, verteidigend.

„Sie erinnern dich an eine Zeit, die nicht mehr existiert." Meine Worte sind härter als beabsichtigt, doch es ist die Verletztheit in mir, die spricht.

Linda öffnet den Mund, um zu antworten, aber Harmonie kommt ihr zuvor.

„Komm, Linda, der Schwanentanz wartet auf uns." Ihre Worte sind ein Befehl, kein Angebot. Sie greift nach Lindas Arm, fester als nötig, und zieht sie mit sich, dabei stolpert Harmonie wie ein tollpatschiger Elefant.

Das Alleinsein macht mir nichts aus, im Gegenteil, ich liebe es, Zeit mit mir selbst zu verbringen. Meine sozialen Kontakte beschränken sich auf einige wenige Menschen und darunter zählen definitiv Granny, Linda und Marc.

Meine Großmutter darf ich nur jedes zweite Wochenende besuchen. Doch was ist mit meinen besten Freunden? Trotz der räumlichen Nähe entfernen sich unsere Wege derzeit zusehends. Marc quält sich tagein tagaus in dieser merkwürdigen Dreierkonstellation mit Betty und dem schweigsamen Anteros und Linda verwandelt sich in Harmonies Händen in eine Art Marionette.

Die Mahlzeiten im Speisesaal und an unserem Tisch sind mir ein Gräuel geworden. Heute erreicht es den Höhepunkt. Von allen Seiten ernte ich passiven oder aktiven Widerstand. Linda, Marc, Anteros und Eros ignorieren mich. Und wenn Bettys und Harmonies Pupillen Paintballkugeln wären, dann wäre ich längst übersät mit schmerzlichen, farbigen Treffern.

„Dein Geburtstag ist also ein Mysterium?", fragt Harmonie mich, ihre Tonlage sanft, aber mit einem Hauch von Spott.

Während wir alle unsere Geburtstagspartys feierten, hat deine Mutter dich bei deiner Oma abgesetzt, um der großen Liebe ihres Lebens hinterherzujagen. Bettys Worte hallen in meinen Ohren nach. Und wie es scheint nicht nur in meinen.

Sie haben eine tiefe Wunde in meiner Seele aufgerissen, die seit dem Schlagaustausch zwischen Eros und Ms. Atherton weiter klafft und sich trotz meiner Bemühungen nicht so einfach schließen lässt.

Warum sollte ich feiern, dass ich ein Jahr älter geworden bin? Ein weiteres Jahr, in dem meine Mutter die Suche nach ihrer großen Liebe ihrer Tochter vorgezogen hat. In dem mein Erzeuger ... Wo war er? Und wer ist er?

Gibt es einen Grund zu feiern, wenn jeder Geburtstag nur ein weiteres Jahr markiert, in dem meine Mutter und mein unbekannter Vater mich vernachlässigt haben? In dem ich mit ihrer Abwesenheit konfrontiert wurde?

Geburtstage sollten Freude und Liebe symbolisieren, doch für mich stehen sie für das Gegenteil: den Mangel an Liebe und die Leere, die ich spüre.

Ich habe meine Gründe, weshalb ich den Tag meiner Geburt nicht feiere, und die reichen völlig aus.

„Ja, mein Geburtstag ist ein Mysterium", antworte ich knapp. Mein Geduldsbarometer hat seinen Siedepunkt erreicht. Die DeVines und Betty sind mir egal, aber nicht meine besten Freunde.

„Marc, Linda, hättet ihr heute Abend Lust, ein paar Bahnen zu schwimmen?" Wie in alten Zeiten.

„Nein, hätten sie nicht", antwortet Harmonie an deren Stelle deutlich angepisst.

Etwas läuft hier schief, aber ich habe nicht vor, mich zurückzuhalten. „Harmonie, was ist dein Problem?" Meine Stimme hallt lauter als beabsichtigt durch den Speisesaal, doch sie geht im allgemeinen Stimmengewirr unter. Nur die Personen an unserem Tisch drehen sich zu mir.

„Du bist mein Problem, Siela Chrysalis! Seit ich Fuß in dieses Internat gesetzt habe, bist du mir ein Dorn im Auge."

„Das ist mir nicht entgangen. Es scheint, als hättest du es dir zur Aufgabe gemacht, gegen mich zu sein."

„Besser hätte ich es nicht formulieren können."

„Was habe ich dir getan?"

„Rein deine Anwesenheit nervt mich. Deine Art, mit deinen besten Freunden umzugehen, Linda hier zu verletzen und generell Menschen zu manipulieren!"

Wie kann sie es wagen, solche Anschuldigungen zu äußern? Das kochende Blut in meinen Adern schreit danach, Harmonie DeVine endlich Paroli zu bieten und ihr zu zeigen, dass ich mir ihre Bosheiten nicht länger gefallen lasse. Diese verletzenden Worte, die so weit von der Realität entfernt sind, lassen meine Gedanken rasen. Es ist Zeit, Klartext zu reden und ihr zu zeigen, dass ich nicht das leichte Opfer bin, das sie anscheinend in mir sieht.

„Hör zu, Harmonie DeVine, ich lasse mir von dir keine falsche Persönlichkeit aufdrücken! Ich manipuliere niemanden, am allerwenigsten Linda. Vielleicht solltest du dich fragen, warum du so verbissen daran festhältst, mir schaden zu wollen?"

Harmonie schnaubt verächtlich. „Oh, wirklich? Was ist dann mit deiner angeblichen Sehschwäche? Ist es nicht ein bequemer Vorwand, um Linda an deine Seite zu ketten, aus Angst, sie könnte sich von dir abwenden, wenn sie die Freiheit hätte, sich unter die Leute zu mischen? Und was ist mit deinem Schwur, nie Liebe zu empfinden? Du spielst mit Eros, lässt ihn nah genug heran und dann stößt du ihn wieder fort. Jeder hier auf dem Internat sieht, wie du mit ihm umgehst." Ihre Worte sind messerscharf.

Nach Harmonies Anklage schaue ich hinüber zu Eros. Er sitzt mir gegenüber, still, sein Ausdruck unergründlich. Die Intensität seines Blicks lässt mich kurz den Atem anhalten. Linda, die neben mir sitzt, wagt es nicht, mich anzuschauen, ihr Kopf bleibt gesenkt. So fühlt es sich also an, wenn man im falschen Film ist.

Ich befinde mich im Speisesaal des *Elite Halls*, aber alles fühlt sich anders an. Eine beklemmende Stille herrscht im Raum. Das Kerzenlicht auf den Tischen wirkt gespenstisch, das sonstige Leben des Internats scheint ausgelöscht zu sein. Überall sitzen die anderen, starr wie Wachsfiguren, ihre Blicke leer.

Ich versuche, Kontakt aufzunehmen, strecke die Hände aus, aber keiner reagiert. An meinem Tisch sitzen Harmonie, Betty, Linda, Marc, Anteros und Eros, alle starr, unerreichbar und kalt. Ich spreche sie an, doch niemand antwortet. Panik überkommt mich. Ich laufe an die anderen Tische, stupse meine Mitschüler an, doch auch sie reagieren nicht.

Ein Schrei entfährt meiner Kehle und verliert sich in der Stille dieses Ortes.

Plötzlich höre ich aus der Ferne Harmonies kalte Stimme: „Siehst du? Du wirst immer allein sein, Siela Chrysalis! Allein, allein, allein." Dann lacht sie spöttisch.

Linda und Marc rufen meinen Namen, doch das Echo ist zu weit entfernt.

Genau in dem Moment, als die Angst und Panik mich vollständig zu verschlingen drohen, höre ich Eros sprechen: „Bis hierhin und nicht weiter, Harmonie!"

Ich suche ihn in meinem Traum, kann ihn aber nicht mehr sehen, dann spüre ich ein sanftes Streicheln auf der Wange. Dieses zarte und vertraute Gefühl zieht mich aus dem Albtraum heraus und schenkt mir Sicherheit und Geborgenheit. Die beklemmenden Bilder verblassen augenblicklich und ich finde mich in einer friedlichen Stille wieder, eingehüllt in Wärme und Schutz. Ich lasse mich erneut in den Schlaf sinken, diesmal ruhig und ungestört.

***

Es ist weit mehr als nur ein Spiel, Kleiner Fuchs! Die feinen Nuancen meiner Gefühle – die Momente der Unruhe, wenn du fehlst, die Sehnsucht, wenn du nicht erscheinst, die Stille, wenn du nicht da bist – haben mein Innerstes entblößt.

Ich habe versucht, mich selbst zu täuschen, habe nach einem Funken Gleichgültigkeit in mir gesucht. Doch der Spieltrieb, der mich einst motiviert hat, hat nachgelassen.

Ein Gefühl, das mir so vertraut war, aber nie für mich vorgesehen schien, übermannt mich nun. Ein tiefgreifendes, gewichtiges Empfinden, das ich längst vergraben hatte.

Es geht nicht mehr darum, einfach Spaß mit dir zu haben, mir meine Zeit hier auf Erden zu vertreiben und sie mit dir zu verbringen, um der Monotonie des Lebens zu entfliehen.

Dies ist längst kein Spiel mehr. Ich kann, nein, ich darf nicht sagen, was es ist. Aber eins kann ich sagen. Es ist kein Spiel mehr, Kleiner Fuchs!

***

Seit unserem Streit am Lagerfeuer und meiner Auseinandersetzung am Mittagstisch mit seiner Schwester hat Eros eine spürbare Distanz zu mir gehalten. Harmonies Behauptungen über meine Beziehung zu Linda sind grundlos erlogen, doch in einem Punkt hat sie nicht ganz Unrecht: die verworrene Beziehungsdynamik zwischen Eros und mir, oft genug von mir selbst befeuert. Ich würde gern mit Eros reden und mich für meine Reaktion am Lagerfeuer entschuldigen.

Ich mag es nicht zugeben, aber wenn er nicht da ist, vermisse ich ihn. Genau wie jetzt am Mittagstisch. Unauffällig schaue ich mich um, nutze die Gelegenheit, während alle anderen am Tisch miteinander reden und mich an ihren Gesprächen nicht teilhaben lassen. Von dem bildhübschen Lockenschopf, der mir fast jeden Mittag gegenübersitzt und mich ständig herausfordert, fehlt heute jede Spur. Es ist absurd! Noch nie hat die Abwesenheit eines Mitschülers solch eine Wirkung auf mich gehabt.

„Suchst du jemanden? Etwa meinen Bruder?", fragt mich Harmonie mit einem gemeinen Lächeln auf ihrem Gesicht.

So unauffällig war ich dann doch nicht.

Da ich heute klischeehaft eine versalzene Suppe mit Haar darin hatte und Cheesecake mit Rosinen nicht mag, entscheide ich mich, den Rest der Pause an meinem Lieblingsplatz zu verbringen. Wortlos verlasse ich den Tisch. Da zündet ein Funke und ich erinnere mich wieder: Eros übernimmt heute die Unterrichtsstunde in Literatur. Wahrscheinlich muss selbst ein selbstbewusster Überflieger wie er sich vorbereiten.

Als ich nach der Pause das Klassenzimmer betrete, ist Eros, wie erwartet, bereits da. Er sitzt am Pult, die Füße lässig auf dem Tisch übereinandergelegt. Ein altes Buch über griechische Mythologie liegt aufgeschlagen vor ihm. Ein sehr altes Buch. Er ist tief in der Lektüre versunken. Und ich in seinen Anblick. Siela, hör jetzt auf, ermahne ich mich in Gedanken und setze mich auf meinen Platz. Linda ist bereits da.

Er scheint uns nicht bemerkt zu haben oder es ist ihm egal.

Dann, ohne Vorwarnung, schließt er das Buch, nimmt die Füße vom Tisch und setzt sich auf. Er schaut mich direkt an. Für einen flüchtigen Augenblick fühlt es sich an, als wären wir die einzigen Personen im Raum. Ein seltsames Kribbeln breitet sich in meiner Magengegend aus, eine Art elektrische Spannung, die die Luft erfüllt.

Ich richte meine Aufmerksamkeit auf mein Notizbuch und tue so, als würde ich etwas hineinkritzeln. Hieroglyphen oder so. Dann lese ich das, was auf der Tafel geschrieben ist:

Die Liebe sieht nicht mit den Augen, sondern mit der Seele. – William Shakespeare.

Und das Bild eines Schmetterlings.

„Einen wunderschönen guten Tag", begrüßt uns Mr. Dollmann. „Wie in der letzten Stunde angekündigt, übernimmt heute Mr. DeVine den Unterricht. Mr. DeVine, the stage is yours! Wir sind gespannt." Er nimmt Eros' Platz in der letzten Reihe ein.

„Vielen Dank, Mr. Dollmann. Hi, zusammen", begrüßt Eros uns und steht dabei entspannt vor uns, als hätte er im Leben nichts anderes gemacht, als Vorträge zu halten. „In der letzten Stunde diskutierten wir die Frage, weshalb sich Amor in Psyche verliebt. Heute möchte ich die Gegenfrage stellen: Weshalb verliebt sich Psyche in Amor?" Er schaut kurz zu mir und dann wieder in die Runde.

Einige Schüler werfen Ideen in den Raum – meistens sind es klischeehafte Begriffe wie „Schicksal" oder „Liebe auf den ersten Blick". Hat Macy das soeben ernsthaft gesagt? Hat sie seit Beginn des Schuljahres je eine Seite der Erzählung gelesen? Ich schüttle leicht den Kopf und lasse ein leichtes Seufzen entweichen, kaum hörbar.

Er aber hat mich gehört. „Wie wäre es mit dir, Siela? Hast du eine Idee? Weshalb verliebt sich Psyche in Amor?"

Das Herz schlägt mir bis zum Hals. Ich schließe die Lider, überlege kurz und dann lasse ich den Worten freien Lauf. „In der Mythologie steht Psyche für die menschliche Seele. Sie verliebt sich in Amor, nicht, weil sie ihn sieht, sondern weil sie ihn spürt. Seine Gesten, seine Fürsorge, seine Anwesenheit. Psyche verliebt sich in das Unsichtbare, in die Möglichkeit, so befreit und leicht zu sein, als würde sie schweben oder tanzen."

Eros neigt den Kopf zur Seite, ein sanftes Lächeln umspielt seine Lippen. „Das ist eine schöne Interpretation. Aber denkst du nicht, dass Psyche möglicherweise auch die Dunkelheit in Amor gespürt hat? Die verborgenen Seiten, die wir alle haben?"

Ich nicke. „Möglicherweise. Vielleicht hat sie sich nicht nur in das verliebt, was sie berührt hat, sondern auch in das, was sie nicht sehen konnte, aber was sie fühlen konnte."

„Genauso ist es", erwidert Eros und tritt einen Schritt vor. „Es ist der Tanz zwischen dem Bekannten und dem Unbekannten, der der Liebe eine gewisse Tiefe gibt."

Mein Puls beschleunigt sich. „Was, wenn Psyche Angst davor hatte? Angst vor der Tiefe ihrer eigenen Gefühle?"

„Dann wäre es die Aufgabe von Amor, ihr zu zeigen, dass es in Ordnung ist, sich fallenzulassen. Dass es sicher ist, sich dem Unbekannten hinzugeben. Dass sie sich vorstellen soll, was alles gut laufen könnte." Eros' Stimme ist kaum mehr als ein Flüstern, aber es füllt den ganzen Raum.

„Und wenn Amor selbst Angst hätte?", frage ich, meine Stimme ebenfalls leise.

Das vertraute Funkeln erscheint in Eros' Augen. „Dann müsste Psyche ihm eventuell die gleiche Geduld und das gleiche Vertrauen entgegenbringen, die er ihr schenkt."

„Das klingt nach einem perfekten Gleichgewicht", flüstere ich.

Der Raum ist gefüllt mit absoluter Stille. Eros' Blick haftet an mir. Er schaut mich erst ernst an, dann fängt er an zu lächeln. Nicht wie sonst, weder frech noch arrogant. Es ist ein Lächeln, das ich nicht deuten kann ...

Nach diesem Moment der unerwarteten Intimität sammelt er sich und setzt die Diskussion in der Klasse fort. Er greift meine Worte auf und verwendet sie als Basis für weitere tiefgründige Überlegungen. Andere Schüler scheinen inspiriert und bringen Gedanken ein, die nun weit über die gewöhnlichen Klischees hinausgehen. Eros lenkt das Gespräch geschickt, stellt Fragen und gibt Impulse. Wie ein geborener Redner. Manchmal kreuzen sich unsere Blicke.

Ehe ich mich versehe, unterbricht das Läuten der Schulglocke den magischen Fluss der Stunde.

„Bravo! Super gemacht, Mr. DeVine. Schneidet euch eine Scheibe von eurem Mitschüler ab. Die nächste Stunde fällt wegen des Zukunftsorientierungstages aus. Bis nächste Woche", verabschiedet sich Mr. Dollmann.

Die Klasse beginnt, sich aufzulösen, ich packe meine Sachen und als ich aufschaue, ist Eros verschwunden. Ein kleiner, aber deutlich spürbarer Stich der Enttäuschung durchzuckt mich. Ich bin bereits im Flur, da spüre ich einen weiteren bekannten und ersehnten Stich. Diesmal jedoch von einem Papierflieger.

Für den ersten Tanz braucht man keinen Boden unter den Füßen, Kleiner Fuchs!

Der Schmetterling ist diesmal oberhalb der Schrift gezeichnet.

Das ganze Internat außer mir ist heute in Aufruhr. Der jährliche Zukunftsorientierungstag ist endlich da und das *Loveland Elite Hall* brummt vor Energie. Amerikanische und internationale Flaggen hängen neben der Internatsfahne in der großen Aula; ein Symbol der vielfältigen Wege, die vor jedem von uns liegen. Die Klassenräume sind für den Tag in temporäre Beratungsbüros verwandelt worden. Broschüren von Ivy-League-Universitäten, Staatsschulen und technischen Instituten sind auf den Tischen ausgebreitet und bunt bedruckte Banner mit Slogans wie „Finde deinen Pfad“ und „Deine Zukunft beginnt hier“ schmücken die Wände.

Wie flinke Ameisen bewegen sich alle die Treppen hinauf und herunter.

Es wird angeregt an Infoständen diskutiert, an denen Repräsentanten aus verschiedenen Berufsfeldern sitzen; Ingenieurwesen, Medizin, Betriebswirtschaftslehre, Informatik. Von den künstlerischen Fächern weit und breit nichts zu sehen, leider.

Es finden Diskussionsrunden und Workshops statt. Ein Raum ist für das Schreiben von Bewerbungen und Lebensläufen reserviert, ein anderer für Studienfinanzierung und Stipendien. Es gibt sogar einen Stressmanagement-Workshop und ich frage mich, ob ich mich dort anmelden sollte.

Man spürt die nervöse Energie, die durch die Gänge strömt, wie eine Welle, die kurz davor ist, an Land zu schlagen. Dies ist der Tag, an dem die Zukunft keine abstrakte Idee mehr ist, sondern eine greifbare Realität wird. Zumindest für die meisten von uns. Denn ich habe nach wie vor keine Ahnung und keinen Plan, was ich mit meinem Leben anfangen möchte, und laufe durch diese Flure nur, weil es eine obligatorische Veranstaltung ist. Unsicherheit und eine Spur von Aufregung überkommen mich. Mein Termin mit Ms. Atherton steht an. Die Tür zum Klassenzimmer ist offen und ich trete ein.

„Kommen Sie rein, Ms. Chrysalis“, empfängt sie mich. Wir befinden uns im Literaturraum. Sie sitzt an Mr.

Dollmanns Schreibtisch und ist umgeben von Broschüren, die das heutige Thema weiter aufgreifen. „Bitte, nehmen Sie Platz.“

Ich tue, wie mir befohlen.

„Wie kann ich Ihnen heute helfen, Ms. Chrysalis?“

Wenn ich das nur wüsste. Eine gefühlte Ewigkeit starre ich in die Leere und Ms. Atherton scheint es nicht zu stören, sie lässt mir die Zeit, die ich benötige. Dann schaue ich sie direkt an und sage ohne Umschweife: „Ich habe nicht die leiseste Ahnung. Meine Zukunft ist ein großes Fragezeichen.“

„Diese Antwort habe ich heute von vielen Ihrer Mitschüler erhalten. Und das ist absolut verständlich. Sie waren lange Jahre in den geschützten Räumen des *Loveland Elite Hall*, der Schritt nach draußen birgt Sorge und Zweifel. Aber denken Sie daran, Ms. Chrysalis, die Zukunft ist nicht in Stein gemeißelt. Sie ist ein sich ständig veränderndes Mosaik, das Sie selbst gestalten. Sagen Sie mir, was erkennen Sie in Ihrem Mosaik?“

„Es fällt mir einfacher zu sagen, was ich nicht sehe“, gebe ich zu.

„Auch das ist ein Weg. Dann sagen Sie es mir.“

„Ich sehe in meiner Zukunft keine Familie im traditionellen Sinne, ich sehe keine eigenen Kinder und keine Liebe in meinem Leben.“ Während ich diesen Satz ausspreche, frage ich mich, ob diese Aussage noch stimmt, die ich in vergangenen Jahren wie ein Mantra wiederholt habe.

Ms. Atherton legt ihre Brille ab und schaut mir in die Augen. „Das sind harte Worte, Siela!“

„Wenn Sie meine Geschichte kennen würden, würden Sie anders denken.“

Sie überlegt kurz, scheint den Gedanken zu verwerfen und spricht dann weiter: „Es ist möglich, eine erfüllte Zukunft zu haben, selbst ohne die traditionellen Lebenswege zu gehen. Du musst nicht lieben oder Kinder haben, um ein sinnvolles Leben zu führen. Aber ich möchte, dass du dir darüber im Klaren bist, dass die Abwesenheit dieser Dinge eine Wahl ist, nicht eine Unvermeidlichkeit.“

„Was meinen Sie damit?“

„Ich meine, lass deine Unsicherheit und deine Vergangenheit nicht die Tür zu Möglichkeiten schließen, die dir Freude bringen könnten. Manchmal ist die Liebe – oder sogar die Mutterschaft – eine Reise zur Selbsterkenntnis. Und Selbsterkenntnis ist ein Schlüssel zum Glück, in welcher Form auch immer sie kommen mag.

Verschließe dir keine Möglichkeiten, Siela. Die Entscheidung, offen für die vielen Formen von Liebe und Bindung zu sein, kann genauso befreiend sein wie die Entscheidung, alleine zu bleiben. Sie muss nur bewusst getroffen werden. Schau mich an. Als jemand, der eine lange Geschichte hat und viele Lebenswege gegangen ist, kann ich sagen, dass ich in meinem Leben verschiedene Arten von Liebe erfahren habe. Aber für mich war es die Liebe zur Weisheit, die stets im Vordergrund stand. Und auch wenn ich selbst keine Kinder habe, habe ich doch die Freude erlebt, anderen beim Wachsen und Lernen zu helfen, in einer Art geistiger Mutterschaft, wenn du so willst.“

Ihre Worte und vor allem ihre Ehrlichkeit machen mich sprachlos und rütteln an meinem inneren Käfig.

„Nun lassen Sie uns auf das konzentrieren, was in Ihrem Mosaik sichtbar ist, Ms. Chrysalis. Darf ich Ihnen sagen, was ich sehe?“

Ich nicke.

„Sie haben ein gutes Gespür für Menschen, Ms. Chrysalis. Mir ist aufgefallen, wie Sie Ihre Mitschüler beobachten, wie Sie verstehen, was sie bewegt, oft, bevor sie es selbst tun. Es scheint eine natürliche Begabung zu sein.“

„Und?“, frage ich vorsichtig nach.

„Haben Sie mal ein Psychologiestudium in Betracht gezogen? Ihre schulischen Leistungen würden es gerade noch erlauben.“

„Ist das nicht eine Nummer zu groß für mich?“

„Nicht, wenn Sie Ihrer Leidenschaft freien Lauf lassen, Ms. Chrysalis!“

Da hätten wir sie wieder, die verdammte Leidenschaft.

„Ich glaube nicht, dass ich die Voraussetzungen erfülle, um an den Universitäten angenommen zu werden“, versuche ich, mich aus der Nummer zu befreien.

„Vielleicht für einige Universitäten, aber sicher nicht für alle. Hier ist eine Liste der Universitäten, bei denen Sie sich bewerben können. Heute noch. Ich wünsche Ihnen viel Erfolg, Ms. Chrysalis, und hier noch ein Empfehlungsschreiben von mir in mehrfacher Kopie. Ich bin mir sicher, dass Ihr Mosaik wundervoll aussehen wird!“

Selbst wenn sich mein Kopf wehrt, die Insassen meines Käfigs führen mich in den nächsten Raum.

Es ist wahr! Soeben habe ich meine Bewerbungsunterlagen – inklusive Empfehlungsschreiben von Ms. Atherton – für das Studienfach Psychologie an drei Unis eingereicht. Während ich diesen Gedanken in mein Bewusstsein aufnehme, mache ich es mir an meinem Lieblingsplatz an der Alten Eiche bequem. Kaum habe ich Platz genommen, dringt Eros' Stimme an mein Ohr. Er muss auf der gegenüberliegenden Seite des mächtigen Stammes sitzen. Ich kann ihn hören, aber nicht sehen.

„Wie fühlst du dich?"

„Verwirrt", antworte ich wahrheitsgemäß.

„Darf ich fragen, was dich verwirrt?"

„Meine Zukunft." Und die Tatsache, dass es mir nicht reicht, nur seine Stimme zu hören. Ich möchte ihn sehen und spüren, aber das lasse ich aus.

„Ist es nur das?"

„Ja", erwidere ich.

„Sei nicht die, die du nicht bist, Siela! Öffne dich dem Leben und der Liebe."

Ich antworte nicht.

„Ich schenke dir ein ‚i'", fährt er fort.

„Was soll das bedeuten?"

„Ein ‚i'. Platziere es zwischen dem ‚L' und dem ‚e' in deinem ‚Leben'. Lass es zu. Ich werde da sein, um dich aufzufangen", versichert er mir.

„Ich möchte nicht aufgefangen werden!" Panik steigt in mir auf und ich will davonrennen, halte jedoch inne und bitte Eros, mich allein zu lassen. Ich hatte vor, mich zu entschuldigen, und doch schicke ich ihn erneut weg.

Wortlos entfernt er sich, seine Schritte auf dem Gras werden stetig leiser, bis nur noch die absolute Stille den Platz am Baumstamm einnimmt.

Sei nicht die, die du nicht bist, Siela! Wenn es so einfach wäre. Um dies zu tun, müsste ich meine Gefühle zulassen. Und es sind so viele, so unterschiedliche. Sie ersticken mich. Ich ertrinke in ihnen wie in einem trüben See.

Die Angst lähmt mich. Sie wacht wie ein Ungeheuer über mich. Die Furcht, Liebe in meinem Leben zuzulassen, nur um sie womöglich zu verlieren. Die Angst, richtig zu leben. Eher verkrieche ich mich unter dem Durchschnitt und ersticke meine Leidenschaften, sobald sie aufkeimen.

Und dann die Scham. Die Scham, die Tochter einer unbeständigen Mutter zu sein. Einer Hippie-Seele, die der Liebe hinterherrennt wie ein Schatten, der niemals die Sonne berührt. Wie oft habe ich im stillen Kämmerchen über diese Einsamkeit geweint und geschrien vor Wut und Frust und dennoch nie gewagt, jemandem meine wahren Emotionen zu offenbaren!

Hinzu kommt meine innere Unsicherheit. Sie manifestiert sich in Selbstzweifeln. Mein Haar erscheint mir zu lockig, zu rot, zu wild und unzähmbar. Ich verberge mich hinter einem strengen Dutt und Linda behauptet scherzhaft, mein Glätteisen sei mein treuester Begleiter. Sie zeigt sich in meiner Richtungslosigkeit. Wohin gehe ich? Was will ich? Wer bin ich? Verleugne ich gerade mich selbst? Sei nicht die, die du nicht bist, Siela!

Außerdem ist da noch mein innerer Käfig. Ein finsterer Winkel meiner Seele, den ich ins Dunkel und in die Kälte verbannt habe. Ein geheimer Ort, den niemand sieht und den selbst ich meide. Ich taumle lieber betäubt durchs Leben, als mich diesem Ort zu stellen. Hier sind meine Unsicherheiten, Träume, die Hoffnung und die Leidenschaft eingesperrt. Ich wage es nicht, ihn zu öffnen, mich den Insassen zu stellen, aus Angst vor dem Schmerz, den sie hervorbringen könnten. Aber sie rütteln ununterbrochen an den Gitterstäben, die nicht mehr lange standhalten werden.

Und schließlich dieses neue, unbekannte Gefühl, das Eros in mir entfacht. Wenn er mich ansieht, fühle ich, wie er direkt vor dem Käfig steht, der verschlossen ist. Aber wie lange noch?

Herannahende Schritte unterbrechen meine Gedanken und Emotionen. Ich kann es kaum glauben, als sich Anteros neben mich setzt.

„Hey, du siehst aus, als könntest du jemanden zum Reden gebrauchen."

„Hat dich dein Bruder geschickt?"

„Nein, ich bin aus Eigeninitiative hier. Soll ich wieder gehen?"

„Du kannst bleiben. Deine Gesellschaft stört mich nicht." Im Gegensatz zu seinem Bruder stellt er meine innere Welt nicht komplett auf den Kopf.

„Kann ich dir irgendwie helfen?"

Etwas stimmt hier nicht. Wer ist diese Person und wo bleibt der schweigsame Anteros?

„Erzähl mir von dir und Eros. Wie ist eure Beziehung?", versuche ich, seine Gesprächigkeit auszunutzen.

Er lacht kurz und antwortet dann: „Eros und ich sind ziemlich eng, aber doch ziemlich unterschiedlich."

„Was meinst du genau?"

„Nun, er ist eher der Typ, der nach vorne prescht, der Anführer. Er hat diese Fähigkeit, Menschen zusammenzubringen, aber manchmal versteht er nicht, dass es mehr braucht als nur den ersten Funken. Da komme ich ins Spiel. Ich bin sozusagen die Antwort auf das, was Eros in der Welt verbreitet. Ich bin geboren, damit er am Leben bleibt.“

Es klingt alles seltsam und mysteriös. Bevor ich jedoch tiefer graben kann, ergreift er erneut das Wort.

„Warum versuchst du, deinem Herzen zu entkommen, Siela?“

Mit dieser Frage hätte ich jetzt nicht gerechnet. Vor allem nicht von Anteros, mit dem ich bisher kaum mehr als dreieinhalb Sätze gewechselt habe.

„Ich bin nicht sicher, wovon du sprichst. Wer sagt dir, dass ich das tue?“

„Niemand sagt es mir. Aber Herzen haben ihre eigene Sprache, weißt du? Manchmal schreien sie, selbst wenn wir versuchen, sie zu ignorieren.“

„Und du bist der Herzensflüsterer oder warum kannst du die Sprache meines Herzens verstehen?“ Was hat es mit diesen DeVines auf sich? Schon bereue ich es, ihn nicht weggeschickt zu haben.

„Herzensflüsterer ist zu viel gesagt, aber ich habe ein Gespür dafür, wenn jemand mit seinen Gefühlen ringt. Wenn du dir erlaubst zu fühlen, könntest du überrascht sein, was dir begegnet.“

Dasselbe in grün ist mir heute bereits gesagt worden. Und meine Reaktion ändert sich nicht: Stille und Panik.

„Du möchtest, dass ich gehe, ich weiß. Das werde ich gleich tun. Darf ich dir aber vorher noch eine Frage stellen?“

Ich nicke.

„Was würdest du tun, wenn du keine Angst hättest, verletzt zu werden?“

Diese Frage trifft mich unvorbereitet. Mein Magen zieht sich zusammen und für einen Moment bin ich sprachlos, dann antworte ich: „Das ist eine Frage, die leichter zu stellen als zu beantworten ist.“

„Natürlich“, sagt Anteros sanft. „Manchmal ist das Nachdenken über die Lösung der erste Schritt, sich selbst besser zu verstehen und der Gegenliebe, der Antwort auf die Liebe, Raum zu geben.“

„Ich werde darüber nachdenken“, ist alles, was ich hervorbringe.

„Und vor allem nachfühlen.“ Mit diesen Worten geht auch der jüngere DeVine-Bruder und lässt mich allein an der Alten Eiche zurück.

Sei nicht die, die du nicht bist, Siela! Was würdest du tun, wenn du keine Angst hättest, verletzt zu werden? Diese zwei Sätze begleiten mich heute ins Bett. Soll ich mich auf ihn einlassen? Ich habe mein Herz noch niemandem geöffnet. Was ist, wenn ich verletzt werde? Was ist, wenn ich meine Unabhängigkeit und meine Freiheit verliere? Genauso wie meine Mutter …

Und da tritt sie wieder in meinen Gedanken auf, zwar fern und abwesend, aber wie ein Schatten, der ständig auf mich fällt. Wann hört das auf? Wie lange noch werden sie und mein unbekannter Vater mich noch quälen? Wie lange werden ihre Entscheidungen meine beeinflussen?

Ist es Zeit, einen kleinen Schritt aus meiner Komfortzone zu wagen? Bisher habe ich das Bedürfnis nie verspürt, jemanden an mich heranzulassen. Aber seine

Nähe, seine Berührungen, seine Worte und seine Aufmerksamkeiten erwecken eine bisher unbekannte Sehnsucht in mir. Kann ich ihm vertrauen? Was, wenn er mein Herz zertrampelt? Soll ich das Risiko dennoch eingehen? Bin ich bereit für eine Beziehung oder benötige ich mehr Zeit, um meine Unsicherheiten zu bekämpfen und mich besser kennenzulernen?

Die Achterbahn meiner Ängste und Zweifel hält mich noch eine ganze Weile wach, bis ich mich irgendwann auf der Lichtung wiederfinde …

Mein innerer Käfig steht am Rande der Lichtung, bewacht von einem furchteinflößenden Ungeheuer. Nicht nur meine Träume, Hoffnungen und Leidenschaften sind darin gefangen, sondern auch die kleine Siela. Ihr rotes Haar wirkt zerrupft und die Wangen sind von Tränen überströmt. „Warum lässt du mich hier?", schluchzt sie und ich erkenne die Einsamkeit und die Sehnsucht, die sich in ihr angestaut haben. Die Frage ist an meine Mutter gerichtet. Eine Frage, die mich jeden Tag verfolgt.

Plötzlich erscheint Eros neben mir. Er schaut den Käfig an und sagt leise: „Du bist nicht allein, Siela." Er streckt seine Hand aus und goldenes Licht strömt von seinen Fingerspitzen, der Käfig öffnet sich und die kleine Siela rennt heraus und verschmilzt mit mir.

In dieser Nacht höre ich keine Stimme, die mich besänftigt, und ich spüre keine Hand, die meine Wange streichelt. Nur eine Frage, die wie ein Echo in meinem Kopf widerhallt: Was würdest du tun, wenn du keine Angst hättest, verletzt zu werden?

Linda und Harmonie kehren in den frühen Morgenstunden zurück und reißen mich aus meinem Schlaf.

Während Linda stets darauf bedacht ist, leise zu sein, und behutsam durch den Raum geht, um mich nicht zu stören oder zu wecken, nimmt Harmonie keinerlei Rücksicht. Sie macht Lärm, knallt Schranktüren zu, schaltet das grelle Licht ein und spricht in normaler Lautstärke. Ganz gleich, ob ich schlafe, lese, schreibe oder lerne – sie stört jedes Mal. Absichtlich.

Endlich beruhigt sich ihr Kichern und sie liegen in ihren Betten. An weiteren Schlaf ist jedoch nicht zu denken. Sobald ich ihre tiefen, regelmäßigen Atemzüge höre, stehe ich leise auf. Nicht, weil ich besonders rücksichtsvoll sein möchte, sondern um eventuelle Fragen zu vermeiden, falls ich sie aufwecken sollte.

Ich schlüpfe in die Sneakers, greife nach meiner Jacke und verlasse den Raum. Im gedämpften Licht taste ich mich durch das Treppenhaus. Oh, nein, Ron sitzt am Eingang! Bevor er mich bemerkt, flüchte ich durch einen der Geheimgänge nach draußen.

Ich liebe die Stille, wenn das komplette Internat und die Natur noch schlafen. Ich achte auf jeden Schritt und spaziere gemütlich zur Alten Eiche. Dort setze ich mich auf die feuchte Wiese und lehne den Rücken an den einladenden Baumstamm. Die Sonne ist eben aufgegangen und das Lichtspektakel ist zauberhaft. Die Natur erwacht mit einem leisen Flüstern. Die Vögel zwitschern sich einen liebevollen guten Morgen zu und ich spüre einen Augenblick voller Hoffnung und Möglichkeiten. Wie gesagt, es ist nur ein Moment. Denn, ganz ehrlich, was habe ich schon für Möglichkeiten?

Ich habe mich stets bemüht, mich unter dem Durchschnitt zu positionieren. Nicht zu überragen. Wenn ich die Leidenschaft aufkeimen spürte, war ich schnell bedacht, sie zu löschen. Zu viel Gefühl, egal für was oder wen, ist schädlich. Unter dem Durchschnitt ist ein guter Platz, fand ich.

„Der Platz an der Eiche ist wunderschön. Ich fange an zu verstehen, wieso er dein Lieblingsplatz ist. Er ist der perfekte Rückzugsort." Eros. Er sitzt wieder so, dass ich ihn nicht sehen, wohl aber seine Präsenz spüren kann.

Gestern Mittag habe ich ihn weggeschickt, jetzt möchte ich mich bei ihm entschuldigen. In meinen Gedanken bin ich viel redegewandter, nun schnüren mir meine Emotionen den Hals zu. „Eros, ich ...", starte ich einen Versuch, aber er unterbricht mich.

„Lass mich bitte zuerst reden, Siela! Auch für mich ist es nicht einfach."

Wieder einmal deutet er haargenau meine Gefühle.

„Als ich zur Welt kam, war ich der ganze Stolz meiner Familie. Ich war oder bin das Ebenbild meiner Mutter. Sie sieht in mir ihre Fortführung. Besonders mein Großvater hegte große Erwartungen an mich. Doch ich hatte gesundheitliche Probleme in meiner Kindheit. Ich hatte Wachstumsschwierigkeiten. Die Ärzte prognostizierten, ich würde nicht lange leben. Du kannst dir vorstellen, dass meine Mutter am Boden zerstört war. In ihrer Verzweiflung suchte sie Rat in Delphi. Dort sagte man ihr, ich könnte unter tiefster Einsamkeit leiden. Das hatte zwei Auswirkungen: Sie sorgte sich noch intensiver um mich und wenig später kam mein Bruder Anteros zur Welt. Und siehe da. Seine bloße Anwesenheit und Nähe schienen mich zu heilen. Unsere Beziehung ist kompliziert und obwohl wir häufig aneinandergeraten, kann ich nicht ohne ihn sein.

Ein Eingeständnis, das ich ihm gegenüber nie machen würde. Da er meinen Leidensweg kennt, fühlt er sich oft als derjenige, der geboren wurde, damit ich leben kann, und lässt mich das regelmäßig spüren. Aber ich weiß, dass auch er mich auf seine eigene Weise liebt. Die erstickende Fürsorge meiner Mutter konnte ich nie ganz abschütteln, selbst wenn ich mich dagegen auflehnte. Ich tat alles, um sie und meinen Großvater zu provozieren. Obwohl sie mir mehr Freiraum lässt, ist ihre Sorge, mich zu verlieren, weiterhin da und sie ist weiterhin groß.

Warum ich dir das alles erzähle, Siela, weiß ich nicht. Ich habe mich nie vor jemandem rechtfertigen müssen oder es gar gewollt. Es war mir egal, was die anderen von mir dachten. Es ist mir aber nicht egal, was du über mich denkst. Ich möchte, dass du weißt, ja, ich bin sehr wohl ein Muttersöhnchen, aber nicht, weil ich es will."

Aufmerksam habe ich jedem einzelnen Wort gelauscht und fühle mich schrecklich. Das, was er mir soeben offenbart hat, berührt mich zutiefst. „Eros, ich … es tut …", setze ich an, aber er unterbricht mich erneut.

„Nein, es gibt nichts, wofür du dich entschuldigen musst." Er steht auf und nimmt neben mir Platz. Er nimmt meine Hand und wie jedes Mal durchfährt mich ein Schauer. Wir schweigen, während er mit seinem Daumen meinen Handrücken streichelt. Eine Geste, leicht wie der Flügelschlag eines Schmetterlings, die mir ein Gefühl der Geborgenheit schenkt.

Ein Eichhörnchen kommt angerannt und bleibt einen Meter vor uns stehen. Es schaut nach links und nach rechts und huscht wieder davon. Wir lachen beide. Dann schweigen wir wieder. Es ist eine angenehme

Stille, die Art von Stille, in der man das Gefühl hat, dass man sich alles Mögliche erzählen kann und sich seit Ewigkeiten kennt.

Dennoch breche ich sie und erzähle ihm ungefiltert, was ich seit siebzehn Jahren in meinem Herzen trage: „Ich habe meinen Vater nie kennengelernt. Als ich gerade mal sieben Monate alt war, hat er uns verlassen. Meine Mutter sagte, er sei ein unabhängiger Geist und die Vorstellung einer Tochter schien ihm wie eine Kette um den Fuß. Sie waren wahnsinnig verliebt, eine dieser Beziehungen, in denen man alles andere vergisst und sich selbst verliert. Die Art von Liebe, die einen um den Verstand bringt und den Mutterinstinkt tötet. Ihre Liebe zu ihm war immer stärker als die zu mir. Die Sehnsucht nach ihm zog sie fort, ließ sie ständig wieder gehen. Ich war ihr nie genug. Ich habe ihr nicht gereicht ...“ Die Tränen, die unangekündigt ihren Weg aus meinen Augen und auf meine Wangen finden, zwingen mich zu einer Pause.

Eros möchte mich näher zu sich heran ziehen, doch ich wehre ihn zärtlich ab. Ich möchte keine Umarmung und vor allem kein Mitleid.

„Sie hat sich dem Hippie-Leben hingegeben und reist um die Welt. Ohne meine Granny wäre ich vielleicht verloren gewesen. Ob meine Mutter ihm je wieder begegnet ist? Ich weiß es nicht und will es auch nicht wissen. Er scheint reich zu sein, denn er überweist mir jeden Monat eine beachtliche Summe. Deswegen kann ich mir den Luxus dieses Eliteinternats leisten. Doch all dieses Geld kann die Leere nicht füllen, die sie in meinem Leben hinterlassen haben. Was ich dir damit sagen möchte, Eros, ist: Ja, Betty hat recht, ich bin ein Eisklotz, aber nicht, weil ich es will."

Er versucht nochmal, mich zu umarmen, und diesmal lasse ich es zu.

„Ein Eisklotz glüht nicht so, wie du es tust, Kleiner Fuchs!", sagt er und dann legt sich wieder eine angenehme Stille über uns, bis wir uns nach einer langen und innigen Umarmung wortlos trennen und in den Tag starten.

Eros' Stundenplan hat kaum eine Lücke. Jetzt hat er aber eine Pause und die verbringt er wie so oft mit Dartspielen im Hobbyraum in Flügel B. Er trifft ständig ins Schwarze. Was wohl hinter seinem Faible für Pfeile stecken mag?

Ich habe einen Plan. Eine Entschlossenheit erfüllt mich, die ich lange nicht gespürt habe. Es ist, als wäre ich aus einem ewigen Schlaf erwacht. Zwar habe ich keinen Papyrus, aber ich muss sagen, dass mein Papierflieger doch gut gelungen ist. Den Wurf und Flug habe ich geübt, Marcs Nacken muss noch schmerzen. Ich schleiche mich in die linke Ecke des Raumes und lasse den Papierpfeil fliegen. Er landet da, wo ich ihn haben wollte. Ich traue mich aber nicht, seine Reaktion auf meine Nachricht zu beobachten, sondern verlasse den Raum.

Der Kleine Fuchs möchte den Boden unter den Füßen verlieren!

Ich schaffe es gerade nach draußen, als zwei Hände mich sanft von hinten ergreifen und umdrehen.

„Nichts lieber als das“, entgegnet Eros, senkt seinen Kopf und drückt mir einen zarten und kurzen Kuss auf die Lippen. Er lächelt. „Unsere Seelen werden auf ewig im gleichen Himmel schweben, durch jeden Sturm, jeden Sonnenschein und jede Stille hindurch!“

Eros' Versprechen lockert etwas in mir. Der innere Käfig beginnt zu wanken. Es ist kein dramatischer Zusammenbruch, sondern eher eine Veränderung, die mich in Richtung einer neuen und unbekannten Beziehung mit Eros weist.

Die Spiele des Olymp

Gedanken wirbeln durch meinen Kopf wie Sturmwinde. Noch nie habe ich solch eine Machtlosigkeit gespürt, nicht einmal, als mein Großvater meine Geschwister und mich auf die Erde schickte.

Liebe war mein Reich, mein Segen – niemals aber mein Fluch, mein Untergang. Bis jetzt.

„Du weißt, warum ich dich gerufen habe." Die Worte meines Großvaters donnern so laut, dass sie den Himmel hätten spalten können.

„Nein, weiß ich nicht, Grandpa", lüge ich.

„Verdammt, Eros, hör mit deinen Spielchen auf!" Zeus weiß Bescheid. Er hat mich beobachtet, natürlich hat er das. „Du hast die Regeln gebrochen." Es ist keine Frage. „Du liebst, entgegen der Strafe, die ich verkündet hatte."

„Ich ... ich kann meine Natur nicht leugnen", versuche ich, mich zu verteidigen.

„Du bist ein Narr, Eros. Aber vielleicht ist es genau das, was ein Gott der Liebe sein muss." Die Augen meines Großvaters funkeln drohend. „Wenn du diesen Weg weitergehst, wird es ihr Untergang sein."

„Wie bitte?" Ich muss mich verhört haben.

„Du bist taub? Das dachte ich mir fast. Ich wiederhole meine Worte noch einmal und diesmal hörst du mir

143

gut zu: Wenn du sie weiter liebst, wird Siela untergehen!"

Ich stehe vor ihm, dem mächtigsten aller Götter, und zum ersten Mal in meiner langen Existenz fühle ich Angst, abgrundtiefe Angst. „Das kannst du nicht tun, Grandpa", presse ich hervor. „Ich bin der Gott der Liebe. Ich werde keine Liebe töten, nicht einmal durch Unterlassung."

„Und du glaubst, ich lasse mich von dir einschüchtern?" Zeus tritt näher und blickt mir tief in die Augen. „Wenn du dich für die Liebe entscheidest, wird sie untergehen. Deine Handlungen werden weitreichende Folgen haben, nicht für dich, da du dich offensichtlich nicht einschüchtern lässt, sondern für sie. Ich werde Sielas Leben zur Hölle machen. Und du weißt, dass ich darin sehr erfahren bin." Mehr sagt er nicht, er kehrt mir den Rücken zu und verschwindet. Mein Großvater scherzt nicht, hat er nie!

In der Stille des Olymp stehe ich am Rande eines Abgrunds. Meine Liebe oder ihren Schutz ...

***

Es ist bereits spät, Eros und ich haben seit Stunden geprobt. Die Szenen sind emotional und intensiv. Eros als Schauspielpartner zu haben, wird zunehmend schöner. Vor allem nach unserer letzten Begegnung an der Alten Eiche und nachdem ich ihm meine Gefühle offenbart habe. Seine Nähe zieht mich nach wie vor magisch an, doch heute ist er anders. Ich spüre eine Zurückhaltung in ihm, die ich nicht deuten kann. Er geht ganz in seiner Rolle auf, jede Bewegung und jedes Wort passen peinlich genau. Aber es ist mehr als bloße Konzentration, es ist eine emotionale Distanz, die er aufbaut, eine deutliche Barriere zwischen dem, was wir auf der Bühne darstellen, und dem, was zwischen uns ist.

„Wir sollten diese Szene nochmal proben", sagt er und deutet auf den Abschnitt, in dem Amor Psyche bittet, ihm zu vertrauen.

Ich nicke zögerlich und ziehe erneut die Binde über meine Augen, da in der mythologischen Geschichte Psyche Amor nicht sehen durfte.

Eros tritt näher und sein Atem streift mein Gesicht. „Vertraust du mir, Psyche?", flüstert er und ich kann nicht sagen, ob er Eros oder Amor ist.

Ich schlucke und versuche, mich zu sammeln. Wie geht es weiter im Skript? „Ich ... ich weiß es nicht." Mein Satz fällt mir in letzter Sekunde ein.

Als Antwort legt Eros vorsichtig einen Finger unter mein Kinn, hebt mein Gesicht an. Er nimmt mir die Binde ab, sodass sich unsere Blicke treffen. Es ist eine so sanfte Geste, dennoch bringt sie meinen ganzen Körper zum Zittern. Mein Herzschlag beschleunigt sich und alles in mir will diesen Moment festhalten.

„Bitte vertrau mir, egal, was kommt." Plötzlich tritt er zurück. „Wir sollten die Szene hier beenden."

„Sollten wir das?", frage ich ihn. Denn ich möchte hier nicht aufhören. Ich trete einen Schritt nach vorn. Er ist jetzt wieder so nah, dass ich die Wärme seiner Haut spüren kann. Ich streiche leicht über seine Hand und empfinde dabei ein Kribbeln, das bis in die Zehenspitzen geht.

Er beugt sich vor, dann hält er inne, unsere Lippen sind nur Millimeter voneinander entfernt.

Ich warte darauf – nein –, ich hoffe, dass sein Mund meinen berührt.

Doch dann zieht er sich abrupt zurück, sein Atem genauso unregelmäßig wie meiner. „Wir sollten die Szene hier beenden", wiederholt er und gibt mir einen zarten Kuss auf die Stirn.

„Du spielst nur mit mir." Meine Enttäuschung ist deutlich in meiner Tonlage zu hören.

„Eben nicht." Er geht und ich bleibe zurück, völlig verloren.

„Laufen im Flur verboten, Ms. Chrysalis! Wie oft soll ich es Ihnen wiederholen?"

„Sorry, Ron", rufe ich ihm zu, verringere aber nicht meine Geschwindigkeit. Als würden das Rennen und die räumliche Distanz vom Theatersaal das ungesehen machen, was eben passiert ist.

„Ms. Chrysalis!"

Ich beende meinen Lauf und gehe in normalem Tempo weiter. An den Wänden des Treppentrakts hängen alte Porträts. Die Blicke der vergangenen Generationen sind fest auf mich gerichtet. Es sind eindrucksvolle Darstellungen ehemaliger Schülerinnen, Dozenten und wohlwollender Stifter des Internats. Einige der gemalten Gesichter sind ernst, fast streng, andere schenken mir ein stilles Lächeln. Die kunstvoll geschnitzten und teils vergoldeten Rahmen funkeln im schwachen Licht des Flurs.

Als ich die letzte Stufe erreiche, höre ich, wie Lindas Stimme aus unserem Zimmer dringt. Sie ist nicht allein. Oh, nein. Ich hatte so gehofft, dass Harmonie nicht da wäre. Kurz überlege ich, ob ich es mir nicht doch an

der Alten Eiche gemütlich machen soll. Nein, es ist auch
mein Zimmer! Und zwar schon, bevor sie sich hier
breitgemacht hat.

Mit einem leichten Zögern drücke ich die Türklinke
herunter und betrete den Raum. Ein Gefühl unbe-
schreiblicher Freude durchströmt meinen Körper, als
ich Marc statt Harmonie sehe, der auf dem Fußboden
neben Linda sitzt.

„Hey, Sisi", begrüßen sie mich beide im Chor.

Ich bin verwundert über ihren überschwänglichen
Empfang, aber auch ein wenig erleichtert, muss ich zugeben. „Was machst du hier, Marc? Ähm, nicht, dass es
mich stört", stelle ich sofort klar.

„Wir haben gequatscht und auf dich gewartet, Sisi",
antwortet Linda an seiner Stelle.

„Worüber?"

„Ach, nichts", antworten beide wie aus einem Munde.

„Komm, wir sagen es ihr", gibt Marc nach, als er meinen Agnes-Blick sieht. Er liebt diese Figur aus dem Mi-
nions-Film und ich weiß, dass ich ihn damit weich bekomme.

„Es geht um die DeVines", offenbart mir Linda.

Jetzt haben sie definitiv meine ungeteilte Aufmerksamkeit. Ich setze mich zu ihnen auf den Fußboden,
den Rücken zur Tür, sodass wir einen kleinen Kreis bilden.

„Was ist mit ihnen?", versuche ich, so teilnahmslos
wie möglich zu fragen.

„Angeblich sollen sie *Asse* in allen Disziplinen sein",
äfft Marc offensichtlich jemanden nach, wobei mir die
Betonung auf dem Wort *Asse* nicht entgeht.

„Wer sagt das?", frage ich.

„Mrs. Summer. Sie sagte nicht *Asse*, sondern *Götter!*“, berichtigt Linda.

„Passend zum Thema des gesamten Schuljahres“, spreche ich meine Gedanken laut aus. „Aber warum sagt ihr ‚angeblich‘?“

„Anteros ist ja in meinem Cricket-Team …“, beginnt er.

„… und Harmonie bei mir im Synchronschwimmen und im Tanzkurs“, beendet Linda den Satz.

„Und?“ Meine Neugier steigt.

Linda schmunzelt. „Ich habe sie ‚schwimmen‘ sehen. Sie sieht sehr unsicher im Wasser aus!“

„Und Anteros erst. Er sieht aus, als würde er versuchen, den Kegel zu umarmen, anstatt den Ball zu treffen“, fügt Marc hinzu. Er kann seine tiefe Abneigung gegen Anteros nicht verheimlichen.

„Sag uns bitte, dass zumindest Eros ein Schauspielgott ist“, bittet Linda.

Ich überspringe in Gedanken bewusst unser Treffen von vorhin und antworte: „Sagen wir mal so, es ist noch ein weiter Weg bis zum Oscar.“

„Ich bin so gespannt, was sie bei den Olympischen Spielen abliefern“, wirft Marc ein.

„Hoffentlich wird es mehr als eine Teilnahmeurkunde“, sage ich.“ Sie lachen und ich steige ich mit ein.

Es ist zu lange her, seit wir drei uns so nahe waren und solch glückliche Momente gemeinsam verbracht haben. Das letzte Mal war in den Sommerferien an Marcs Geburtstag, als er in seinen Pool gestolpert ist und Linda samt Kuchen mit hineingezogen hat. Das Gebäck war ungenießbar, aber es war ein Bild für die Götter.

Plötzlich hören beide auf zu lachen. „Ha... Harmonie!“, bringt Linda über die Lippen.

Ich drehe mich um und da steht sie mit verschränkten Armen.

„Schön, dass du uns so witzig findest und dich hinter unserem Rücken über uns lustig machst, Siela.“ Sie schaut nur mich an. Dann macht sie auf dem Absatz kehrt und verschwindet dorthin, woher sie gekommen ist.

Ich fühle mich unerwartet schuldig und frage mich, ob unser Geläster wirklich nötig war.

„Ich mache mich auf den Weg in mein Zimmer. Bis morgen, Mädels“, unterbricht Marc nach einer gefühlten Ewigkeit die eiserne Stille.

Als die Tür hinter Marc ins Schloss fällt, bricht Linda das Schweigen. „Hey, Sisi, können wir reden?“

Die Tatsache, dass sie mich wieder Sisi nennt, stimmt mich hoffnungsvoll. „Klar“, antworte ich. Wir sitzen weiterhin auf dem Boden, ich drehe mich zu ihr um und schaue sie erwartungsvoll an.

„Sisi, ich ... ich habe nachgedacht“, beginnt sie und ihre Finger spielen nervös mit ihrem Pullover. „Über unsere Freundschaft. Über Harmonie. Ich sehe jetzt einiges klarer.“

„Und was siehst du?“, möchte ich wissen.

„Dass ich eine Idiotin war. Ich hätte für dich einstehen sollen, als Harmonie dich angegriffen hat.“ Ihre Stimme bricht fast, aber ihr Blick bleibt fest auf mich gerichtet.

„Ich kann für mich selbst einstehen, Lin“, sage ich und streichle ihr sanft über den Arm.

„Sie hat eindeutig versucht, uns auseinanderzubrin-
gen, und hat es teilweise geschafft. Harmonie hat mich
gegen dich aufgehetzt und ich war dumm genug, ihr zu
glauben. All die bösen Sachen, die sie dir neulich im
Speisesaal an den Kopf geworfen hat. Das war der Moment, an dem ich angefangen habe, meine Einstellung
zu überdenken. Denn so bist du nicht. Und ...“ Sie zögert. „Sorry, dass ich ihr erzählt habe, dass du nie lieben
wirst. Aber ich war so sauer auf dich, weil du jeden
Nachmittag mit Eros verbracht hast.“

„Wir müssen jeden Tag gemeinsam proben, sonst fallen wir im Schauspielunterricht durch“, erkläre ich ihr.

„Oh, Sisi, das wusste ich nicht. Warum hast du es mir
nicht erz...“ Sie bricht mitten im Satz ab, da die Frage
absolut überflüssig ist.

„Ja, Harmonie kann eine wahre Bitch sein, vor allem
mit mir. Aber das, was sie mir im Speisesaal vorgewor-
fen hat, stimmt leider zum Teil“, gebe ich zu.

„Du meinst den Teil, der sich auf Eros bezog?“

„Genau den meine ich.“

„Was läuft zwischen euch?“

„Wenn ich das nur wüsste.“ Ich erzähle meiner Freundin von Eros und mir, von unseren gemeinsamen Momenten, dem Kuss, der Berührung im Kino, der Nähe
an der Alten Eiche und der Distanz von vorhin. Während alles aus mir herausströmt, fühle ich mich um einiges leichter.

„Wow, ich hatte ja keine Ahnung. Dich hat es voll erwischt!“

„Das hat es“, sage ich und muss dabei lachen.

Linda rutscht näher, bis sich unsere Knie fast berühren. „Ich habe dich vermisst, Sisi. Mehr, als ich zugeben wollte.“

„Und ich dich.“ Die Erleichterung, die durch mich strömt, ist fast greifbar und mir wird noch klarer, wie sehr ich diesen Anker in meinem Leben brauche.

Es ist so weit, der Morgen der Olympischen Spiele ist gekommen. Der ganze Rummel ist mir zu viel. Leider konnten Sport und ich im Laufe der Jahre keine stabile Beziehung aufbauen. Ich würde nicht sagen, dass ich eine Niete bin, aber ich bin weit davon entfernt, darin zu glänzen. Die Tage vor den Sportspielen waren der pure Stress. Das Internat verwandelte sich in einen menschengroßen Bienenstock, in dem jede Biene ihre spezifische Aufgabe hatte. Sportplätze wurden hergerichtet, Tribünen aufgestellt und in der Mitte ein riesiges Podium platziert. Alles hatte einen leicht kitschigen, mythologisch-angehauchten Touch. Und jeder – buchstäblich jeder – trainierte.

Am Frühstückstisch sitzen wir heute nur zu dritt – Marc, Linda und ich. Eine angenehme Abwechslung. Betty ist mit ihrem Trainingsprogramm rigoros, sie kam uns heute Morgen laufend und schwitzend entgegen und teilte uns mit, dass sie einen letzten „Turbo-Spurt“ dem Frühstück vorziehen würde. Von den De-Vines keine Spur. Harmonie hat die vergangenen Nächte nicht bei uns verbracht – eine weitere angenehme Abwechslung.

Marc nutzt die Abwesenheit der Geschwister aus, um sich weiter über sie lustig zu machen. „Auf Mrs. Summers Reaktion bin ich gespannt, wenn sie merkt, dass ihre ‚Götter‘ die Koordination und die Teamfähigkeit von Bäumen haben.“

„Marc, jetzt hör bitte auf, dich über sie lustig zu machen!“

„Seit wann bist du denn so drauf, Siela?“, lautet seine überraschte Frage.

Die Fanfare rettet mich vor einer Antwort. Sie ertönt, um den Beginn der Spiele einzuleiten.

„Auf in den Kampf oder was auch immer die Gladiatoren sagten.“ Linda klatscht in die Hände, ein unmissverständliches Zeichen für Marc und mich aufzustehen.

Ich seufze. Auf diesen Kampf könnte ich gut verzichten. Zwar habe ich mich lediglich für den Staffellauf qualifiziert, aber das ist mir schon Aufmerksamkeit genug.

Eine Besonderheit im *Loveland Elite Hall* besteht darin, dass jeder jedem zuschaut. Die Wettbewerbe werden einzeln und nacheinander ausgetragen. Großartig!

Ich folge Linda und Marc und mein Blick wandert kurz zu Eros’ Platz. Wo bleibt er? Er hat sich scheinbar in Luft aufgelöst. Unsere Begegnungen in den vergangenen Tagen waren eher selten, nicht einmal zu den privaten Proben ist er erschienen und ich würde gern verstehen, wieso. Seine Distanz verwirrt mich und wühlt mich auf.

Wir treten hinaus auf die große Wiese, die jetzt eher einem Stadion gleicht, nehmen Platz und gleich darauf beginnt Mrs. Summer mit der Begrüßung – diesmal zur Überraschung aller ohne Reime. Ein erstauntes Raunen geht durch die Schüler, aber unsere sichtlich gut gelaunte Schulleiterin lässt sich nicht beirren. Sie listet die Disziplinen auf – wir werden sicher bis spät in die Nacht hierbleiben – und erklärt dann die Spiele für eröffnet. Eine Gruppe von Schülern in leuchtenden Gewändern und mit bunt bemalten Gesichtern führt den Eröffnungstanz auf.

Während ich dem Tanz folge, bemerke ich aus dem Augenwinkel, dass Eros, Anteros und Harmonie auf der benachbarten Tribüne Platz genommen haben. Genau in dem Moment, als ich zu ihnen hinüberschaue, wendet Eros seinen Blick von mir ab. Kurz darauf erhebt er sich und steigt die Stufen hinab, um sich für seine Disziplin warmzumachen. Fechten steht als Erstes auf dem Programm.

Der Wettkampf beginnt und die Spannung steigt merklich. Das *Loveland Elite Hall* rühmt sich damit, die besten Fechter des Landes ausgebildet zu haben, und heute treten einige von ihnen an. Als Eros die sogenannte Arena betritt, richtet sich die Aufmerksamkeit augenblicklich auf ihn. Ein Raunen geht durch die Zuschauermenge, einige Schüler lehnen sich vor, um ihn besser sehen zu können, während andere flüstern. Mit aufrechter Haltung und präzisen Bewegungen führt er beeindruckende Paraden und Angriffe durch und gewinnt, als sei es für ihn ein Kinderspiel. Das gleiche hohe Niveau zeigt er auch im Bogenschießen und beim Hochsprung.

„Das hätte ich nicht erwartet", bemerkt Linda, sichtlich beeindruckt von Eros' Leistung.

Ich kann nur abgelenkt nicken, bin ganz auf ihn fixiert. Als er wieder auf der Tribüne Platz nimmt, treffen sich unsere Blicke und ein Kribbeln durchfährt meinen Körper. Dann schaut er weg.

Die Luft ist erfüllt von Jubel, Enttäuschung und Kampfgeist. Das Cricket-Team betritt den Rasen. Nach der Begrüßung, Pose für das Foto und den üblichen Floskeln nehmen die Spieler ihre Plätze ein.

Anteros tritt an das Schlagmal, doch statt des erhofften Knalls eines gut getroffenen Balls hört man nur ein sanftes Ploppen. Der Ball fällt keine zwei Meter vor ihm zu Boden, begleitet zunächst von einem kollektiven Seufzen der Enttäuschung und dann von Gelächter. Mit jedem weiteren Versuch wird der Schlag nicht besser und der Spott lauter. Der Trainer wechselt ihn umgehend aus und Anteros verschwindet in Richtung Flügel D. Er tut mir leid, ich kann mich aber nicht lange mit seiner Leistung beschäftigen, denn gleich kommt mein Moment.

Die Staffelläufer positionieren sich an der Startlinie. Unter ihnen befinde ich mich, die Hände feucht vor Aufregung. Ich mag es nicht, im Mittelpunkt zu stehen.

Das Startsignal ertönt und wie ein Schwarm aufgeschreckter Vögel schießen wir nach vorn. Ich höre Lindas Anfeuern. Als ich den Staffelstab übernehme, zittert meine Hand nur leicht. Es gibt keine Zeit für Zweifel, jede Sekunde zählt. Meine Lunge brennt, meine Muskeln schreien, dennoch laufe ich. Ich bin nicht die Erste, aber bei Weitem nicht die Letzte, als ich den Stab weitergebe.

Geschafft. Ich habe mein Bestes gegeben und das war genug, um Respekt zu verdienen. Ein Gefühl von Stolz mischt sich unter die Erschöpfung. Ich fühle eine Hand auf meiner Schulter und drehe mich um.

„Toll gemacht, Sisi", sagt Linda und umarmt mich.

Ich schaue hoch zu Eros, der sich sichtlich angeregt mit seiner Schwester unterhält. Ob er mir zugeschaut hat?

Die Sonne sinkt tiefer und, bevor es dunkel wird, sind die Synchronschwimmerinnen an der Reihe. Anmutig tauchen sie gleichzeitig in den Pool, außer Harmonie. Sie wirkt so elegant wie ein Elefant beim Ballett. Ihre Bewegungen sind unkoordiniert, ihre Tritte spritzen mehr Wasser auf die Zuschauer als in den Pool. Sie wird ebenfalls von Spott und Gelächter begleitet, als sie aus dem Becken steigt. Ich frage mich, warum die Trainerin sie überhaupt hat antreten lassen? Marc und Linda haben mir erzählt, dass die Leistungen von Anteros und Harmonie eher kläglich sind, aber mit solch einer Blamage hätte ich nicht gerechnet.

Wie erwartet enden die Olympischen Spiele gegen elf Uhr abends. Meine Leistung war eher durchschnittlich. Niemand wird sich daran erinnern. Auch weil die De-Vines heute diejenigen waren, die im Rampenlicht standen. Eros, der mit Anmut, Präzision, Teamgeist und höchster Konzentration brillierte, und die anderen beiden, na ja …

Mit fortschreitender Stunde werde ich müder. Linda, die den Abschlusstanz präsentiert hat, möchte mit ihrer Tanzgruppe feiern gehen. Harmonie hat zwar nicht teilgenommen, begleitet sie aber. Ich will Marc fragen, ob er mich zu den Schlafräumen bringt. Er ist in ein lockeres Gespräch mit Betty – und ich betone: *Betty* – verwickelt. Ich möchte ihn nicht stören.

„Darf *ich* dich begleiten?“, flüstert mir Eros unerwartet von hinten ins Ohr.

Ich zucke zusammen, denn ich habe ihn nicht kommen hören. „Wenn du möchtest.“

„Ich möchte, sonst hätte ich nicht gefragt. Möchtest *du*, dass ich dich begleite?“

„Okay.“

Schweigend gehen wir nebeneinander her. Je weiter wir uns von unseren Mitschülern entfernen, desto leiser werden ihre Gespräche, bis sie schließlich verstummen.

„Du hast richtig abgesahnt heute“, versuche ich, ein Gespräch einzuleiten.

„Dir scheint Sport weniger Spaß zu machen“, lautet seine Antwort.

„Es ist nicht unbedingt meine Stärke“, erwidere ich.

„Doch es ist nicht der Sport an sich, der dich stört, richtig?“

„Genau. Es ist das Gefühl, beobachtet und bewertet zu werden.“

„Glaub mir, nicht jeder Zuschauer sucht Fehler. Einige sind einfach fasziniert von dem, was sie sehen.“

Wir haben das Tor der Schlafräume erreicht. Er bleibt vor mir stehen und ich habe keine andere Wahl, als mich ihm zuzuwenden. Er macht einen Schritt auf mich zu und verringert den Abstand zwischen uns. „Hast du jemals darüber nachgedacht, dass manche Dinge, die du als Schwächen siehst, für andere gerade das Interessante und Einzigartige sind?“

Der Moment der Stille dehnt sich aus, bevor ich antworte. „Ganz ehrlich? Ich bin verwirrt, Eros. Mal suchst du meine Nähe, dann baust du eine Mauer zwischen uns, nun bist du wieder da, als sei nichts passiert. Als wärst du mir die letzten Tage nicht aus dem Weg gegangen."

Seine Hand streicht mir zart eine Haarsträhne hinter das Ohr, die aus meinem Dutt geflüchtet ist und sich auf mein Gesicht verirrt hat. Seine Lippen nähern sich meinen, er berührt sie fast, hält aber kurz davor inne. Es ist ein flüchtiger, aber intensiver Moment, der meine Welt – wie schon so oft – für einen Augenblick stillstehen lässt. Als er sich zurückzieht, flackert Unsicherheit in seinen Augen.

„Ich habe mich dir geöffnet, Eros, und ..."

„Und?" Er fordert mich auf weiterzureden.

„Es hat mich viel Überwindung und Mut gekostet."

„Ich weiß."

„Und?", frage ich herausfordernd.

Er möchte etwas sagen, ich nehme deutlich seinen inneren Kampf wahr, bringt aber keinen Ton über die Lippen. Stattdessen wendet er sich ab und geht. Einfach so.

Ich kann es nicht fassen! Ich rufe seinen Namen, doch er blickt nicht zurück.

Ron schaut kurz auf, als ich den Flur betrete, widmet sich dann wieder seiner Lektüre. Wann schläft dieser Mann überhaupt? Der Flügel liegt im Halbdunkel und außer mir scheint niemand das Bedürfnis zu verspüren, schlafen zu gehen. Meine Schritte hallen auf dem Steinfußboden wider. Auf meinem Zimmer lasse ich meine Kleider fallen und springe unter die warme Dusche.

Eros' plötzlicher Rückzug hallt in meinem Geist wider. Sein Verhalten ist mir ein Rätsel. Warum zeigt er sich mal offen und dann wieder so verschlossen? Was hält ihn zurück? Warum scheint er innerlich derart zu kämpfen? Ich selbst bin hin- und hergerissen zwischen dem Wunsch nach Nähe und dem Impuls, mich zu schützen. Wieder ...

Mein Unterbewusstsein fängt meine Gedanken auf und meine Träume heute Nacht sind genauso wild wie meine roten Locken. Der innere Käfig ist aufgesperrt. Ich schwebe mit offenen Haaren durch die Lüfte – oder ertrinke ich im Wasser? Eros' Lippen berühren sanft die meinen. In einer Ecke steht meine Mutter, sie beobachtet mich, wendet sich dann ab und folgt einem Mann. Ich sehe nur seinen Rücken, aber tief in mir weiß ich, dass es mein Vater ist. Die kleine Siela möchte anfangen zu schreien, als mich plötzlich das Geräusch eines sich drehenden Schlüssels im Schloss aus dem Schlaf reißt.

Linda und Harmonie sind zurück.

Ich halte meine Augen geschlossen, aber Lindas Kichern und Stolpern lassen mich hochschrecken.

„Psst, Linda! Wir wollen Siela doch nicht aufwecken." Hat Harmonie das soeben tatsächlich gesagt?

Erschöpft schlafe ich wieder ein und irgendwann während der Nacht bemerke ich ein zartes Streicheln auf meiner Wange. In diesem Moment fühle ich mich vollkommen geborgen.

Die Verschwörung der Götter

Das Flackern der Kerzen lässt das Licht an den Wänden tanzen. Es spiegelt meine innere Unruhe wider. Sie wird unser Untergang sein, dennoch habe ich nachgegeben. Ich habe mich überreden lassen, sie zu erschaffen, trotz des Wissens um ihre möglichen Konsequenzen. Die Plasmawelt, ein Schleier aus feinstem Energienetz. Sie schirmt uns vor Zeus' allsehenden Augen ab. Wir sind befreit von den Einschränkungen, die er uns mit seiner Strafe auferlegt hat und wir können unsere Kräfte unentdeckt nutzen. Wir leben als Götter auf der Erde und unser Großvater merkt nichts davon.

Die Blamage von vorhin haben Anteros und Harmonie nicht verkraftet.

„Wir sind Götter und keine Narren!", schreien sie beide wie aus einem Munde.

„Außerdem bist du es uns schuldig!", brüllt mich Anteros an. „Ich bin wütend auf dich wegen des ganzen Chaos, das du angerichtet hast, Eros. Wenn du uns nicht angestachelt hättest, wären Harmonie und ich nicht hier auf die Erde verbannt worden. Aber, nein, dem Jungen war mal wieder langweilig, er musste mal wieder den Nektar mit Urin vertauschen, musste Chronos' Wecker verstecken, musste ..."

„Stopp mal, Bruderherz", versuche ich, ihn zu besänftigen. „Du lässt es klingen, als sei ich der einzige Übeltäter. Wenn ich mich nicht irre, hast selbst du deinen Spaß dabei gehabt, Streiche zu spielen und Fallen zu stellen, und hast mit neuen Ideen zum Chaos beigetragen. Oder?"

„Ich hatte keine andere Wahl."

„Man hat stets die Wahl, Anteros."

„Nein! Habe ich nicht, verdammt! Ich habe nie die Wahl gehabt, Eros. Nie. Ich wurde geboren, damit du leben kannst. Ich laufe dir immer hinterher, um deinen Mist und deinen Dreck in Ordnung zu bringen, weil du ständig spielen willst. Also, nein, ich habe keine Wahl. Deine Spiele haben stetig höhere Einsätze und ich habe nie die Wahl, nicht mitzuspielen. Dieses einzige Mal bitten wir dich um etwas und du willst dich ernsthaft querstellen?"

Wie kann ich bei diesen Worten widersprechen?

Folglich leben seit einigen Minuten Anteros, Harmonie und ich in einer Plasmawelt, fernab von Zeus' Kontrolle. In dieser Täuschung können wir drei wieder in unserer wahren Gestalt wandeln. Anteros lebt die Kunst der Gegenliebe. Harmonie darf wieder im Einklang mit ihrer friedlichen und ausgleichenden Seele sein, was Siela direkt positiv spüren wird. In mir tobt ein ständiger Kampf zwischen dem Wunsch, bei Siela zu sein, und der Notwendigkeit, sie zu schützen, was mich zutiefst zerreißt. Doch nun, befreit von der Bedrohung durch Zeus muss ich meine Liebe zu Siela nicht mehr unterdrücken.

Hermes, Dolos und Apate – die Götter der Täuschung und der List – haben uns geholfen, sie zu errichten. „Es kann nichts schiefgehen", haben sie uns versichert.

Nea bestätigte mir das. Sie kam soeben zu mir geflogen, um mir mitzuteilen, dass Zeus' Gesundheit gefährdet sei. Er höre wohl Stimmen. Ist es möglich, dass dies das Ende einer Ära ist? Ist dies die Zeit, in der die alten Götter fallen und neue Legenden geboren werden?

***

Heute gesellte sich Marc zu Linda und mir für ein paar unbeschwerte Stunden am Pool. Für kurze Zeit vergesse ich alles um mich herum. Wie Kleinkinder planschen wir im Wasser, spielen Fangen und treiben Unsinn. Zum Abend möchten wir einfach nur entspannen. Die Lichter des überdachten Pools spiegeln sich auf der Wasseroberfläche und tauchen alles in einen sanften, zauberhaften Schimmer.

Marc versucht einen mehr oder weniger gelungenen Salto vom Sprungbrett, woraufhin Linda in schallendes Gelächter ausbricht. Ich gebe mich meinem liebsten Wasservergnügen hin: dem Schweben. Als wäre ich ein Blatt, das sanft auf der Oberfläche eines stillen Sees treibt. Die Schwerkraft lockert ihren Griff und gibt mich frei. Das Wasser umschließt mich in einer sanften Umarmung und alle Anspannung, jeder Gedanke, jede Sorge fallen von mir ab.

Ich bin bis über die Ohren untergetaucht und die Welt um mich herum wirkt weit entfernt und surreal. Alle Geräusche, Marcs Stimme und Lindas Lachen sind gedämpft, als würde ich sie durch eine dicke, schalldichte Wand hören.

Ich befinde mich in meiner eigenen kleinen Blase und in diesem Moment haben sich selbst die Stäbe meines inneren Käfigs gelockert. Es ist eine beinahe magische Erfahrung. Beinahe. Denn unmittelbar verändert sich die Atmosphäre. Linda und Marc verstummen, ihre Bewegungen im Wasser wirken anders, weniger frei. Jemand hat den Poolbereich betreten. Meine Neugier gewinnt die Oberhand. Ich tauche aus meiner eigenen kleinen Wasserwelt wieder auf und da sehe ich sie: die Geschwister DeVine.

Für einen Augenblick stockt mir der Atem. Ihre Rahmen, die ich bisher nur flüchtig am ersten Schultag wahrgenommen habe, flackern wieder auf. Es ist das reinste Spektakel. Ich habe bisher nie so etwas Perfektes gesehen, eine glanzvolle, engelsgleiche Aura. Pure Edelsteine umranden ihre Gesichter. *Glänzender Rubin um Eros, leuchtender Saphir um Anteros und strahlender Smaragd um Harmonie. Und sie verpuffen. Wie immer.*

Sie müssen meinen verblüfften Ausdruck bemerkt haben, denn mitten in ihren Bewegungen halten sie inne. Ein kurzer, intensiver Blickaustausch zwischen ihnen, ein kaum hörbares Flüstern von Harmonie und schon verlassen sie den Poolbereich, als hätten sie nie darin sein sollen. Ich werde das Gefühl nicht los, dass ich soeben etwas Außergewöhnliches gesehen habe.

„Das war aber ein kurzer Besuch", kommentiert Marc das rasche Verschwinden der Geschwister.

„Sisi, ist alles in Ordnung? Du siehst aus, als hättest du ein Gespenst gesehen." Linda sieht mich besorgt an.

„Ich hatte gehofft, das wäre die perfekte Chance gewesen, um mit Eros zu reden. Aber anscheinend hatte er es sehr eilig", antworte ich. Und es ist nicht einmal gelogen.

Linda und ich betreten lachend den Speisesaal, wobei ich eher über die Tatsache glücklich bin, dass wir wieder gemeinsam Spaß haben können, als über ihren Witz selbst.

Heute gibt es Pizza! Das bedeutet, dass das Gewusel, Gemurmel und Gelächter besonders intensiv ist, denn der Speisesaal ist voll. Die Faszination für den rund gebackenen Teiggenuss ist eben universal und altersunabhängig. Die Schlange an der Ausgabetheke reicht bis zu unserem Tisch.

Ich stelle den Rucksack an meinem Platz ab und mich in der Reihe an und hoffe inbrünstig, dass sie noch ein oder besser zwei Stücke von der Champignon-Pizza haben. Das ist der Bestseller der Küche und schmeckt verdammt lecker. Das Wasser läuft mir schon im Mund zusammen. Linda bestellt zwei Stücke Margherita bei mir und verabschiedet sich zur Toilette.

Erst durch das Knurren meines Magens wird mir klar, wie hungrig ich bin. Das Brüllen eines Löwen würde wie das Miauen einer Miezekatze im Vergleich erscheinen. Ich höre Eros' Stimme trotz des Geräuschpegels heraus. Er steht in der Reihe zwei Personen vor mir und ist mit einem Mitschüler in ein lebhaftes Gespräch vertieft. Er meidet nach wie vor jeglichen Kontakt zu mir und ich kann weiterhin nicht verstehen, warum. Zu den Einzelproben ist er nicht erschienen und ich konnte nur von Weitem seinen Anblick erhaschen. Mir blieb keine andere Wahl, als die überwältigenden Gefühle bewusst zu betäuben, indem ich mehr Zeit mit Marc und Linda verbracht habe. Gerade aber macht sich eine Achterbahn der Emotionen in mir breit, die heftigste, die es gibt – Übelkeitsfaktor inklusive.

Als würde er meinen brennenden Blick auf sich spüren, dreht Eros seinen Kopf in meine Richtung, dann wendet er sich wieder ab und gibt seine Pizzabestellung auf.

Kurz darauf bin ich an der Reihe. Fortuna scheint auf meiner Seite zu sein, ich ergattere jeweils zwei Stücke von Lindas und meiner Wunschpizza. Die neue Angestellte an der Ausgabetheke schaut mich fragend an. Ich weiß genau, was sie wissen möchte, aber ich habe keine Lust, ihr zu erklären, dass die Hälfte des Mittagsessens für meine beste Freundin ist.

Ich gehe zurück zu meinem Platz am Ende des Tisches. Eros hat bereits seinen Sitz eingenommen, sein Blick begleitet mich und haftet fast die ganze Zeit an mir. Ich schiebe meine Gefühle beiseite und versuche, ihn zu ignorieren. Linda kommt in dem Moment zurück und wir wenden unsere Aufmerksamkeit unserem besten Freund zu. Marc sitzt völlig aufgelöst an seinem Platz.

„Na, was ist?", frage ich ihn. „Herzschmerz?" Ich nicke in Richtung Betty und Anteros, die angeregt miteinander reden und lachen. Ehrlich gesagt ist es ein Monolog von ihrer Seite, er sitzt nur daneben, wirkt heute aber deutlich entspannter.

„Ach, was für Herzschmerz. Es sind eher Kopfschmerzen!“

„Ja, wir sehen es. Dein Kopf scheint zu rauchen. Was
ist los mit dir?“, mischt sich Linda ins Gespräch ein.

„Ich muss eine Hausarbeit mit Referat für Mr. Jensons
vorbereiten und die Flut an Material und Informationen ist überwältigend. Ich weiß nicht, wo ich anfangen
soll.“ Marc klingt komplett aufgeschmissen.

„Über welches Thema musst du schreiben?“, möchte
Eros wissen.

„Über Zeus.“

„Über Zeus? Über diesen Gott kannst du dein ganzes
Leben schreiben. Worüber genau?“, bohrt Eros nach.

„Über seine Macht und seine Idee von göttlicher Ordnung. Was auch immer das bedeutet“, entgegnet Marc
genervt.

„Sehr spannend. Ich kann mir vorstellen, dass es mas-
senweise Daten darüber gibt. Du musst dir nur alles zurecht puzzeln“, sagt Eros.

„Wenn du das sagst. Ich habe aber keine Zeit, Eros.
Das dauert ewig!“

„Die Alternative wäre?“ Eros lässt nicht locker.

„Es gibt keine, außer durchfallen.“

„Ich helfe dir.“ Wie aus dem Nichts erscheint sie. Harmonie! Was ist denn mit ihr passiert?

„Ähm, Harmonie. Also …“

„Ich helfe dir und du wirst es zeitlich schaffen. Vertraust du mir?“, beruhigt sie unseren Marc. Hat Harmonie soeben tatsächlich diese Worte ausgesprochen?

Die anderen beginnen, den Speisesaal zu verlassen,
während ich noch einen Moment mit gemischten Gefühlen zurückbleibe, unsicher, wie ich Harmonies

plötzlichen Wandel interpretieren soll. Dann stehe ich langsam auf und schlendere zur Alten Eiche. Der Schauspielunterricht fällt heute aus, weil Mrs. Dawsons eine üble Grippe erwischt hat.

Mit jedem Schritt, den ich auf die Alte Eiche zugehe, wird die Luft frischer und die Geräusche des Internats verblassen hinter mir. Betty und Donna schlendern in der Ferne nebeneinanderher.

Als ich meinen Blick wieder in Richtung des Baumes wende, steht Eros da, den Rücken an die raue Rinde gelehnt, als wäre er plötzlich aus dem Nichts erschienen. Ich bin mir sicher, dass ich ihn mit Anteros und Marc in die andere Richtung habe weggehen sehen. Seine Augen finden die meinen und es ist, als ob er meine Seele anblickt, nicht nur das Mädchen, das vor ihm stehen bleibt.

Mein Herz schlägt schneller und doch ist da ein Zögern, das mich bremst.

„Hi, Siela", begrüßt er mich. „Können wir reden?"

Ich halte einen sicheren Abstand zwischen uns. „Was gibt es zu reden, Eros?" Meine Stimme zittert leicht, Vorsicht webt sich in meine Worte.

„Ich habe Fehler gemacht", gesteht er und es scheint, als würde ihn dieser Satz große Anstrengung kosten. „Dinge sind ... komplizierter, als ich zulassen wollte."

Seine Antwort ist kryptisch, aber sie lädt mich ein, tiefer zu schauen, zu fragen, ihn zu verstehen. Trotz meiner Vorsicht will ich das. Ich will begreifen.

„Kompliziert?", hake ich nach und mein Herz pocht so laut, dass ich fürchte, er könne es hören.

Er sieht mich eindringlich an. „Ja, kompliziert. Aber eins kann ich dir sagen. Ich mag dich, Siela. Sogar mehr als das. Und ich weiß, dass ich dir in den letzten Wochen gemischte Signale gesendet habe, aber wenn es nicht zu spät ist, möchte ich ..." Er bricht ab, als würde er mit sich selbst kämpfen, ob er fortfahren soll. „Ich möchte, dass du mir vertraust. Aber ich verstehe, wenn das jetzt nicht mehr möglich ist."

Seine Worte sind wie eine offene Tür und ich stehe davor, unsicher, ob ich eintreten soll. Mein Herz schreit ja, mein Verstand möchte mich aufhalten.

Eins weiß ich allerdings: Ich kann nicht auf der Schwelle stehen bleiben.

Ich suche nach einem Halt, während ich mich zwischen Flucht und Kapitulation entscheiden muss. Ich packe meinen ganzen Mut zusammen, mache einen Schritt auf ihn zu und schließe damit die Lücke, die zwischen uns ist. „Ich vertraue dir", sage ich ohne einen Schimmer von Zweifel.

Eros lächelt mich an. Er zögert, dann neigt er sich zu mir, mit einer Vorsicht, die seinem sonst so selbstsicheren Auftreten widerspricht. Seine Lippen finden die meinen in einem sanften Kontakt.

Es ist ein Kuss, der spricht. Ein Kuss, der in seiner Einfachheit atemberaubend ist und zugleich ein Versprechen in sich trägt, das weit über das Hier und Jetzt geht. Seine Lippen und seine Zunge bewegen sich behutsam und ich antworte. Zunächst zaghaft, dann mit wachsendem Vertrauen. Ein zartes Prickeln wie der Tanz eines Schmetterlingsschwarms entflammt und zieht sich von meinen Lippen aus in einem warmen Strom durch meinen ganzen Körper.

Es ist ein Kuss, der alles sagt. Vor allem aber: Ich vertraue dir.

Die kommenden Tage erlebe ich, als befände ich mich unter einer Glocke. In meinem Magen wirbeln unzählige Schmetterlinge, ein ständiges Flattern, das mich nicht einmal ans Essen denken lässt. Unsere Beziehung ist dem gesamten *Elite Hall* nicht entgangen. Die Blicke und das Getuschel unserer Mitschüler sind schwer zu übersehen und überhören, wenn wir Hand in Hand durch die Gänge oder den Park des Internats schlendern. Neugier, Bewunderung, Anerkennung und eine Spur von Neid.

Inmitten all dieser Emotionen fühle ich mich unerwartet lebendig, weit von dem Mädchen entfernt, das noch am Anfang des Schuljahres beteuerte, dass es niemals lieben würde. Mein Leben bekommt einen neuen Farbton. Das Grau weicht und macht Platz für Buntes. Tiefe Gespräche, alberne Witze oder einfach nur in Stille an der Alten Eiche sitzen. Zu wissen, dass jemand da ist, der meine Albträume verjagt, bis ich einschlafe. Dieses Gefühl, jemanden zu haben, dem ich vollkommen vertraue und bei dem ich mich sicher und verstanden fühle, ist befreiend. Mein innerer Käfig öffnet sich allmählich.

Eros und ich kuscheln nebeneinander in meinem Bett, ich eingehüllt in die Bettdecke und er liegt darüber. Statt des Kinoabends im riesigen Cinekomplex in Loveland haben wir uns bewusst für unsere gemeinsame Zeit hier entschieden. Ich bin dankbar, denn die vielen Rahmen, die auf mich eingeprasselt wären, hätten mich wieder Tage außer Gefecht gesetzt.

„Was ist mit deinen Augen los?“, fragt er mich plötzlich.

Ich schlucke, überrascht von seiner Frage, bevor ich antworte: „Ich nehme Lichter wahr."

Er hebt eine Augenbraue. „Das sagte Betty bereits am Tisch. Um was genau handelt es sich?"

Ich erzähle ihm von den Rahmen und von meiner endlosen Odyssee von einem Arzt zum nächsten.

„Wie ist meiner?", möchte er wissen.

„Ein rubinroter Edelstein", antworte ich.

„Er ist bestimmt perfekt!", behauptet er und grinst dabei.

„Ist er in der Tat", erwidere ich. Ich mag nicht über meine Schwächen reden. „Ich gehe zu all diesen Untersuchungen nur meiner Granny zuliebe. Wer lässt sich denn sonst freiwillig für verrückt erklären?"

Eros runzelt leicht die Stirn, als würde er nachdenken. „Vielleicht bist du bisher nur an die falschen Ärzte geraten."

Seine Worte sind einfühlsam, aber sie stechen dennoch. Er bemerkt meine Verunsicherung und küsst sanft meine Stirn. Obwohl seine Geste tröstend gemeint ist, möchte ich das Thema hinter mir lassen.

Ich öffne die Schublade meines Nachttisches und krame ein Foto hervor. „Das ist meine Granny", sage ich und zeige ihm das Bild von ihr, die mich als kleines Mädchen auf dem Schoß hält.

„Sie sieht sehr stark aus und wunderschön", bemerkt Eros und streift sanft mit den Fingern über das Foto.

„Das ist sie", antworte ich. „Sie war immer für mich da, besonders, wenn meine Mutter ... wenn sie mal wieder auf einer ihrer Liebesmissionen war." Ich zögere und streiche auch über das Bild. „Ich würde sie dir gerne vorstellen."

„Klar", sagt er und zieht mich in eine feste Umarmung. Es sind keine weiteren Worte nötig.

Schweigsam wie sonst auch erledigt mein Fahrer am nächsten Tag seine Arbeit und fährt mich zu meiner Granny. Heute möchte ich ihr endlich von mir und Eros erzählen.

Noch bevor ich die Haustür öffne, strömt der vertraute Duft von Apfelkuchen mir entgegen. Als ich eintrete, überraschen mich jedoch die Klänge. Es sind Jazznoten.

„Granny", rufe ich in das Haus hinein. „Was ist mit deinem geliebten Countrysender passiert?"

Meine Großmutter kommt mir entgegen. *Leicht angegriffenes Holz mit einer sanften Neigung. Und verpufft. Wie immer.* Ihr Rahmen hat sich verändert. Merkwürdig.

„Die Noten des Jazz laden mich zum Träumen ein und es ist nie zu spät für eine Veränderung." Sie schließt mich in eine Umarmung und küsst sanft meine Stirn. Ist sie zierlicher geworden?

„Was sagt der Arzt zu deinem tauben Fuß und deinem schmerzenden Bein?"

„Alterserscheinungen, mein Herz."

Die Atmosphäre im kleinen Wohnzimmer ist immer so gemütlich, so herzlich. Ich suche nach den richtigen Worten.

„Schieß los, Siela. Was beschäftigt dich?", kommt sie mir zuvor.

„Granny, woher ...?"

„Kind, ich kenne dich in- und auswendig. Deine Ausstrahlung hat sich verändert."

„Weißt du, Eros und ich …", beginne ich und bemerke, wie ihr Gesicht in freudiger Erwartung aufleuchtet.

Das Klingeln an der Tür unterbricht uns. Als ich sie öffne, stockt mir der Atem: Harmonie. Ihre Augen fixieren mich, doch heute sind sie anders – nicht mehr so böse und berechnend. Ich habe in den vergangenen Tagen zwar eine positive Veränderung wahrgenommen, bin ihr dennoch dezent aus dem Weg gegangen und war dankbar, dass wir uns keinen Wortgefechten mehr hingeben mussten.

„Woher weißt du, wo ich wohne?", frage ich sie, kann mir die Antwort aber schon denken.

„Mein Bruder … es war nicht einfach, die Adresse aus ihm herauszubekommen." Sie lächelt mich an.

„Was möchtest du hier?" Ich bin weiterhin misstrauisch.

„Ich würde gerne mit dir reden", antwortet sie.

„Harmonie, wir sind Zimmermitbewohnerinnen. Du hättest im Internat mit mir reden können."

„Ich weiß, aber dort sind wir ständig von anderen umgeben. Hier können wir ungestört miteinander sprechen. Darf ich hereinkommen, bitte?"

Obwohl ich unsicher bin, lasse ich sie eintreten. „Granny, das ist Harmonie, Eros' Schwester", stelle ich sie vor.

„Freut mich, dich kennenzulernen", sagt meine Großmutter höflich. Sie kennt einige der Geschichten und ich kann ein gewisses Misstrauen in ihrem Gesicht lesen.

„Die Freude ist ganz meinerseits, Ma'am", antwortet Harmonie und ich muss zugeben, dass sie ehrlich klingt.

„Ich bin in der Küche, falls du mich brauchst, mein Herz.“

Wir schauen beide meiner Granny hinterher, dann blicke ich Harmonie fragend an.

„Siela“, beginnt sie zu sprechen, „ich weiß, dass du allen Grund hast, mir nicht zu vertrauen. Aber ich bin hier, um mich bei dir zu entschuldigen.“

„Ach, und woher dieser Sinneswandel?“, frage ich misstrauisch, meine Frage ist von einem bitteren Beigeschmack begleitet. „Weil Eros und ich jetzt zusammen sind?“

„Das hat nur indirekt damit zu tun“, gibt sie zu. „Wie soll ich sagen, ich war in letzter Zeit nicht ich selbst und das hat dazu geführt, dass ich Menschen, die ich im Grunde genommen sehr mag, verletzt habe. Und das tut mir leid.“

Ich erinnere mich an den ersten Tag, als Eros mir sagte, wie schwer es Harmonie fallen würde, sich hier in Loveland zurechtzufinden.

„Können wir von vorne beginnen?“, fragt sie fast flehend.

Ich kann fühlen, wie sich die Energie im Raum verändert, wie eine Welle von Ruhe und Verständnis uns umhüllt. Obwohl ich das Gefühl habe, dass sie ehrlich ist, fällt es mir schwer, einen Schwamm über ihre Bosheiten der vergangenen Monate zu wischen. „Es tut mir leid, Harmonie. Aber ich kann nicht und ich bitte dich zu gehen.“

Ohne Widerrede, aber mit einer Spur von Bedauern in ihrem Gesicht verlässt Harmonie das Haus meiner Großmutter.

„Ist alles in Ordnung, mein Herz?" Granny kommt aus der Küche, sobald Harmonie die Haustür hinter sich zugezogen hat.

„Ja, Granny. Alles bestens. Wo waren wir stehengeblieben?"

„Was ist mit diesem Eros?"

Unter der Dusche habe ich die Ereignisse des Nachmittags nachklingen lassen. Meine Großmutter ist auf Eros sehr gespannt. *Schimmernde Flecken wie Opal, unregelmäßig und flackernd. Und er verpufft. Wie immer.* Ich stehe vor dem großen Spiegel in meinem Zimmer, mein Glätteisen in der Hand. Es ist ein Ritual, meine wilden, roten Locken zu glätten. Jeder Handgriff ist nach all den Jahren so vertraut, dass ich dabei kaum mehr nachdenke. Obwohl Eros mir oft sagt, wie sehr er meine Locken liebt, kann ich den Wunsch, sie zu glätten, nicht abschütteln. Plötzlich spüre ich eine Hand auf meiner Schulter. Vor Schreck lasse ich das Glätteisen fallen. Im Spiegel sehe ich Eros hinter mir.

„Du solltest endlich aufhören, diese wunderschönen Locken zu verbergen", flüstert er mir ins Ohr und zieht eine meiner Strähnen sanft durch seine Finger.

Ich drehe mich um. „Was machst du hier? Wie bist du hereingekommen?", sage ich halb überrascht, halb belustigt.

„Ich wollte mich vergewissern, dass du gut angekommen bist", erwidert er und deutet mit einem Nicken zum Fenster. Dort steht Grannys Leiter. „Und der direkte Weg schien mir der beste."

„Und was genau war dein Plan?", frage ich, obwohl ich eine vage Vermutung habe.

„Die Nacht hier zu verbringen."

Ich hebe eine Augenbraue, ein kleines Lächeln umspielt meine Lippen.

„Ich werde auch ganz brav sein", fügt er rasch hinzu.

Meine Braue bleibt oben, aber in meinem Inneren kribbelt es. „Und vor Tagesanbruch weg sein und pünktlich zum Frühstück klingeln, so wie es sich gehört?", frage ich.

„Und vor Tagesanbruch weg sein und pünktlich zum Frühstück klingeln, so wie es sich gehört", versichert er mir.

Seit Eros und ich zusammen sind, haben wir noch keine gemeinsame Nacht verbracht. In meinen Träumen jedoch finde ich mich oft in seiner Nähe wieder, so intensiv, dass es kaum von der Realität zu unterscheiden ist.

Ich fühle ein aufregendes Prickeln, das sich durch meine Adern zieht. Es ist eine Mischung aus Nervosität und Vorfreude, ein elektrisierendes Gefühl, das durch meinen Körper jagt, während ich mir vorstelle, wie es sein wird, wenn wir endlich Seite an Seite schlafen.

„Einverstanden", willige ich ein.

Wir verbringen den Abend im Gespräch, vertrauen uns Geschichten an, flüstern, lachen und teilen Gedanken. Ich erzähle ihm von meinen Kindheitserinnerungen und meinen tiefsten Ängsten und er von seiner Beziehung zu seinen Geschwistern und sein komplexes Verhältnis zu seinem Großvater und seiner Mutter. Wir liegen in meinem Bett, mein Kopf auf seiner Brust, seine Arme um mich herum. Ich bin dankbar für seine Nähe, denn er hält meine Albträume fern. Das Kribbeln in meinem Inneren hat den ganzen Abend über nicht nachgelassen und jetzt, während ich seinen warmen Körper spüre, wird es intensiver. Meine Finger gleiten über seinen Arm, meine Lippen nähern sich seinem Ohr. „Eros …“, raune ich.

Unsere Gesichter sind nur Zentimeter voneinander entfernt, unsere Blicke fest ineinander verankert.

„Noch nicht, Kleiner Fuchs“, flüstert er, seine Stimme voller Zärtlichkeit. „Ich habe dir versprochen, brav zu sein.“

„Aber …“

„Psst“, unterbricht er mich. „Noch nicht. Nicht hier und nicht jetzt.“

Eros zieht mich näher an sich und ich spüre seine Hand sanft in meinen Haaren. Er küsst meine Stirn, lässt seine Lippen an meiner Schläfe und meiner Wange entlang streifen, bevor er sich zurückzieht, um mein Gesicht zu betrachten.

„Wir haben alle Zeit der Welt“, sagt er leise.

Ich drücke ihm einen sanften Kuss auf die Lippen. Wir bleiben eng aneinander gekuschelt, bis der Schlaf uns beide übermannt.

Ein vertrauter Kuchenduft durchdringt den Raum und weckt meine Sinne. Als ich meine Lider öffne, liegt Eros noch schlafend neben mir. Mein Wecker auf dem Nachttisch verrät mir, dass es sieben Uhr achtundzwanzig ist. Meine Granny hat bereits mit den Vorbereitungen für das Frühstück begonnen. Der Duft lässt auf Müslikuchen schließen – der Frühstückskuchen.

Ich betrachte erneut Eros’ schlafendes Gesicht. Seine Züge sind perfekt. Ich kann nicht widerstehen und

streiche sanft mit meinen Fingern über seine leicht geöffneten Lippen, dann über seine Wange, die Nase, die
Lippen und fahre schließlich durch sein Haar. Seine
schwarzen Locken breiten sich auf dem Kissen aus und
bilden einen wundervollen Kontrast zur weißen Bettwäsche. Jede Welle wirkt sorgfältig und doch zufällig,
als hätte der Renaissance-Künstler Raffaello Sanzio sie
einzeln gezeichnet. Selbst im Schlaf strahlt er eine Art
von Magie aus, die ich nicht beschreiben kann.

„Sag bloß, meine willst du auch glätten."

Ich zucke zusammen. Schlief er nicht friedlich?
„Was? Ähm, ich …"

„Meine Locken. Bewunderst du sie oder möchtest du
sie abschneiden?", neckt er mich weiter.

„Sie sind wunderschön", muss ich zugeben.

„So wie deine." Er öffnet die Augen und gibt mir einen
zarten Kuss auf die Nasenspitze. „Deine Granny scheint
heute Morgen besonders eifrig zu sein. Sie werkelt
schon seit einigen Stunden in der Küche herum."

„Sie ist bestimmt aufgeregt."

„Ich sollte derjenige sein, der nervös ist. Schließlich
werde ich gleich unter die Lupe genommen."

„Granny ist nicht so", verteidige ich sie.

„Du bist das Liebste, was sie hat, Siela. Sie wird wachsam sein." Er drückt mir einen zarten Kuss auf die Stirn
und steht auf. „Und da du auch das Liebste bist, was ich
habe, möchte ich bei deiner Granny einen guten ersten
Eindruck hinterlassen. Ich gehe mich umziehen. Wir
sehen uns später." Er gleitet geschickt durch das Fenster hinaus und klettert die Leiter hinunter.

Um Punkt zehn Uhr klingelt es. Als ich die Tür öffne, steht Eros makellos auf der Schwelle. Er hält einen Blumenstrauß in der Hand und lächelt. Obwohl er versucht, entspannt zu wirken, meine ich, eine Spur von Nervosität zu erkennen.

Er beugt sich zu mir und haucht mir einen Kuss auf die Wange.

„Granny", rufe ich ins Haus hinein. „Eros ist hier."

Nur wenige Augenblicke später erscheint meine Großmutter im Flur. Sie mustert Eros mit durchdringendem, aber liebevollen Blick. Dann streckt sie ihre Hand aus. „Ein herzliches Willkommen, junger Mann."

Mit einem respektvollen Lächeln ergreift Eros sie. „Es ist mir eine Ehre, Ma'am."

Sie erwidert sein Lächeln. Den Test des ersten Eindrucks hat er bestanden. Ein Gefühl der Erleichterung macht sich in mir breit.

„Komm doch rein", sage ich zu Eros und mache eine einladende Geste. Er tritt ein, wobei er vorsichtig darauf achtet, den Blumenstrauß nicht zu zerdrücken.

„Für Sie", sagt er und überreicht ihn Granny.

„Oh, wie wundervoll! Vielen lieben Dank, Eros." Sie riecht an den Blumen und lächelt ihn dann an. „Du weißt, wie man eine Dame erfreut. Gerbera sind meine Lieblingsblumen."

Wir betreten das Esszimmer, wo der Tisch mehr einem festlichen Bankett als einem gewöhnlichen Frühstück gleicht. Schalen gefüllt mit saftigem Obst, verschiedene Brotsorten und Brötchen, Marmeladen, Aufschnitt, Aufstriche und natürlich der duftende, frisch gebackene Müslikuchen sind darauf verteilt.

Granny setzt sich an das Kopfende des Tisches und bedeutet uns beiden, uns gegenüber voneinander zu setzen. Es hat einen leicht inquisitorischen Charakter. Eigentlich wollte ich neben ihm sitzen. Mit einem beruhigenden Lächeln versichert er mir, dass alles in Ordnung ist.

„Wo hast du gelebt, bevor du nach Loveland gekommen bist, Eros?", fragt meine Granny.

„In Griechenland, Ma'am."

„Ach, welch ein Zufall! Und ich hörte, du wärst nur mit zwei deiner Geschwister hierhergekommen?"

„Richtig, Ma'am." Mehr sagt er dazu nicht.

„Darf ich fragen, weshalb nur ihr drei alleine hier seid?", hakt meine Großmutter nach.

„Unser Großvater hat gewollt, dass wir eine Weile unabhängig und getrennt von der großen Familie leben, um andere Kulturen und Lebensweisen kennenzulernen. Wir sind auf einer Art ... Selbstfindungsreise, wenn man so will. Er dachte, es sei eine gute Erfahrung für uns."

„Euer Großvater? Habt ihr keine Eltern?"

„Doch, doch. Nur ist unser Großvater ... wie soll ich sagen? Er ist der Patriarch der Familie und entscheidet oft über unsere Köpfe hinweg."

„Verstehe, wahrscheinlich glaubt er, nur das Beste für euch zu tun."

„Wahrscheinlich", antwortet Eros.

Ich mag die Richtung nicht, die das Gespräch eingeschlagen hat, deswegen versuche ich einzulenken. „Granny, habe ich dir schon erzählt, dass Eros ein Ass im Bogenschießen ist?"

„Das glaube ich sofort, wenn er in dein Herz getroffen hat." Der pure Kitsch fließt meiner Großmutter aus dem Mund.

„Granny!", rufe ich verschämt.

Sie und Eros schauen sich an und lachen herzlich – über mich.

„Mein Herz, weißt du, weshalb die Leiter heute Nacht am Haus angelehnt stand?"

Man kann die Stille im Raum mit dem Messer schneiden und sich aufs Brot schmieren. Ich versuche, Eros nicht anzuschauen, und bin gleichzeitig unschlüssig, was ich antworten soll. Da ich meine Granny nicht anlügen möchte, entscheide ich mich für die Flucht. Ohne ein Wort zu sagen, eile ich zur Toilette.

Als ich mich wieder an den Tisch setze, unterhalten sich Eros und meine Großmutter ausgelassen.

Der Rest des Frühstücks vergeht ohne Verhör und ohne weitere Vorfälle. Die Gespräche drehen sich um alltägliche Dinge – das Wetter, Ereignisse in Loveland und Grannys berühmten Müslikuchen, der noch besser schmeckt als sonst.

Als Granny schließlich das Geschirr abräumt, bietet Eros seine Hilfe an, was bei ihr sichtlich Eindruck hinterlässt. „Ein Gentleman durch und durch. So liebevoll", raunt sie mir zu, als wir kurz allein in der Küche sind.

Gegen Mittag verlässt Eros uns mit Grannys Lunchpaket, einer extra großen Portion Kuchen und der Einladung, jederzeit wiederzukommen.

Am Montag erscheinen Eros, Anteros und Harmonie wieder einmal nicht zum Mittagessen. Er hat mir nicht gesagt, warum. Nicht, dass ich gefragt hätte.

Das bedeutet, dass Betty ihre volle Ladung an Gossip und unnützem Wissen auf Marc, Linda und mich verteilt. „Diese Kürbissuppe ist ja eine absolute Geschmackskatastrophe. Was ist das für ein ominöses schwarzes Öl darin? Ein Anschlag auf meine Geschmacksnerven.“

Und sie ist ein Anschlag auf meine Gehirnzellen. „Das ist reines Kürbiskernöl und mit dem Geld, das das Internat dafür zahlt, könnten ärmere Familien locker ein paar Monate von leben“, kläre ich sie auf.

„Whatever, es schmeckt, als hätte eine Kräuterhexe gekocht. Was sagst du, Marc?“ Und das Wimperngeklimper beginnt.

„Ähm, eigentlich finde ich, dass sie sehr gut schmeckt“, stottert Marc vor sich hin.

„Welcher Blitz hat denn deine Geschmacksnerven heute getroffen? Du kannst doch nicht ernsthaft sagen, dass dir diese orange Brühe schmeckt?“

„Doch, tut sie“, antwortet Marc knapp.

„Wie läuft deine Zusammenarbeit mit Harmonie?“, fragt Linda.

„Erstaunlich gut! Wir haben uns für eine ‚analoge‘ Recherche entschieden. Am ersten Tag hatten wir bereits alle relevanten Bücher und Artikel aus mythologischen Fachzeitschriften gesammelt und eine detaillierte Gliederung erstellt. Die Hälfte der Hausarbeit steht schon. Später treffen wir uns, um sie fertigzustellen und an meinen rhetorischen Fähigkeiten zu arbeiten. Ich frage mich, woher sie all das Wissen hat.“ Marc schwärmt regelrecht.

Ich traue ihr und dem ganzen Braten weiterhin nicht. Seit ihrem Besuch bei meiner Großmutter ist sie nicht mehr auf mich zugekommen. Aber sie scheint mir nicht mehr feindselig gesonnen zu sein.

„Und ich frage mich, wo zur Mephistohölle sie schon wieder abgetaucht sein könnten? Ich habe ja gehört, dass die DeVines ..."

Woher Betty ihre Informationen schmuggelt, ist mir nach wie vor ein Rätsel. Im Internet sind weiterhin keine Fakten über die DeVines zu finden.

„... und Eros soll das ultimative manipulative Arschloch sein. Spätestens, nachdem man mir erzählt hat, zu was er in der Lage ist, lasse ich die Finger von ihm. Man sagt, dass seine Fähigkeiten, Menschen um den Finger zu wickeln, proportional zu seiner Schönheit sind." Dabei schaut sie mich an.

„Ich glaube dir kein Wort", unterbreche ich Bettys Lästermonolog. „Du kennst sie genauso wenig wie wir!"

„Nimmt da etwa jemand die Geschwister in Schutz?"

„Weißt du, was meine Granny immer sagt, Betty? Der Fuchs, der nicht an die Trauben kommt, behauptet, sie würden bitter schmecken."

Nach dem Mittagessen gehe ich noch kurz auf mein Zimmer. Heute befindet sich neben der Tageszeitung, die Linda täglich liest und mir dann auf den Schreibtisch legt, eine Postkarte. Von meiner Mutter. Aus Kopenhagen. Der Poststempel ist schon sechs Monate alt. Hundertachtzig Tage. Ich frage mich manchmal, was für einen Leidensweg so eine Karte durchmacht. Ein halbes Jahr um die Welt. Die Kanten sind abgenutzt und leicht geknickt. Die Farben der Nyhavener Häuser sind verblasst und haben ihre Leuchtkraft verloren. Wahrscheinlich hat ein Händler sie lange Zeit im Freien ausgestellt. Und jetzt halte ich sie in meinen

Händen. Ich führe sie an meine Nase, in der Hoffnung, ihren Duft zu erhaschen, aber da ist nichts.

Mir geht es gut. Ich denke an dich.
Grüße aus Christiania.
Ich liebe dich, Mom

Diese wenigen Worte lassen Wut in mir aufwallen. Ich lese alles darin, was sie für mich ist: eine egoistische, selbstsüchtige Frau, die unfähig ist, ihr Kind zu lieben, und die weiterhin auf der Suche nach diesem Mann ist.

Eine Postkarte. Eine kommunikative Sackgasse. Kein Telefonat, keine SMS, die mir die Möglichkeit geben würden zu reagieren. Ihr zu sagen, dass sie sich verpissen soll. Dass ich nichts mehr mit ihr zu tun haben möchte. Nein.

Ihr geht es gut. Schön für sie. Und was ist mit mir? Warum interessiert es sie nicht? Mir geht es miserabel, Mom! Und es verschlimmert sich mit jeder Nachricht von dir, auf die ich nicht antworten kann.

Sie denkt an mich. Ich auch. Wie sehr sie mein Leben zerstört hat.

Sie sendet Grüße aus Christiania. Es bringt nichts, in die nächste Maschine zu steigen und nach Europa zu fliegen. Die Erfahrung hat mir und meiner Großmutter gezeigt, dass sie eine Postkarte verschickt, kurz bevor sie den Ort verlässt. Und wer weiß, wo sie sich nach hundertachtzig Tagen befindet.

Sie liebt mich. Ich kann das Gefühl nicht erwidern. Und ich hasse, dass diese Postkarte ausgerechnet heute ankommen musste.

Nach einer wohltuenden, beinahe meditativen Dusche empfängt mich in meinem Zimmer nichts als Stille. Linda, deren ansteckendes Lachen und gute Laune es geschafft haben, mich für einige Stunden die Postkarte vergessen zu lassen, scheint wie vom Erdboden verschluckt zu sein.

„Ich habe Linda gebeten, uns alleine zu lassen." Eros sitzt auf meinem Bett. Er wirkt nachdenklich und nervös. „Ich möchte dich auf einen kleinen Ausflug entführen. Darf ich?"

„Klar. Wann?", frage ich.

„Jetzt", antwortet er. Unsicherheit schwingt in seiner Tonlage mit.

Ich schaue demonstrativ auf die Wanduhr, die über der Zimmertür hängt, und auf meine Kleidung. Es ist neun Uhr siebenundvierzig abends und ich trage meinen Raupen-Schlafanzug und Pantoffeln.

„Du siehst perfekt aus."

„Hör auf mit dem Geschleime", bitte ich ihn. „Wohin willst du mich entführen?"

„Überraschung", antwortet er knapp.

„Ich hasse Überraschungen."

„Dies ist mir mehr als bewusst." Ist das der Grund für seine Nervosität? „Nichtsdestotrotz würde ich dich bitten, mich zu begleiten. Bitte, Siela!"

„Einverstanden", gebe ich nach. „Gib mir ein paar Minuten, um mich wieder umzuziehen.

„Ich sagte doch, du siehst perfekt aus." Er ist mittlerweile aufgestanden und kommt zu mir.

„Eros, ich trage einen Schlafanzug. Mit einem Raupenaufdruck darauf." Ich betone jedes einzelne Wort, damit er versteht, dass ich nicht gerade für ein romantisches Date gekleidet bin.

„Das sehe ich und ich sagte, dass du perfekt aussiehst. Ich kann es bis zur Unendlichkeit wiederholen“, flüstert er mir ins Ohr. „Eine Sache noch, ich müsste dir die Augen zubinden ...“

Mein Herz setzt für einen Moment aus.

Entführungen müssen sich schrecklich anfühlen. Ich habe keine Ahnung, wohin Eros mich fährt. Wir könnten vierzigmal um den Block der Innenstadt oder auf den *highway to hell* gefahren sein, ich kann es nicht sagen. Und würde ich der Person, die neben mir sitzt und zärtlich meine Hand hält, nicht vertrauen – in diesem Fall wortwörtlich blind –, wäre ich aus dem fahrenden Auto gesprungen.

Endlich halten wir an. „Wie lange sind wir gefahren?“, frage ich, kaum dass der Motor verstummt.

„Siebenundzwanzig Minuten und achtunddreißig Sekunden“, antwortet Eros, als hätte er die Zeit gestoppt.

„Wow, hast du einen Timer gestellt?“, frage ich. Ich bin nach wie vor durch die Augenbinde im Dunkeln.

„Gutes Zeitgefühl.“ Eros steigt aus dem Wagen und nach gefühlt einem Schmetterlingsflügelschlag öffnet er meine Autotür. Ich spüre einen hauchzarten Kuss auf der Nasenspitze, bevor Eros meinen Sicherheitsgurt löst und mir aus dem Auto hilft.

„Keine Angst, ich bin bei dir“, flüstert er mir ins Ohr.

Ich rieche den erdigen Duft des Waldes, gemischt mit dem Aroma von Tannennadeln und feuchtem Holz.

„Bist du bereit?“, fragt er, seine Stimme kaum mehr als ein Flüstern.

„So bereit, wie man blind sein kann", antworte ich, mein Herz schlägt schneller vor Aufregung und ein wenig vor Angst. Ein Schauer durchfährt meinen Körper, ein Kälteschub, der sich über die Arme zieht. Eros muss die Veränderung gespürt haben, denn umgehend drückt er mich an sich. Ich fühle seine Wärme durch meine Kleidung hindurch.

„Vertrau mir." Er nimmt meine Hand, führt sie zu seinen Lippen und küsst sie sanft. Dann beginnen wir zu gehen.

Das Laub knirscht leise unter unseren Füßen. Vorsichtig hilft Eros mir über Baumwurzeln und den unebenen Boden.

„Wir sind gleich da", flüstert er schließlich. Der Untergrund unter meinen Füßen verändert sich. Er wird flacher und weicher.

„Darf ich sie abnehmen?", frage ich ungeduldig.

„Noch einen Moment", antwortet er. Die Nervosität von vorhin ist wieder in seinem Tonfall. Wir gehen ein paar Schritte weiter, dann hält er an. Er tritt hinter mich und löst sanft meine Augenbinde. „Jetzt ..."

Ich erstarre. Das kann nicht wahr sein. Es ist zwar dunkel, aber ich weiß genau, wo wir uns befinden. Mein Herz klopft wie wild und ich bin unfähig, auch nur einen Schritt zu tun.

Die Lichtung aus meinen Albträumen breitet sich vor mir aus. Mein erster Impuls ist umzukehren, aber ich stoße gegen Eros' Brust.

„Bitte, bleib!"

„Woher kennst du diesen Ort?"

Er schaut mich an und ich erkenne die Antwort. Er besucht mich wahrhaftig in meinen Träumen! Wie ist das möglich?

„Wie kann diese Lichtung existieren?"

„Manche Orte sind die Spiegel unserer Seele und zeigen uns unsere tiefsten Wünsche und Ängste. Diese Lichtung ist real, weil sie in dir lebt."

„Eros, was ist das für eine Sch…", beginne ich wütend, aber er unterbricht mich.

„Können wir bitte für die nächsten paar Stunden die Logik abschalten? Ich gebe dir mein Wort, dass du alle Antworten erhalten wirst, bevor der Morgen anbricht und du wieder in deinem eigenen Bett liegst."

„Versprochen?"

„Versprochen!"

Obwohl mein Verstand mit unbeantworteten Fragen überschwemmt ist, wähle ich, diese für die kommenden Stunden zu ignorieren. Ich muss aber zugeben, dass es mir verdammt schwerfällt.

Er muss meinen inneren Kampf bemerkt haben, denn er spricht weiter, noch bevor ich widersprechen kann: „Ich weiß genau, was dieser Ort für dich bedeutet. Ich kenne deine Albträume, als wären sie meine eigenen. Und eine der Fragen, die dich momentan quält, ist sicherlich, weshalb ich dich ausgerechnet hierhergebracht habe."

Wie immer liest er mich wie ein offenes Buch. Ich sage nichts, sondern nicke nur.

„Ich wollte dir zeigen, dass die Liebe die Macht hat, selbst die schlimmsten Albträume in etwas Schönes zu verwandeln", fährt er fort. „Selbst die dunkelsten Orte in unserem Leben können in Licht getaucht werden.

Deine Angst bei Ankunft an der Lichtung hat dich sofort gefangengenommen. Du hattest nur einen Gedanken: Die Flucht ergreifen. Dabei ist dir die Schönheit entgangen, die dieser Ort gerade ausstrahlt. Schau dich um."

Als ich genauer hinsehe, bemerke ich, dass das weiche Licht, das ich vorher nur als nebelhaftes Glimmen wahrgenommen habe, von Kerzen kommt. Sie sind überall auf der Lichtung verteilt und schaffen eine Atmosphäre, die gleichzeitig magisch und real ist. Wie Sterne, die aus dem Nachthimmel gefallen sind.

Eros lässt mir all die Zeit, die ich brauche, um die Schönheit dieses Ortes in mich einzusaugen. Ich hätte niemals gedacht, dass ich diese Lichtung jemals schön nennen würde.

Dann sagt er: „Ich habe dich hierhergebracht, damit du deine Ängste überwinden kannst. Denn nur, wenn du sie anschaust, kannst du sie entmachten."

„Mit der Kraft der Liebe", ergänze ich.

In der nächsten Stunde führe ich Eros über die Lichtung und durchlaufe mit ihm die einzelnen Stationen meines Albtraums. Ich beginne beim Halbkreis der Kerzen, der den Startpunkt unseres familiären Spaziergangs symbolisiert. Dann zeige ich ihm den Ort, an dem mein Vater mich im Stich lässt und wortlos verschwindet. Schließlich führe ich ihn an die Stelle, an der meine Mutter ihre Hand aus der meinen zieht und mir den Rücken zukehrt.

Während ich ihm all das erzähle, versuche ich, die Kerzenlichter als neue Anker für diese Orte in meinem Gedächtnis zu speichern. Völlig erschöpft, aber mit einem Anflug von Stolz stehe ich schlussendlich an der

Stelle, die das Ende meines Albtraumes markiert. „Und hier steht die kleine Siela und schreit."

„Solange ich da bin, wird sie nicht mehr schreien. Hier und jetzt beginnt deine Heilung."

Erleichterung und Hoffnung machen sich in mir breit.

Eros nimmt mich an der Hand und führt mich in die Mitte der Lichtung. Eine große, rotweiß-karierte Picknickdecke ist auf dem Boden ausgebreitet, umgeben von unzähligen Kerzen. Ich setze mich, doch ein Piksen am Nacken lässt mich wieder aufspringen. Zunächst denke ich an ein Insekt, dann aber weiß ich ganz genau, was den Schmerz verursacht hat.

„Du könntest mir deine Nachricht auch mündlich übermitteln", scherze ich, während ich den Papierflieger auffalte. Das zweite Mal an diesem Abend stockt mir der Atem.

Happy Birthday, Kleiner Fuchs!

Die Offenbarung der Götter

Wie beginnt man die Geschichte, die alles verändert? Wie gesteht man, dass man ein Wesen aus einer anderen Realität ist? Ich schätze, man beginnt einfach ...

„Ich bin nicht nur der Junge, den du kennst."

„Sondern?", fragt Siela vorsichtig.

Mein Herz klopft schneller. „Ich habe dich bei unserer Ankunft hier an der Lichtung gebeten, deine Logik auszuschalten."

„Ja?" Ihre Stimme wird ungeduldiger.

„Es gibt Dinge, die der menschliche Verstand nicht ..."

„Stopp jetzt, Eros, sprich Klartext", unterbricht sie mich. „Ich brauche kein Gerede um den heißen Brei."

„Ich bin ein Gott, Siela." Ich serviere ihr die Wahrheit eiskalt und erkenne in ihrem Gesicht, dass sie mir glauben will, aber ihr Verstand ihr den Weg versperrt. In ihrem Blick liegt ein Sturm aus Verwirrung und Verständnis.

Und dann, als wäre ein solches Geständnis nicht schon erschütternd genug, muss ich ihr noch mehr zumuten. Ich muss ihr eine weitere Tatsache offenbaren, eine, die selbst mich erschüttert hat, als ich sie soeben erfahren habe.

Seit ihrem Geburtstag hat sie jede Verbindung zu mir gekappt und tief in meinem Inneren drohen die Fragmente meines Herzens zu zerbrechen.

***

Seit einer Woche habe ich mich bei Granny in meinem Zimmer verbarrikadiert. Ich hatte mir den Springbreak anders vorgestellt, aber, ehrlich gesagt, mein Leben auch. Linda hat sich jeden Tag bei mir gemeldet und ich habe ihr eine Erkältung vorgespielt. Wie soll ich ihr sagen, dass ...

Eros schreibt mir ebenfalls mehrmals täglich. Ihn ignoriere ich.

Ich starre aus dem Fenster. Nicht mehr lange und die Sonne wird untergehen. Seit einer Woche versuche ich, das zu verarbeiten, was Eros mir offenbart hat. Ich schüttele den Kopf, als könnte ich die Gedanken damit ordnen oder aus meinem Bewusstsein verbannen, doch sie wandern immer wieder zurück auf die Lichtung ...

Ich bin ein Gott, Siela.

Etwas in mir glaubt ihm sofort. Ich weiß, dass er die Wahrheit spricht, aber mein Verstand wehrt sich vehement dagegen. Ich schaute in seine Augen und wusste, dass er nicht lügt. Es ist, als würden alle Puzzleteile endlich ein vollständiges Bild ergeben.

Alles ergibt Sinn. Die unnatürliche Anziehungskraft, die er ausstrahlt. Sein makelloses Aussehen, seine Anmut. Das Gefühl, dass er nicht von dieser Welt ist. Es war nie nur Einbildung. Er war wahrhaftig anders. Göttlich. Und so auch Anteros und Harmonie.

Er händigte mir ein Kuvert aus. *Siela* steht auf der Mitte des Umschlags. Die Schrift unordentlich und wild. Mein Bauchgefühl schwieg und ich zögerte.

Ich betrachte das Kuvert in meinen Händen. Es ist mit Harz versiegelt und im Siegel befindet sich eine fossilisierte Blüte. Ein Duft von Wald und Natur schleicht erneut in meine Nase, als ich den Umschlag öffne. Ich ziehe das DIN-A4-Blatt hervor.

Es wäre von der Eiche des Olymp, erklärte Eros mir die ungewöhnliche Beschaffenheit..

In das raue Blatt, das sich fast wie Leder anfühlt, sind runenartige Buchstaben geritzt.

Meine liebste Siela,
Es ist mir bewusst, dass diese Worte für Dich wie aus heiterem Himmel kommen und möglicherweise mehr Fragen als Antworten hervorrufen. Doch es ist an der Zeit, dass Du die Wahrheit über Deine Herkunft und die Gründe für Deine ungewöhnlichen Lebensumstände erfährst.
Ich bin Pan, der Gott der unberührten Natur und der ungezähmten Wildnis. Freigeist und Unabhängigkeit fließen durch meine Adern. Ich lasse mich selten an einen Ort binden, selbst der Olymp wird mir schnell zu eng und ich suche stets das Weite in den Wäldern der Erde. Ich bin ein Wesen der Balance und benötige sowohl den Kontakt zu Menschen und Tieren als auch zu den Göttern, um mich als Ganzheit zu fühlen. So bin ich Deiner Mutter begegnet. Sie ist eine Frau mit einer unstillbaren Sehnsucht nach Abenteuer und Freiheit. Angezogen durch meine Geschichten, meine Leichtigkeit, aber auch mein Temperament und meine Macht kam sie in meine Wälder. Sie konnte meinem Wildgeist nicht widerstehen und ich war von ihrer Lebenslust und

Leidenschaft fasziniert. Eine Zeit lang sind wir gemeinsam durchs Leben gegangen. Aber mein rastloses Wesen und die Melodien der Tiere, der Natur und der Wälder haben mich von ihr weggetrieben. Und von Dir, meine liebste Siela.

Ich muss wie schon beim ersten Mal innehalten. Wieder fühlt es sich an, als würden tausend Schmetterlinge in meinem Inneren erwachen, ihre Flügel ausbreiten und mit einer zerstörerischen Kraft wild gegen die Wände meines Verstandes schlagen.

Ja, Siela! Die Antwort auf die Frage, die Du Dir in diesem Moment stellst, lautet ja. Du bist meine Tochter! Geboren aus der Vereinigung mit Deiner Mutter. All dies muss gerade überwältigend für Dich sein und es tut mir leid, dass Du die Wahrheit über ein Eichenblatt erfahren musst. Aber selbst Götter können Feiglinge sein und ich traue mich nicht, Dir ins Gesicht zu schauen. Noch nicht. Jetzt habe ich es ausgeschrieben: Du bist meine Tochter, das Kind einer Sterblichen und eines Gottes. Das macht Dich zu einer Halbgöttin mit ungewöhnlichen Gaben und Fähigkeiten, meine liebste Siela.

Deine Mutter verbringt ihr Leben damit, mich zu suchen, getrieben von der gleichen unstillbaren Sehnsucht, die mich durch die Welt treibt. Ich weiß, dass sie Dich mit deiner Großmutter zurückgelassen hat, und dafür kann ich Dir nur meine tiefste Reue ausdrücken. Es war niemals unsere Absicht – und da spreche ich auch für sie –, Dir Schmerz zuzufügen.

Mit der Finanzierung Deines Internatsaufenthalts wollte ich Dir eine konstante und sichere Umgebung bieten. Eine feste Basis, etwas, was Deiner Mutter und mir vollkommen

Ein Gott. Eine Halbgöttin. Seitdem hallen Eros' Worte und die des Gottes Pan in meinem Kopf wider, drehen sich wie ein Karussell, das nicht stoppen will.

Ich bin ratlos. Ein Cocktail aus Emotionen brodelt in mir: Unglaube, Verwirrung, Wut, Traurigkeit, doch auch ein Anflug von Neugier. Eine toxische Mischung, die mich lähmt.

Was mache ich mit diesen Offenbarungen? Sie haben die Welt, wie ich sie kenne, außer Kraft gesetzt. Ich bin eine Halbgöttin. Ein Begriff, bekannt aus alten Geschichten, soll nun Teil meiner Identität sein.

Es klopft leise an der Tür.

„Siela, mein Herz, der Kuchen ist fertig." Meine Großmutter, mein Fels in der Brandung.

„Ich komme sofort, Granny." Ich folge ihr wortlos nach unten. Auf dem Küchentisch wartet eine duftende Köstlichkeit auf mich.

„Was stimmt nicht? Du stocherst in deinem Kuchen nur herum und isst nicht. Du hast die komplette Woche in deinem Zimmer verbracht, nicht einmal Linda hast du getroffen." Ihre Worte sind sanft, doch ihr Blick durchdringend.

Es ist erstaunlich, wie gut sie mich kennt. Aber wenn nicht sie, wer dann? Womöglich könnte sie sogar Eros' Göttlichkeit und meinen Zustand – ich weigere mich, mich eine Halbgöttin zu nennen – erklären, auf eine Art und Weise, die unweigerlich Sinn ergibt. Aber könnten ihr Herz und ihr Verstand solch eine Nachricht ertragen? Ich entscheide mich für die softe Variante der Wahrheit.

„Weißt du, Granny, Eros ist nicht der ..." Was soll ich sagen? Mensch, Person, Wesen? „... er ist nicht der, ähm, der er bisher vorgegeben hat zu sein. Also, schon, aber, doch nicht wirklich." Meine Worte stolpern über sich selbst, so wie meine Gedanken.

„Verstehe, mein Kind. Eine Täuschung ist immer verletzend. Die Frage ist, war sie aus Selbstschutz oder aus Manipulation? Wir alle tragen Masken. Manchmal aus Angst, manchmal aus Eigenschutz und manchmal, um die zu schützen, die wir lieben. Welcher Grund war es bei Eros?"

Selbstschutz oder Manipulation? Die Frage hallt in meinen Gedanken nach. Ich denke zurück an seinen verletzlichen Ausdruck, als er mir seine wahre Identität offenbart hat. Doch ich erinnere mich auch an Bettys Worte. Ja, sie ist eine Tratschtante, doch viele ihrer Gerüchte haben sich im Laufe der Jahre als wahr herausgestellt. Mein Herz schmerzt in meiner Brust. Der Gedanke, dass Eros mich manipulieren könnte, ist fast unerträglich.

Fakt ist, Eros ist ein Gott. Und ich, ich bin Teil seiner Welt, gewollt oder nicht. Die Vorstellung ist überwältigend. Erdrückende Angst quillt in mir hoch, ich kann kaum mehr atmen.

„Ist alles in Ordnung?"

„Ich brauche frische Luft." Ohne auf eine Antwort zu warten, gehe ich zur Hintertür hinaus in den Garten.

Ich atme tief durch. Die kühle Brise füllt meine Lungen und beruhigt allmählich das wilde Hämmern meines Herzens. Werde ich nun mit diesen Panikzuständen leben müssen?

Ich setze mich auf den Rasen und lausche den Gesprächen der Insekten und Vögel. Die sanften Töne der Dämmerung beginnen, den Himmel zu färben. Ein weiterer Gedanke formt sich seit einigen Tagen immer deutlicher in meinem Kopf. Könnte es sein, dass diese Rahmen, die ich sehe, etwas mit meiner göttlichen Herkunft zu tun haben? Sind sie ein Erbe meines Erzeugers? Plötzlich, fast unmerklich, ziehen dunkle Wolken auf. Sie flechten sich in das bisher klare Blau ein.

Ich verstehe das als Zeichen und kehre zurück ins Haus. Beim Betreten finde ich Granny entspannt vor dem Fernseher, sie schenkt mir ein beruhigendes Lächeln, das ich mit einem flüchtigen Winken erwidere. Irre ich mich oder sieht sie blasser als sonst aus? Etwas besorgt ziehe ich mich zurück. Die Äste der Bäume tanzen unruhig vor meinem Fenster und der Wind klopft gegen die Scheibe. Es ist eine Frage der Zeit, bis der Sturm aufkommt.

Blitze zucken durch die Nacht und erfüllen den Raum mit einem flackernden Licht. Ein Donner durchbricht die Stille und reißt mich aus dem Schlaf. Ich setze mich auf, mein Herz schlägt wild gegen die Brust, synchron mit dem Grollen, das den Himmel erfüllt.

Die Vorhänge flattern wild, als ein plötzlicher Windstoß das Fenster aufstößt und kühle Luft ins Zimmer wirbelt. Ich stehe auf, nähere mich der Scheibe und blicke hinaus in die pechschwarze Nacht, die von gelegentlichen Blitzen durchzuckt wird.

Die Luft verändert sich plötzlich, eine elektrische Spannung liegt darin. Die Haare auf meinen Armen stellen sich auf. Der folgende Blitzstrahl blendet mich und im nächsten Moment ändert sich alles. Der Raum um mich herum schwindet, bis ich mich plötzlich an einem völlig anderen Ort wiederfinde.

Der Boden unter meinen Füßen ist nicht länger der weiche Teppich meines Zimmers, sondern glänzender Marmor. Es ist deutlich kühler hier als zu Hause. Der Duft von aufziehendem Regen und etwas Würzigem, das ich nicht benennen kann, liegt in der Luft.

Ich stehe in einer Halle, so weit und hoch, dass sich ihre von Säulen gestützte Decke im Dunst der niedrig hängenden Wolken verliert. Jede Säule ist ein Kunstwerk für sich, verziert mit komplexen Reliefs, die Szenen aus der Mythologie darstellen. Sie scheinen eher den Himmel zu stützen als ein Dach.

Ich kann meinen Blick nicht von den marmornen Mustern abwenden. Ein Gefühl von Ehrfurcht und Kleinheit überkommt mich, während ich versuche, die Schönheit und Größe dieses Ortes zu erfassen.

Wo bin ich?

„Siela Chrysalis", ertönt eine tiefe und gewaltige Stimme, die mich zusammenzucken lässt.

Ich drehe mich um und mir gegenüber steht Zeus, der Gott der Götter. Er muss sich nicht vorstellen. Seine Präsenz ist überwältigend.

Befinde ich mich etwa auf dem Olymp?

Um seine Gestalt nehme ich einen Doppelrahmen wahr. *Pures, leuchtendes Licht und ein Geflecht aus Dornen. Und sie verpuffen. Wie immer.* Warum sind es zwei? Ist er derart mächtig? Die Fragen blitzen durch meinen Verstand, unbeantwortet, während sich die Rahmen auflösen.

„Was wollt Ihr von mir?", frage ich, meine Stimme klingt stärker, als ich mich fühle.

„Siela Chrysalis, Tochter des Pan, du bist ein Halbling, ein Wesen, das nicht sein sollte." Seine Stimme ist kalt und distanziert. „Du bist das Ergebnis einer Laune, eines Augenblicks der Schwäche, ein Zufallsprodukt. Deine Existenz ist ein Makel in der Ordnung, die ich erschaffen habe, ein dunkler Schatten in meiner Schöpfung."

Jedes Wort schlägt ein wie ein Blitz und hinterlässt Brandnarben auf meiner Seele. Ich habe Angst vor der Macht dieses Gottes. „Was erwartet Ihr von mir?" Ich kann das Zittern in meiner Stimme diesmal nicht verbergen.

„Dass du unsichtbar bleibst, Halbling. Dass du nicht störst und nicht auffällst." Sein Blick ist durchdringend, als könnte er mein Innerstes sehen. „Wenn du meine Ordnung gefährdest, werde ich gezwungen sein zu handeln. Und glaube mir, das möchtest du nicht erleben."

Ich bin achtzehn Jahre unsichtbar geblieben und bin nicht aufgefallen. Ich denke, es wird kein Problem sein, mich weiterhin zurückzuhalten. Doch trotz meiner Zuversicht flößt mir Zeus' Drohung eine markerschütternde Angst ein. Ich möchte ihm gerade antworten, als ein Fenster aufschlägt und ein Vogel in den Raum geflogen kommt. Eine Schwalbe. Und plötzlich wird es dunkel.

Als ich morgens in meinem Bett aufwache, habe ich kurz das Gefühl, es sei alles nur einem meiner bösen Träume entsprungen, aber die Schwalbenfeder auf meinem Nachttisch widerspricht meinen Gedanken.

Das Klopfen an der Tür lässt mich kurz aufschrecken. Meine Großmutter betritt den Raum. Ich erkenne umgehend ihre Besorgnis.

„Siela, du hast Besuch."

Mein Herz fängt wild an zu pochen, weil ich sofort an Eros denke. Meine Kehle schnürt sich zu, doch Harmonie steht hinter meiner Granny. Was will sie?

„Harmonie?" Ein unbehagliches Gefühl von Misstrauen steigt in mir auf.

„Können wir reden, Siela? Bitte, weise mich nicht ab." Ihre Tonlage ist sanft, die Ruhe, die von ihr ausgeht, ist fast spürbar.

„Reden?" Zweifel nagt an mir, doch die Wucht meiner neuen Realität drängt mich dazu, jeden Strohhalm zu ergreifen, um nicht in meiner Verwirrung unterzugehen. „Komm rein."

Granny nickt mir zu und verlässt den Raum.

„Du bist also die Göttin der Harmonie." Ich stelle es fest, ohne eine Frage zu formulieren, mein Verstand versucht, weiterhin alles zu verarbeiten.

„Ja, die bin ich." Ihr Gesichtsausdruck ist ernst.

„Warum bist du hier?" Meine Worte sind ein Flüstern, getrieben von der Angst, die sich in meinem Magen breitmacht.

„Manchmal erkennt man seine Wahrheit besser, wenn man sie laut ausspricht." Harmonie pausiert, als würde sie nach den richtigen Worten suchen. „Und es gibt nicht viele, mit denen du darüber sprechen kannst."

Sie hat recht. „Wo soll ich anfangen?", frage ich sie.

„Am besten vom Anfang", ermutigt sie mich.

„Also gut. Ich habe mich in einen Gott verliebt", beginne ich, mein Herz schlägt mir bis zum Hals. „Und ich habe das erste und hoffentlich letzte Treffen mit Zeus nicht nur überlebt, sondern weiß, dass ich selbst … halb göttlich bin." Die Worte fühlen sich fremd in meinem Mund an, aber ich habe sie ausgesprochen.

„Das ist viel zu begreifen." Harmonie gibt mir Raum, ihre Präsenz ist eine seltsame Mischung aus Mitgefühl und Distanz.

„Viel zu viel." Meine Stimme zittert. „Ich weiß nicht, ob ich damit umgehen kann. Oder was das für meine Zukunft bedeutet."

„Gib dir Zeit."

„Zeit, die Zeus mir vielleicht nicht geben wird." Das Bild des Gottes, wie er mich mit kalten Augen anblickt und „Halbling" nennt, lässt mich erschauern.

„Zeus ist mächtig, aber nicht unbesiegbar." Ihre Worte sollen mich offenbar beruhigen. Sie erzählt mir von ihrer Familie, von ihrem Großvater, von der Strafe und vor allem von der Plasmawelt. Oft muss ich schmunzeln und feststellen, dass selbst Götter ihre Macken haben.

„Was, wenn er herausfindet, dass ihr eine Tarnwelt erschaffen habt?"

„Wir würden vernichtet werden."

„Harmonie!" Ein Schauer streift über meinen Körper.

„Er wird es nicht herausfinden. Vertrau mir."

„Ich habe Angst", gebe ich zu.

„Du musst stark sein."

„Stark sein", wiederhole ich matt.

„Vertraue auf deine innere Stärke, auf das Blut von Pan, das in dir fließt."

Ich nicke, obwohl ein Teil von mir sich dagegen sträubt, irgendetwas zu akzeptieren, was von meinem Erzeuger kommt. „Ich werde versuchen, deinen Rat zu beherzigen."

„Nimm dir die Zeit, die du brauchst, um alles zu verarbeiten." Harmonies Stimme ist weich.

„Ich bin eine Halbgöttin, ein Zwischending. Eros ist ein Gott. Wie kann ich da mithalten?"

„Deine Halbgöttlichkeit macht dich nicht weniger wertvoll. Sie macht dich zu dem, was du bist: besonders." Harmonies Augen funkeln, als sie das Wort ausspricht.

Ich schüttele den Kopf. „Wie kann ich das akzeptieren? Zeus hat mich ‚Halbling' genannt, ein Wesen, das nicht sein sollte. Sein Hass ..." Ich muss schlucken, die Erinnerung an seine eisige Miene und an seine verachtenden Worte jagt ein Frösteln durch meinen Körper. „Er hat mich verurteilt, ohne mich zu kennen."

„Was auch immer Zeus denkt oder sagt, dein Wert liegt jenseits seines Hasses. Niemand, nicht einmal er, kann definieren, wer du bist oder sein wirst. Du bist Siela, mit einer Welt voller Möglichkeiten vor dir. Eine

Welt, die du nun neu entdecken kannst." Harmonie legt ihre Hand auf meine. „Du stehst Eros in nichts nach. Deine Fähigkeit zu lieben und geliebt zu werden ist grenzenlos – göttlich und menschlich."

Ihre Worte sind ein sanfter Balsam auf den Wunden meiner Seele. „Aber die Angst …", flüstere ich.

„Furcht ist normal. Aber lass sie nicht das Ruder übernehmen. Du hast das Recht, auf deine Weise zu glänzen, sei es als Mensch oder Halbgöttin." Harmonie lächelt mich ermutigend an. „Und was Eros betrifft, stelle ihn nicht auf ein Podest. Er ist ein Gott, möchte aber nicht verehrt werden. Auch er ist ein Lebewesen und entgegen dem, was du glaubst, nicht perfekt. Selbst er macht Fehler. Wir Götter machen Fehler. Unsere Anwesenheit hier auf Erden ist ein Beweis dafür, dass wir nicht unfehlbar sind. Das Wichtigste im Leben, sei es göttlich oder menschlich, ist die Fähigkeit zu lieben und geliebt zu werden, mit all unseren Macken. Eros sieht in dir mehr als nur eine Sterbliche oder Halbgöttin, er sieht die Frau, die er liebt. Gib ihm eine Chance, Siela."

„Bitte, sage Eros, dass ich …" Meine Stimme bricht. „Dass ich ihn vermisse."

„Er dich auch."

„Bitte überbringe dem Gott der Liebe die Nachricht, dass er mich heute bei meiner Großmutter besuchen kann, wenn er möchte." Mein Herz hat gesprochen.

„Nichts lieber als das."

„Ihr seid also hier, weil es dem Gott der Liebe auf dem Olymp langweilig war und er euch angestachelt hat, Streiche zu spielen?"

„Wir sind hier, weil mein Großvater ein Choleriker ist, der seine Wut nicht zügeln kann."

Wir müssen beide lachen. Aber ich muss zugeben, dass der Gedanke des zornigen Zeus' weiterhin Unbehagen in mir auslöst.

Harmonie verlässt den Raum und ein Hauch ihrer Ruhe und Ausgeglichenheit bleibt zurück – in der Luft, an den Wänden und in mir.

Ich liege auf meinem Bett und starre die Decke an. Es ist stets ein seltsames Gefühl, in diesem Zimmer im Haus meiner Granny zu sein. Ein Teil von mir fühlt sich heimisch, ein anderer fremd. Es ist, als wäre ich gleichermaßen willkommen und unerwünscht. Meine Großmutter empfing mich immer mit offenen Armen, meine Mutter stieß mich ab. Als Kind, wenn ich in diesem Bett schlief, wusste ich, dass sie erneut auf die Suche gegangen war. Jetzt weiß ich, wen sie gesucht hat. Den Gott Pan. Ist ihr bewusst, was er ist? In welcher Gestalt hat er sich ihr gezeigt?

Die sanften Klänge des Swing- und Jazzsenders dringen von unten zu mir herauf. In meiner Vorstellung sehe ich meine Großmutter im Wohnzimmer tanzen. Zart wie eine Elfe schwebt sie durch den Raum, bewegt sich im Takt und lässt sich von ihrem imaginären Partner führen. Ich muss schmunzeln.

„Was bringt dich zum Lächeln, Kleiner Fuchs?" Eros steht am Fenster.

Für einen kurzen Moment frage ich mich, wie er es geschafft hat hereinzukommen, dann fällt es mir wieder ein. Er ist ein Gott oder er benutzt eine Leiter.

„Darf ich bleiben?", fragt er.

Mit einer Mischung aus Faszination, Angst und Freude starre ich ihn an.

„Verzaubert von meinem göttlichen Glanz oder hast du etwa mein charmantes Lächeln vermisst?", versucht er, die Stimmung zu lockern.

„Eher von deinem unverschämten Selbstbewusstsein beeindruckt", erwidere ich schmunzelnd.

Er kommt näher und setzt sich behutsam an mein Bettende. Mein Herz hüpft vor Freude.

„Danke, Siela."

„Wofür?"

„Dass ich dich sehen darf." Er sitzt auf dem Bett wie ein unbeholfenes Kind. Verschwunden sind die Sicherheit und das Selbstbewusstsein, die er sonst ausstrahlt. Vor mir befindet sich ein Gott, der das Risiko eingeht, verletzlich zu sein.

„Es war dir also langweilig auf dem Olymp?"

„Ich hatte das Gefühl, etwas zu verpassen. Die Erde hat gerufen. Und, ja, du hast mich gerufen."

„Wohl kaum", erwidere ich. „Und spar dir den Kitsch!"

„Ich bin der Gott der Liebe. Kitsch liegt in meinem Naturell. All die Künstler, die mich als kleinen Puttenknaben darstellen, würden protestieren."

Bei dem Gedanken an die übertrieben süßen Abbildungen von ihm in der Kunst muss ich lachen. Sie sind alle so fernab der Realität. Dann überkommen mich wieder der Ernst und die Angst. „Ich habe Fragen, viele Fragen, Eros."

„Ich werde alle deine Fragen beantworten, versprochen. Aber bitte lass uns jetzt, in diesem Moment, tanzen. Es wäre eine Schande, diese wunderbare Musik mit Worten zu übertönen. Außerdem habe ich dich wahnsinnig vermisst, ich möchte deine Nähe spüren."

„Eros, du weißt, dass ich nicht ..."

„Psst", unterbricht er mich sanft und ehe ich protestieren kann, zieht er mich aus dem Bett und in seine Arme. Wir stehen mitten im Raum, tanzen nicht wirklich, sondern wiegen uns leicht im Takt der Musik.

Fly me to the moon von Frank Sinatra ertönt. Erinnerungen werden wach. Es ist das Lieblingslied von meiner Mutter und mir gewesen. Vor Ewigkeiten. Als Kind ließen wir unserer Fantasie oft freien Lauf, malten uns aus, wie es wäre, auf den Mond zu fliegen, und spekulierten über die Jahreszeiten auf fernen Planeten.

„Möchtest du hin?" Eros' Frage reißt mich aus meinen Gedanken.

„Wohin?", frage ich verwirrt, weiterhin verloren in der Melancholie der Musik und der Erinnerungen.

„Zum Mond", sagt er und es klingt so leicht, so ernsthaft, als würde er mich zu einem nächtlichen Spaziergang einladen.

Ich lache leise, bin mir nicht sicher, ob er scherzt. Doch er ist fest entschlossen.

„Zum Mond?"

„Ja, zum Mond. Schließ bitte deine Augen." Seine Stimme ist ein sanftes Kommando.

Ich lasse meine Lider sinken und spüre die warme Berührung seiner Hände, die meine ergreifen.

„Versprich mir, dass du sie nicht öffnest, bis ich es dir sage."

„Versprochen", flüstere ich mit einer Mischung aus Nervosität und Vorfreude.

„Atme tief durch und lass dich fallen“, sagt er und ich gehorche.

Unter meinen Füßen verliert sich der Boden, ein Gefühl der Schwerelosigkeit breitet sich aus. Die kühle Nachtluft streift mein Gesicht und ich spüre, wie wir uns von der Erde entfernen, getragen von einer unsichtbaren Kraft, die von Eros gelenkt wird.

Die Musik von Sinatra ist noch immer präsent, sie umhüllt uns wie eine kosmische Melodie, die uns auf unserer Reise begleitet. Wir bewegen uns durch die Nacht, schneller als der Wind, hinauf in den Himmel.

„Siehst du sie?“, flüstert Eros an meinem Ohr und obwohl ich meine Augen geschlossen halte, sehe ich die funkelnden Himmelskörper vor mir. Sie sind überall, unendlich viele Lichtpunkte in der endlosen Dunkelheit des Alls.

Ich lächle bei dem Gedanken, sie wahrhaftig zu sehen, fühle, wie sie näherkommen, wie sie unser Ziel beleuchten.

„Ja“, antworte ich staunend, „ich sehe sie.“

„Und jetzt der Mond“, fährt Eros fort.

Vor meinem inneren Auge wächst der silberne Trabant, zeigt mir seine majestätische Präsenz. Ich kann fast die raue Textur seiner Oberfläche spüren, die Stille seiner ewigen Wache über die Erde.

„Wo ist die amerikanische Flagge?“, frage ich.

„Auf der anderen Seite“, antwortet Eros sanft, „aber sie ist nicht das, was ich suche.“

„Sondern?“

„Hier, diese Ecke habe ich gesucht. Wir sind angekommen", flüstert er, während wir sanft auf einer festen Oberfläche landen. „Du kannst jetzt deine Augen öffnen."

Zögerlich hebe ich meine Lider. Eros schwebt neben mir, umgeben von einem Meer aus Sternen. Dann richte ich meinen Blick nach vorn und der Atem stockt mir in der Kehle. Wir befinden uns auf der staubigen Oberfläche des Mondes und vor mir erstreckt sich das unermessliche, leuchtende Band der Milchstraße.

„Wie findest du dieses Kino?", fragt mich Eros und mit einer Handbewegung zeigt er auf die Unendlichkeit.

Ich kann kein Wort über die Lippen bringen. Ich fasse es nicht. Jede Pore meines Körpers scheint sich zu öffnen, saugt die majestätische Schönheit des Alls auf. Ich bin überwältigt von der Stille um uns herum, die nur vom Echo unseres Ankommens unterbrochen wird. Der Mond, eine silbergraue Landschaft, die sich bis zum Horizont erstreckt, bietet uns einen Sitzplatz, um das unendliche Universum zu betrachten.

Eros' Nähe ist die einzige Wärme in der kühlen Leere und, als ich seine Hand in meiner spüre, wird mir bewusst, wie real dieser Moment ist. Unter uns der Mond, über uns ein Himmel, der mit unzähligen Sternen übersät ist. Das Unmögliche ist möglich, das Unvorstellbare vorstellbar.

Ich sitze neben einem Gott auf dem Mond, bin selbst eine Halbgöttin. Eine Wahrheit, die sich in meinem Herzen weiterhin fremd anfühlt. Ich stamme aus zwei Welten, nicht menschlich, doch auch nicht göttlich. Eine Brücke zwischen zwei Existenzen. In mir fließt die Essenz von Pan, der Wildheit und der Freiheit.

Eros hat mich auf den Mond gebracht. Er besitzt die Fähigkeit, die Grenzen der menschlichen Erfahrung zu überschreiten und in den Kosmos hinauszutreten.

„Haben Halbgötter übernatürliche Fähigkeiten?", frage ich ihn und denke dabei an die Rahmen.

„Ja, viele entdecken mit der Zeit Kräfte, die über das Menschliche hinausgehen. Manchmal offenbaren sie sich in Momenten großer Not oder tiefer Leidenschaft. Manchmal manifestieren sie sich aus dem Nichts, manchmal erweisen sich Makel als Gaben. Bei jedem Halbgott ist es unterschiedlich."

„Ich vermute eine Verbindung zwischen den Rahmen und meiner Halbgöttlichkeit."

„Das wäre sehr gut möglich. Du weißt, wen du fragen könntest."

„Vergiss es!" Ein unangenehmes Ziehen durchfährt mich bei dem Gedanken, Pan zu kontaktieren. „Wie war es bei dir?"

„Ich bin göttlich, Siela."

„Verstehe. Du hattest keinen Leidensweg. Angeber!", sage ich und wir müssen beide lachen. „Was siehst du, wenn du zu den Sternen aufblickst?"

„Ich sehe Möglichkeiten", antwortet er, „ein unendliches Potenzial. So wie in dir. Lass dich nicht von meinem Großvater einschüchtern."

Ich schaue ihn fragend an.

„Harmonie hat es mir erzählt."

Eros, der Gott der Liebe, sieht in mir nicht nur eine Sterbliche oder eine Halbgöttin, sondern Siela – die Summe all dessen, was ich bin und all dessen, was ich sein könnte. Es ist beängstigend und wunderbar zugleich.

„Lass uns auf der Milchstraße spazieren“, schlage ich vor, mein Herz pocht vor Aufregung bei dem Gedanken.

„Ein anderes Mal. Lass uns zurück. Es gibt noch so viel zu entdecken.“

Ich schließe wieder meine Augen. Die letzten Noten von *Fly me to the moon* schweben durch den Raum, als wir sanft in die Geborgenheit meines Zimmers zurückkehren.

„Du kannst sie jetzt wieder öffnen“, sagt Eros und seine Worte sind das Signal für das Ende unserer Reise.

Ich weiß nicht, ob ich es möchte. Die Bilder dieses Wunders schweben noch lebhaft in meinen Gedanken. Ein Anblick, den ich niemals vergessen werde.

„Darf ich heute wieder hier übernachten?“, holt mich Eros letztendlich zurück in die Realität.

„Wenn du möchtest.“

„Mehr als alles andere.“

„Ich hatte heute ein Date mit einem Gott … auf dem Mond“, scherze ich. Ich lege mich hin und klopfe auf die leere Seite meines Bettes.

Eros legt sich neben mich und zieht mich sanft in seine Arme. Er gibt mir einen zarten Kuss auf die Stirn. Ich atme seinen vertrauten Duft ein und möchte mehr als nur eine Umarmung.

„Noch nicht, Kleiner Fuchs.“ Sanft hält er mich auf.

„Aber …“

„Intergalaktische Reisen sind erschöpfend. Bald wirst du …“

Den Rest des Satzes bekomme ich nicht mit. In dieser Nacht leben die Bilder des Universums in meinen Träumen weiter.

Als ich am nächsten Morgen die Augen aufschlage, funkelt mich ein braun-grünes Paar an.

„Creepy", begrüße ich ihn.

„Dir auch einen wunderschönen guten Morgen", erwidert er.

„Was machst du noch hier?"

„Deine romantische Ader am Morgen stellt Jane Austen glatt in den Schatten."

„Du weißt, was ich meine." Ich versuche, aus dem Fettnäpfchen zu treten, indem ich mich an ihn kuschle.

„Ich wollte auch mal ausschlafen", erklärt er mir und zieht mich näher an sich.

Sein Duft macht mich umgehend schwach und dasselbe Gefühl von gestern Abend erwacht in meinem Unterleib. Doch genau in dem Moment, als wäre es von meiner Großmutter geplant, klappert aus der Küche das Geschirr. Ein Zeichen, dass das Frühstück bald bereit ist. Ich seufze frustriert und Eros lacht.

„Noch nicht, Kleiner Fuchs." Er haucht mir einen Kuss hinter das Ohr, was nicht unbedingt hilfreich ist.

„Braucht ihr Götter normalerweise Schlaf?", frage ich, in der Hoffnung, mich ablenken zu können.

„Nicht so wie Menschen", antwortet Eros, „aber manchmal legen wir uns nieder, um die Träume von Kleinen Füchsen zu besuchen oder einfach, um den Moment oder ihre Nähe zu genießen. Es ist eher Meditation als Schlaf."

Seine Hand streicht sanft über meinen Arm und er kommt mit seinen Lippen gefährlich nahe an meine heran. Seine Körpersprache verrät mir, dass er etwas anderes im Sinn hat, als er zuvor behauptet hat. Ich lasse es zu und wir versinken in einem Kuss, der sich völlig neu anfühlt. Unsere Lippen und Zungen treffen sich in einem Tanz, der beinahe körperlich schmerzt. Seine Hände ruhen auf meinen Hüften, während meine sich in sein Haar vergraben. Seine rechte Hand wandert weiter nach oben in Richtung …

„Siela, mein Herz, das Frühstück ist fertig." Granny.

Das Seufzen kommt diesmal von Eros.

„Noch nicht, Gott der Liebe." Ich küsse seine Nasenspitze, springe aus dem Bett und öffne die Tür einen Spalt. „Ja, Granny, ich komme in fünf Minuten", rufe ich nach unten. „Sehen wir uns später?", frage ich Eros, der weiterhin im Bett liegt.

„Jip", sagt er, wobei ich eine Spur von Enttäuschung in seiner Antwort wahrnehme.

Nach einem kurzen Abstecher ins Bad verrät mir das Flattern der Gardine Eros' Abgang. Ich flitze nach unten und drücke Granny einen Kuss auf die Wange. Kaum habe ich einen Schluck von meinen selbst gepressten O-Saft genommen, klingelt es an der Tür. Ich öffne sie und ein frisch geduschter Eros tritt herein, umgezogen und mit einem Kuchen in der einen und Blumen in der anderen Hand.

„Darf ich Sie an einem Sonntagmorgen stören, Granny?"

„Aber, mein Junge, du störst doch nicht. Es freut mich sehr, dass du dich zu uns gesellst. Du hättest aber auch die Treppe benutzen können!" Sie zwinkert ihm zu und lächelt verschmitzt.

Selbst die Götter können meine Granny nicht um den Finger wickeln.

Das Frühstück mit Eros und Granny ist ein Wechselbad der Gefühle. Es gibt kaum etwas Schöneres als mit

den beiden Menschen – oder, besser gesagt, Wesen –
die mir am meisten bedeuten, an einem Tisch zu sitzen.
Aber es gibt nichts Beschämenderes als das Bewusstsein, dass meine Großmutter mitbekommen hat, dass
Eros die Nacht bei mir verbracht hat, selbst wenn zwischen uns nichts passiert ist. Nachdem er die Scham-
Show sichtlich genossen hat, schlägt er zu meiner Erleichterung vor, zu zweit am See spazieren zu gehen.

Der Carter Lake ist ein wahres Wunderwerk der Natur. Er ist eingebettet in die raue Landschaft von Loveland und ein atemberaubender Ort der Ruhe und Erho-
lung. Sein glitzerndes Wasser, das sich über drei Meilen
erstreckt, ist von dicht bewaldeten Hängen umgeben,
die in einem satten Grün erstrahlen. Das Reservoir, das
durch die Arbeit von Menschenhand entstanden ist,
harmoniert perfekt mit der umliegenden Natur. Leider
komme ich viel zu selten hierher.

Wir spazieren entlang des Ufers, Eros läuft barfuß.
Die recht kühle Temperatur stört ihn nicht. Ab und zu
sehen wir Boote in der Ferne, die sanft auf den Wellen
schaukeln, und hören das Lachen der Menschen.

„Ich habe Fragen“, unterbreche ich die angenehme
Stille.

„Und ich werde sie beantworten“, erwidert Eros sanft.

„Jetzt!“

„Alles klar. Lass uns dort drüben hinsetzen.“ Eros
zeigt auf einen querliegenden Baumstamm, der einla-
dend am Ufer liegt. Mit Blick auf das Wasser und den
Horizont machen wir es uns gemütlich.

Eros setzt sich hinter mich und schlingt seine Arme
wärmend um mich. „Ich bin ganz Ohr.“

Die Fragen und Gedanken, die seit Tagen wie Unwetter in meinem Kopf gewütet haben, scheinen sich plötzlich zu beruhigen. Vielleicht ist es die Nähe zu Eros, die mich ermutigt, oder die Stille des Sees, die mich dazu inspiriert, nach Worten zu suchen, die all das ausdrücken können, was in mir brodelt.

„Ich ... Es gibt so viel, was ich nicht verstehe", beginne ich zögerlich. „Seit ich herausgefunden habe, dass ich ... anders bin, dass ich eine Halbgöttin bin, fühlt sich alles in mir so ... fremd an."

„Du bist nicht fremd, Siela. Du bist weiterhin du. Egal, was in deinen Adern fließt", widerspricht Eros, seine Stimme ein sicherer Hafen in dem Sturm meiner Gedanken.

„Aber du, ihr alle, ihr seid Götter. Und ich ... ich bin irgendwo dazwischen. Nicht ganz menschlich, aber auch nicht göttlich."

„Halbgötter tragen die größten Gaben in sich. Oftmals sogar Fähigkeiten, die uns Göttern verborgen bleiben."

„Ich fühle mich so verloren. Ich weiß nicht, wo ich anfangen soll", gebe ich zu.

„Take your time. Im Grunde haben wir die Ewigkeit."

„*Du* hast die Ewigkeit, ich wohl kaum. Apropos, wie alt bist du?"

„Ich habe bei tausend Jahren aufgehört zu zählen."

„Eros, bitte!"

„Ich weiß es wirklich nicht. Zahlen sind in der Götterwelt nicht von Bedeutung und Zeit fließt anders. Aber ich kann dir sagen, dass ich alt bin."

„Warum bist du dann als junger Mann hier? Konntest du es dir aussuchen?"

„Wenn ich die Wahl gehabt hätte, hätte ich mir eine ruhigere Menschenphase ausgesucht. Die Wahl des Alters habe ich meinem Großvater zu verdanken.“

Bei der Erinnerung an Zeus erfasst mich ein Zittern, das tief aus meinem Inneren kommt. Eros zieht mich noch näher an sich.

„Kannst du Gedanken lesen?“

„Seit wir die Plasmawelt aufgebaut haben, könnte ich sie wieder lesen, wenn ich wollen würde. In der Welt der Götter haben wir alle gewisse Grundfähigkeiten, wie Teleportation, Unsichtbarkeit und eben das Lesen von Gedanken. Dann hat jeder von uns spezifische Kräfte.“

„Liest du meine Gedanken?“

„Nein.“

„Du lügst.“

„Ich lüge nicht. Ich respektiere deine Privatsphäre. Ich deute deine Körpersprache und das kommt dem Gedankenlesen ziemlich nahe.“ Eros greift nach zwei abgerundeten Steinen und beginnt, mit ihnen zu spielen.

„Welche spezifischen Fähigkeiten besitzt ihr? Du und deine Geschwister?“

„Als Gott der Liebe kann ich die Liebe zwischen zwei Wesen entfachen und Emotionen verstärken. Anteros führt langhaltende Beziehungen herbei, er fördert die Liebe in seiner reinsten Form, eine Liebe, die über die bloße Leidenschaft hinausgeht. Er beschützt die Liebenden und ihre Herzen. Außerdem rächt er unerwiderte Liebe.“

„Also hat er auch eine dunkle Seite“, stelle ich fest.

„Wie wir alle, Siela.“

„Und Harmonie?“

„Sie bringt Frieden, Balance und Ausgleich. Etwas, was sie dir während ihrer Strafe nicht gezeigt hat.“

„Ist es nicht Manipulation, was ihr da betreibt?“

„Es könnte so erscheinen, aber dem ist nicht so. Wir verstärken nur das, was bereits vorhanden ist. Liebe, die gefühlt, aber vielleicht nicht ausgedrückt wird, zum Beispiel. Wir zwingen niemanden zu fühlen, was nicht in ihm ist.“ Er schleudert einen Stein ins Wasser und ich beobachte die konzentrischen Wellen, die sich über die Wasseroberfläche ausbreiten und eine beruhigende Wirkung auf mich haben.

„Was ist mit Psyche?“, frage ich, während ich noch immer den Wellen nachschaue.

„Du bist Psyche.“ Ich höre deutlich den scherzenden Ton in seiner Stimme.

„Eros, bitte. Ich meine nicht das Theaterstück.“

„Ich weiß. Wo soll ich anfangen?“ Er atmet tief durch und ich spüre, dass ihm das Thema nahegeht.

Alle möglichen Szenarien spielen sich in Millisekunden in meinem Kopf ab: Aphrodite hat Psyche doch getötet, Eros liebt Psyche weiterhin und hier auf Erden bin ich nur ein Spielzeug für ihn. Hatte er mir nicht in seiner ersten Papierflieger-Botschaft „the game is on“ geschrieben?

„Es ist nicht so, wie du denkst. Bitte beruhige dich.“ Er zieht mich fester an sich. „Psyche hat sich von mir getrennt.“

„Wie bitte?“

„Sie wollte ihr sterbliches Leben wiederhaben und hat den Olymp verlassen.“

„Aber ihr seid Götter, euch verbindet doch die ewige, unerschütterliche Liebe!“

„Liebe hat auf dem Olymp viele Gesichter. Mein Großvater hat die Liebe seines Lebens verschlungen und tragische Beziehungen sind dort alltäglich. Trennungen gehören, auch für uns Götter, dazu. Psyche und ich lieben uns weiterhin, aber auf einer anderen Ebene."

Ich muss an Harmonies Worte denken.

„Niemand ist perfekt. Selbst wir Götter nicht. Und ohne diese Trennung hätte ich vielleicht niemals zu dir gefunden."

„Das bedeutet, dass wir womöglich nicht für immer zusammenbleiben werden?"

„Das Risiko besteht wie in jeder anderen Beziehung auch."

Mein Kopf fühlt sich leer an. Ich muss zugeben, dass Eros' Antworten mich eher verwirren als beruhigen. Ich hatte an eine Bilderbuch-Götterwelt gedacht, aber die scheint es nicht zu geben.

„Sind die mythologischen Geschichten, so wie wir sie kennen, alle wahr?"

„Größtenteils, ja."

Ein Anflug von Angst macht sich in mir breit. Ich könnte weiter nachfragen und tiefer in die Götterwelt eintauchen, die nun zum Teil auch meine ist, stattdessen entscheide ich mich, den gegenwärtigen Moment mit Eros, dem Gott der Liebe, voll auszukosten.

„Eine letzte Frage habe ich. Würdest du mich bitte küssen?"

„Nichts lieber als das, Kleiner Fuchs."

Der Hauch des Hades

Die tiefen Falten in ihrem Gesicht erzählen von gelebten Jahrzehnten, von Lachen und Sorgen, die sich in ihre Haut gebrannt haben. Ein Schleier der Erschöpfung hat sich über ihre Augen gelegt, dennoch funkeln sie mit einer Klarheit, die mich an Sielas Leuchten erinnert. Es ist eine Ehre für mich, aber auch eine Bürde, hier zu sein, in dieser Stätte des Abschieds. Der Geruch des Todes hängt in der Luft.

„Danke, mein Junge, dass du gekommen bist, und danke, dass du meiner Enkeltochter nichts gesagt hast." Sielas Großmutter sitzt aufrecht in ihrem Krankenhausbett, gestützt von mehreren Kissen. Ihre Stimme ist brüchig, aber bestimmt.

„Soll ich mir Sorgen machen, Ma'am?", frage ich, obwohl ich die Antwort bereits ahne.

„Bitte nenn mich nicht Ma'am. Ich bin Granny." Es ist ein Befehl, kein Wunsch.

„Einverstanden ... Granny."

„Ich werde bald sterben." Ihre Augen weichen nicht von meinen und in ihnen sehe ich die stille Gewissheit um das kommende Ende.

„Granny ..." Mein Einwand wird von ihrer erhobenen Hand gestoppt.

„Ich benötige deine Hilfe, Eros. Ich möchte meine Tochter ein letztes Mal sehen." Ihre Worte erwecken eine Sorge in mir. Nicht der Tod macht mir Angst, sondern der Schmerz, den er hinterlässt. Sielas Schmerz. Unvermeidlich durch den bevorstehenden Tod ihrer Großmutter und durch die Anwesenheit ihrer Mutter, die sie nicht wiedersehen möchte. Die Worte wiegen schwer in meinem Herzen. Als Gott der Liebe bin ich es gewohnt, Verbindungen zu knüpfen, nicht, sie zu lösen. Doch nun stehe ich vor der schwierigen Aufgabe, eine bestehende Beziehung zu beenden, und zweifle daran, ob es mir gelingen wird, die andere wiederherzustellen.

„Ich werde mich darum kümmern, Granny." Es ist ein Versprechen, das ich mit allem, was ich bin, halten werde und halten muss.

„Bitte, Eros, kein Wort zu Siela."

Diese Bitte ist ein Dolchstoß in mein göttliches Herz, denn sie verlangt von mir, meine Siela zu belügen, sie im Unklaren zu lassen.

„Sie haben mein Wort, Granny." Es ist das schwerste Versprechen, das ich je geben musste.

„Danke, mein Junge!" Ihre Hand findet die meine, eine zarte Berührung, die mehr sagt als tausend Worte.

Ich verlasse das Krankenhaus mit einer Last, die schwerer wiegt als das Schicksal selbst. Wie soll ich es nur schaffen, Siela zu verschweigen, dass die Frau, die sie ihr Leben lang geliebt hat, bald sterben wird und dass die Frau, die sie ihr Leben lang ignoriert hat, wahrscheinlich wieder in ihr Leben tritt? Wie bringe ich es über mein Herz, ihr diese Wahrheit vorzuenthalten, selbst nur für einen Moment?

Und wie sucht man auf der Erde nach Verschollenen? Eine erste Spur wird mir wohl die Polizei geben. Ansonsten kann Hermes hoffentlich helfen.

***

Das passiert, wenn man dreizehn Minuten später aufsteht, als der Wecker es einem mit intensivem Gepiepe rät. Der Vorlesungssaal ist voll, der Platz, den deine beste Freundin für dich reserviert hat, ist von einem Fremden belegt, dein Freund nimmt nicht am Unterricht teil und du musst irgendwo in den letzten Reihen sitzen. Mist, dabei ist es das einzige Fach, das mir dieses Jahr Spaß macht.

In der vorletzten Reihe ist neben Marc ein Sitzplatz frei.

„Hey, Marc, ist hier frei?"

Er nickt und sein Gesicht strahlt aus allen Poren schlechte Laune aus. *Schief und kaputt. Vinyl an vielen Stellen zerkratzt. Und er verpufft. Wie immer.*

„Alles gut?", frage ich.

Er nickt erneut.

„Scheint aber nicht so", hake ich nach. Keine Ahnung, warum ich heute Morgen so gesprächig bin.

Mit dem Kinn weist er ein paar Reihen vor uns. Ich folge seiner Bewegung und mein Blick bleibt bei einer kichernden Betty hängen. Sie sitzt neben Anteros. Für Marc war wohl kein Platz mehr.

„Mach dir nichts draus", möchte ich ihn trösten.

„Du kannst leider nicht verstehen, was gerade in mir vorgeht, Siela."

„Versuche, es mir zu erklären", animiere ich ihn zum Weiterreden.

„Wenn man verliebt ist, dann bringt jede Aufmerksamkeit das Herz schneller zum Schlagen, selbst die negative."

„Ist das so? Und was ist mit deinem Selbstwert?"

„Ich schätze, den habe ich vergraben."

Ich überlege kurz, wie ich Marc klarmachen kann, dass seine Selbstwahrnehmung nicht von seinen Gefühlen für Betty abhängen sollte. „Es ist oft schwer zu verstehen, dass wir unsere eigenen Werte haben und sie nicht von dem beeinflusst werden sollten, was andere denken oder tun."

„Was meinst du genau?"

„Definiere dich nicht über Betty."

„Schaffst du es, dich nicht über Eros zu definieren? Ich meine, schaut euch an, ihr seid ein Herz und eine Seele."

„Ich habe aber weiterhin meinen eigenen Kopf mit meinen Wertvorstellungen, Prinzipien und Grenzen und daran ändert selbst Eros nichts."

Er schaut mich an und schenkt mir ein bitteres Lächeln. „Betty ist nicht der einzige Grund, weshalb ich so miesepetrig bin. Als ich am Wochenende zu Hause war, hatte ich einen Streit mit meinen Eltern ..."

Mit einem unüberhörbaren „Guten Morgen" unterbricht Ms. Atherton ihn und alle anderen. Die altbekannte Stille verbreitet sich im Saal.

„In unserer allerersten gemeinsamen Stunde sagte ich euch, meine lieben Mythen-Entdecker, dass Griechische Mythologie kein Fach ist, das für sich alleine steht. Im Gegenteil!"

Und einfach so befinden wir uns mitten im Unterricht. Nach der Stunde werde ich Marc auf den Streit mit seinen Eltern ansprechen.

„Wir konnten schon feststellen, wie sie sich in der Literatur und im Theater breitmacht. Viele von euch dürfen Amor und Psyche dieses Jahr aus literarischer und schauspielerischer Perspektive kennenlernen. Aber wie sieht es mit der Musik aus? Wie ihr euch sicherlich denken könnt, haben Amor und Psyche viele Künstler und Komponisten inspiriert, die sieben Noten im Takt ihrer Liebe zu schlagen. Heute möchte ich mich aber an die Musiker unter euch wenden. Und an einen ganz besonders. Mr. Langton hat mir verraten, dass wir einen besonders talentierten Musiker hier haben, der selbst aus alten Musikanlagen die sanftesten Töne heraufbeschwört. Ich selber hatte am Zukunftsorientierungstag die Ehre und das Vergnügen, mich mit ihm zu unterhalten, und muss zugeben, dass er ein enormes musikalisches Wissen hat. Mr. Robbins, sind Sie heute da?"

Ich merke, wie sich Marc neben mir versteift.

Gemurmel macht sich in der Aula breit und alle starren auf meinen Sitznachbarn.

Marc atmet scharf ein. „Ich habe mit der Musik abgeschlossen, Ms. Atherton. Ich spiele und komponiere nicht mehr und lege auch nicht mehr als DJ auf."

Verblüffung und Sprachlosigkeit stehen jetzt in den Gesichtern der Anwesenden geschrieben. Selbst ich bin erstaunt.

„Seit wann steht diese Entscheidung, wenn ich fragen darf?" Ms. Atherton zeigt sich unbeeindruckt.

„Seit letztem Wochenende, Ms. Atherton."

„Mr. Robbins, würden Sie bitte so freundlich sein und zu mir auf die Bühne kommen?", fragt unsere Lehrerin in einem zuckersüßen Ton.

„Ms. Atherton, ich …"

„Mr. Robbins, ich bitte Sie!"

Diesmal ist meinem Schulkameraden keine Widerrede möglich. Gebannt verfolgen wir, wie Marc nach vorn geht.

Mit feenhaften Bewegungen geht Ms. Atherton zum hinteren Teil der Bühne, wo die Stühle gestapelt sind. Sie holt zwei und platziert sie in der Mitte. Anmutig nimmt sie Platz und mit einer eleganten Handbewegung deutet sie Marc an, es ihr gleichzutun. Von dem Moment an ist es, als seien nur sie beide im Raum anwesend.

„In einem Gespräch mit Ihrem Musiklehrer habe ich erfahren, dass Sie ein außergewöhnliches musikalisches Talent haben, Marc. Er sagte mir, sowas habe er selten gehört."

„Ich wusste nicht, dass Mr. Langton so von mir denkt." Marc ist offensichtlich überrascht von der Offenbarung.

„Er setzte Ihren Namen neben Beethoven, Freddy Mercury und David Guetta!"

„Ich weiß nicht, was ich sagen soll", sagt er und senkt den Blick.

„Wie wäre es, wenn Sie beginnen, mir zu erzählen, weshalb Sie sich entschieden haben, von jetzt auf gleich Ihre Leidenschaft zu begraben?"

„Es ist nicht einfach."

„Doch ist es! Wer oder was ist der Grund?" Ms. Atherton bohrt mit fordernder Stimme weiter.

„Ich habe mich entschieden, nach dem Schulabschluss Architektur zu studieren.“

„Weil Sie leidenschaftlich für die Architektur brennen?“

„Wie bitte, Ms. Atherton?“ Er schaut unsere Lehrerin jetzt an.

„Haben Sie sich entschieden, Architektur zu studieren, weil die Leidenschaft für dieses Fach deutlich größer ist als die für die Musik? Wenn ich mich nicht irre, haben Sie am Zukunftsorientierungstag Architektur nicht in Betracht gezogen, nicht einmal erwähnt.“

„Ich … ähm …“

„Sagen Sie, Mr. Robbins, besichtigen und erkunden Sie Gebäude? Sind Sie von historischen und modernen Bauten fasziniert? Rauben Ihnen die unterschiedlichen Baudesigns und -stile den Schlaf? Sind Sie über alle Bautechniken informiert? Sind die größten Architekten der Welt Ihre Mentoren? Besuchen Sie Veranstaltungen? Tauschen Sie sich mit Gleichgesinnten aus? Sind Sie selbst kreativ? Zeichnen Sie? Entwerfen Sie eigene Pläne? In einem Satz: Leben Sie die Liebe für die Architektur voll und ganz? Wenn dem so ist, dann habe ich nichts mehr zu ergänzen und unser Gespräch endet hier. Ist dem so, Mr. Robbins?“

„Ich soll das Architektenbüro meines Vaters übernehmen.“

Ein Murmeln geht durch die Reihen. Nicht nur ich bin überrascht von diesem Geständnis.

„Sie sollen in seine Fußstapfen treten?“

„Genau!“

„Darin sehe ich nichts Schlimmes …“

„Aber …“

Ms. Atherton hebt eine Hand und bringt Marc zum Schweigen. „Lassen Sie mich bitte ausreden! Darin sehe ich nichts Schlimmes, wenn *Sie* in diese Fußstapfen treten wollen. Wollen Sie das? Wollen Sie in die Fußstapfen Ihres Vaters treten?"

„Nein, will ich nicht." Die Entschlossenheit in seiner Stimme ist unüberhörbar.

„Dann frage ich Sie erneut, weshalb Sie sich für ein Architekturstudium entschieden haben und die Musik an den Nagel hängen wollen?"

„Weil Musik eine brotlose Kunst ist." Marc betrachtet erneut den Fußboden.

„Und das sind selbstverständlich Ihre Worte."

„Nein, es sind die meiner Eltern. Aber sie wissen, was gut für mich ist."

„Sagt Ihnen Sparta etwas, Mr. Robbins?"

„Ja, Sie sagten uns mal, dass es eine der stärksten Militärmacht des antiken Griechenlands war." Seine Stimme ist nur ein leises Flüstern.

„Genau. Und heute möchte ich die Betonung auf einen anderen Aspekt dieser Militärmacht legen. Nun, Sparta war im antiken Griechenland das Symbol der Effizienz und der Stärke. Das Leben der sogenannten Bürgersoldaten in Sparta wurde von strengen Befehlen und Regeln bestimmt. Es war eine Welt des Gehorsams. Jeder Aspekt des Lebens der Bürgersoldaten wurde vom Staat kontrolliert. Der wusste, was gut für sie war! Das vorrangige Ziel eines jeden Spartaners war es, ein guter Krieger zu sein. Wer nicht in der Lage dazu war, wurde verstoßen. Ein Kind, das körperlich untauglich war, wurde gemäß der spartanischen Praxis vom Berg Taygetos geworfen, weil es weder für sich selbst, noch für die Stadt von Nutzen war. Ihm wurde nicht einmal die Möglichkeit gegeben, sich für die brotlose Kunst zu entscheiden. Denn es gab in Sparta keine brotlose Kunst. Und wissen Sie, wozu das geführt hat, Mr. Robbins? Von allen Städten Griechenlands hat Sparta der Menschheit weder einen Wissenschaftler, noch einen Künstler oder einen Dichter hinterlassen. Vielleicht haben die Spartaner, ohne es zu wissen, all ihre Musiker, Dichter und Philosophen getötet? Möchten Sie, dass Ihre Seele in einer Gesellschaft wie Sparta lebt oder in einer, die Freiheit und künstlerische Entfaltung fördert?“

Marc sitzt für einige Minuten regungslos da, sichtlich überwältigt von den Worten unserer Lehrerin. Dann ergreift er das Wort. „Ich brenne für die Musik, Ms. Atherton! Alles ist für mich Melodie: die Wassertropfen, die aus dem Wasserhahn fallen, die Blätter an den Bäumen, die vom Wind gestreichelt werden, das rhythmische Klappern der Eisenbahnräder auf den Gleisen, das knisternde Lagerfeuer. Alles. Fragen Sie mich, welche außergewöhnlichen Hobbys die berühmtesten Musiker haben. Oder wie viele Konzerte ich schon besucht habe. Musik ist nicht nur mein erster und letzter Gedanke des Tages, sie begleitet mich selbst nachts. Ständig läuft irgendeine Melodie durch meine Kopfhörer. Und ich liebe es, sie mit anderen zu teilen. Meine Playlists sind legendär hier auf dem *Loveland Elite Hall*. Und nun sind es auch meine Musikkreationen mit der alten Anlage.“

„Wie lautet dann Ihre Antwort auf meine Frage?“
„Natürlich möchte ich, dass meine Seele frei ist.“

„Dann hoffe ich, dass Sie wissen, was Sie zu tun haben?“

„Das wird ein kräftezehrender Streit mit meinen Eltern werden.“

„Ihr Herz wird es Ihnen danken.“

Nach dem Unterricht warte ich, dass die anderen den Raum verlassen, dann nähere ich mich Marc, der noch immer auf seinem Platz auf der Bühne sitzt. „Das war ziemlich intensiv“, beginne ich und setze mich auf Ms. Athertons Stuhl.

„Soll ich es wirklich wagen, Siela? Soll ich meine eigenen Träume leben?“

„Was auch immer du entscheidest, ich bin für dich da.“

Marc lächelt, steht auf und nimmt meine Hände. Mit einem Ruck zieht er mich hoch und schließt mich in eine feste Umarmung. „Danke!“

Die Stühle sind nach wie vor in einem Kreis aufgestellt, als ich den Theaterraum betrete. In der Mitte steht Eros, den Kopf im Skript vergraben. Er sieht auf, als er meine Schritte hört, seine komplette Haltung ist erfüllt von einer Sorge, die ich nicht deuten kann.

Ein leichtes Ziehen in der Magengegend begleitet meinen Gang in die Mitte, obwohl ich mich freue, ihn zu sehen.

„Bist du bereit, Psyche?“, fragt er spielerisch.

„Ich tue mein Bestes“, antworte ich und küsse ihn zur Begrüßung.

„Dann lass uns am besten von vorn beginnen. Von dem Moment an, als Amor die Erde betritt und zum ersten Mal zu Psyche geht“, dirigiert Eros die Szene.

Ich versuche, mich auf die Rolle und meinen ersten Satz zu konzentrieren, aber es fällt mir schwer. Meine Gedanken schweifen ständig zu Marc ab. *Soll ich es wirklich wagen, Siela? Soll ich meine eigenen Träume leben?* Wie schwierig die Antwort auf diese Frage ist, selbst wenn ich sie mir selbst stelle. Doch es nicht zu wagen, wäre wie scheitern.

Eros tritt auf mich zu und ich spüre seine Hand sanft meine Finger streifen. Eine Streicheleinheit, die nicht im Drehbuch steht. Mein Herz klopft wie wild. Ich bemerke ein kurzes Zögern bei Eros, als hätte ihn die Intensität unserer Berührung aus dem Konzept gebracht. Für einen kurzen Moment zeigt sich Unsicherheit in seinem Ausdruck, die er jedoch schnell verbirgt. Ich habe das Gefühl, dass er mir etwas sagen möchte, aber ich bedränge ihn nicht, sondern gebe ihm seine Zeit.

Wir proben zirka eine Stunde. Dann setzen wir uns auf den Boden.

„Willst du mir verraten, was dich quält?", fragt er mich.

„Ich habe heute wieder Marcs Rahmen gesehen", erkläre ich ihm.

„Und?"

„Ich sehe ihn neuerdings oft und ich verstehe nicht, warum", gebe ich zu.

„Es liegt auf der Hand, dass diese Rahmen zu deiner Halbgöttlichkeit gehören. Könnte es sein, dass sie versuchen, dir etwas über die Menschen zu offenbaren?"

„Wie meinst du das?"

„Du hast mir stets von den Einschränkungen und nicht von deinen Erkenntnissen erzählt. Versuche, dich auf die tieferen Verbindungen einzulassen, die deine Visionen offenbaren. Vielleicht entdeckst du dann Möglichkeiten statt Hindernisse."

„Du hast recht. Ich habe mich nie besonders auf die Bedeutung der Rahmen konzentriert, nur auf den Schmerz, den sie verursacht haben", unterbreche ich ihn. „Ich werde mir Gedanken machen. Und magst du mir verraten, was deinen Geist heute quält?"

„Noch nicht, Siela." Er zieht mich fest an sich, drückt mir einen Kuss auf meinen Kopf und ich fühle mich vollkommen geborgen. Statt auf eine Antwort zu drängen, entscheide ich mich dafür, ihm den Raum zu geben, den er braucht. Ich vertraue darauf, dass er mir seine Sorgen mitteilen wird, wenn er bereit ist.

„Heute, meine lieben Mythen-Entdecker, wenden wir uns einer oft übersehenen, aber ungemein faszinierenden Gruppe zu: den Halbgöttern", beginnt Ms. Atherton mit einer Mischung aus Ernst und Faszination. Ihre Worte klingen, als wären sie direkt auf mich gemünzt. Es ist fast, als hätte sie eine Ahnung davon, was in meinem Leben derzeit passiert.

Ich versuche, den Gedanken abzuschütteln – es muss Zufall sein.

„Diese Wesen, geboren aus der Verbindung eines Gottes und eines Sterblichen, standen stets zwischen zwei Welten – weder ganz göttlich noch ganz menschlich." Sie schreitet über die Bühne, ihre Worte weben ein Bild nach dem anderen und wir hören ihr wie gebannt zu. Ich muss aber gestehen, dass ein mulmiges Gefühl meine Konzentration stört.

„Auf dem Olymp wurden sie oft abwertend als Halblinge bezeichnet, ein Begriff, der ihre Zugehörigkeit zu beiden Welten unterstreicht, aber auch die Vorbehalte, die die Götter ihnen gegenüber hatten. Ihr Dasein war ein ständiger Kampf um Anerkennung und Zugehörigkeit. Die Halbgötter standen stets im Schatten ihrer göttlichen Elternteile und wurden von vielen Göttern nie als gleichwertig angesehen. Ihr Leben auf der Erde war geprägt von Herausforderungen und Prüfungen, nicht selten aufgrund der Missgunst und des Neides der Götter." Ms. Atherton hält kurz inne und schaut in die Runde. Ihr Blick trifft meinen. „Stellt euch vor, wie es sein muss, mit solch einer gewaltigen Last geboren zu werden. Ihr seid weder vollständig akzeptiert auf dem Olymp, noch seid ihr gewöhnliche Sterbliche. Eure göttlichen Fähigkeiten setzen euch ab, aber eure menschliche Seite macht euch verwundbar. Und die Götter selbst mussten sich strengen Regeln unterwerfen. Eine Verbindung mit einem Sterblichen war nicht einfach eine persönliche Entscheidung, sie hatte weitreichende Folgen. Für die Götter, die sich mit einem Menschen einließen, wartete die höchste Strafe, die vollkommene Auslöschung aus diesem und allen anderen Universen. Eine solche Verbindung galt als Verstoß gegen die göttliche Ordnung, eine Bedrohung für das Gleichgewicht des Olymp. Aber trotz dieser Herausforderungen gab es immer wieder Götter, die es geschafft haben, Beziehungen zu Sterblichen einzugehen und auf dem Götterberg geheim zu halten. Und die Halbgötter haben Wege gefunden, ihre Stärken zu nutzen und ihre Geschichten zu schreiben. Sie haben Heldentaten vollbracht, die bis heute nachhallen. Sie haben bewiesen, dass weder ihre göttliche noch ihre menschliche Seite ihre Bestimmung allein definiert."

Ms. Atherton erzählt weiter, aber meine Gedanken sind bei Eros und meiner Halbgöttlichkeit.

Nach dem Unterricht gehen Eros und ich gemeinsam zur Alten Eiche. Wir schlendern schweigend durch das Grün, bis wir schließlich meinen Lieblingsplatz erreichen.

„Erde an Kleiner Fuchs. Deine Gedanken sind so laut, dass man meinen könnte, sie veranstalten eine eigene Party", sagt er, während wir uns nebeneinander unter den Baum setzen. „Was beschäftigt dich heute?"

„Ich werde weiterhin sterblich sein, Eros." Der Gedanke daran lässt mein Herz schwer werden.

„Und ich werde dich weiterhin lieben." Er nimmt meine Hand und in dem Moment wünsche ich mir, dass seine Worte genug sind, um meine Ängste zu vertreiben.

„Wie wird es zwischen uns weitergehen?", frage ich leise.

„Wie bisher. Wie in jeder anderen Beziehung von Normalsterblichen auch. Wir wissen nicht, was die Zukunft uns bringen wird."

„Hast du Ms. Atherton nicht gehört? Ich bin in deiner Welt nicht willkommen."

„Du *bist* meine Welt."

„Du weißt, was ich meine, Eros, hör auf mit deinen kitschigen Sätzen! Auf dem Olymp sind keine Halblinge zugelassen. Dein Großvater wird mir das Leben zur Hölle machen. Das hat er mir deutlich gesagt."

„Das ist die Welt meines Großvaters, nicht meine." Seine Stimme ist bestimmt, doch eine gewisse Anspannung schwingt mit.

„Er wird dich vernichten, wenn er von der Plasmawelt erfährt." Die bloße Vorstellung jagt mir eine Gänsehaut über den Körper.

„Das würde er nie wagen."

„Mit Fallaxios war er schonungslos."

„Ich bin nicht Fallaxios."

„Du bist überheblich, Eros." Ich kann nicht anders, als
seine Selbstsicherheit zu hinterfragen.

„Nein, Siela. Ich weiß, wer ich bin."

„Ich gehöre nirgendwohin. Ich bin weder Mensch,
noch Göttin." Und fühle mich verloren.

„Du irrst dich. Du bist sowohl Mensch als auch Göttin.
Das können nicht viele von sich behaupten. Ist dir eigentlich klar, wie besonders du bist?"

Zu jeder angsterfüllten Frage meinerseits hat Eros
eine Antwort parat, die mir meine Sorgen nimmt und
mir eine neue Perspektive aufzeigt. Meine Sorgen und
Zweifel sind nicht verschwunden, doch ich fühle mich
etwas leichter.

Die Woche fliegt dahin wie ein Sonnenuntergang im
Sommer: prächtig, aber zu schnell. Zwischen Proben
und vertrauten Momenten mit Eros, Saftpausen mit
Linda und neuerdings auch mit Harmonie, vergeht jeder Tag in einem Wimpernschlag.

Gestern Abend hatten Harmonie, Linda und ich eine
Art Pyjamaparty – inklusive Geheimnisaustausch bis
kurz vor zwei Uhr nachts.

Harmonie hat versucht, nicht zu lügen, ohne Linda jedoch ihre göttliche Identität zu offenbaren. Es hat eine
Annäherung zwischen uns stattgefunden, die ich nie
für möglich gehalten hätte. Sie weiß von meinen

Kämpfen und meinen Ängsten und doch gibt sie sich bedacht, Lindas Unwissenheit zu bewahren. Es ist ein Balanceakt, eine Linie zwischen Wahrheit und Notwendigkeit, die wir vorsichtig nicht überschreiten.

Es schmerzt mich, Linda meine neue Realität vorzuenthalten, denn sie ist diejenige, die stets mein Herz und meine Geheimnisse bewahrt hat. Sie zu täuschen, fühlt sich an wie ein Verrat, selbst wenn es zu ihrem Schutz ist.

Ich frage mich oft, wie sie reagieren würde, wenn sie wüsste, dass ihre beste Freundin nicht nur ein Mädchen ist, sondern eine, die zwischen den Welten wandelt, eine, deren Schicksal von Göttern und Sterblichen gleichermaßen geformt wird.

Ich frage mich, wie lange ich es aushalten kann, diese zwei Welten getrennt zu halten. Noch ist es ein Geheimnis, das ich hüten muss. Ein Schweigen, das ich bewahren muss, für Linda, für Harmonie, für Eros, für die ungeschriebenen Regeln einer Welt, die ich erst zu verstehen beginne. Außerdem möchte ich Zeus' Wut nicht erneut entfachen.

Der Freitagmorgen kündigt das Wochenende an und mit ihm die langweilige Physikstunde. Stringtheorie. Fragt mich nicht, was es bedeutet. Ich habe nicht die leiseste Ahnung. Physik ist schrecklich. Physik am Freitag um acht Uhr morgens lässt meine Schwänzlust rasant steigen. Ich schlage mich tapfer. Denn in diesem Fach muss ich ebenfalls durchkommen. Selbst wenn es nur unter dem Durchschnitt ist.

Mr. Broadmans intellektuelle Brillanz ist so monumental, dass selbst Einstein und Newton in seinen Wissenskosmos schauen würden, um neue Erkenntnisse zu gewinnen. Ich habe den größten Respekt vor meinem Lehrer. Dem Fach kann ich aber nichts abgewinnen. Und seine monotone Stimme trägt leider nicht dazu bei, dass es besser wird. Im Gegenteil. Sie ist wie ein hypnotisierendes Metronom, das meine Gedanken im Takt der Trägheit wiegt. Seine Kritzeleien sind unleserlich und seine Sauklaue macht es fast unmöglich, den komplexen Theorien zu folgen. Wenn ich die Kraft hätte, mich umzuschauen, würde ich es machen. Aber die Müdigkeit behält die Oberhand und die Stille um mich herum bestätigt mir, dass es meinen Schulkameraden genauso geht. Den meisten zumindest.

Eros hat selbstverständlich eine angeborene Neigung, in allen Fächern zu brillieren und sich für die unterschiedlichsten Themen zu begeistern. Der Begriff langweilig scheint in seinem Wortschatz nicht zu existieren, zumindest nicht hier auf der Erde.

Obwohl ich versuche, dem Unterricht zu folgen, schweifen meine Gedanken immer wieder zu dem Gespräch mit ihm.

Ich habe seinen Ratschlag ernst genommen und begonnen, tiefer über die Rahmen nachzudenken. Ich bin über den Schmerz, die sie verursachen, hinausgegangen und entschlossen, mich gründlicher damit auseinanderzusetzen.

Um Marc schwebt ein Rahmen aus Vinyl, der seine Qualität zu ändern scheint – manchmal makellos, manchmal zerschlissen.

Die DeVines sind von einer Fassung aus funkelnden Edelsteinen umgeben, die mal geneigt war, doch jetzt stolz und gerade steht.

Aber warum sehe ich um Linda seit längerer Zeit keinen mehr? Weshalb blitzt er in den vergangenen Monaten öfter bei Granny wieder auf? Und wieso hat Zeus zwei unterschiedliche Rahmen um sich herum? Der bloße Gedanke an den Gott der Götter lässt mich zittern.

Das Klopfen an der Tür reißt mich aus meinen Grübeleien. Als hätten wir eine Choreografie einstudiert, drehen wir alle gleichzeitig den Kopf in Richtung des Geräuschs und warten gespannt darauf, wer eintreten wird.

Mrs. Summer kommt herein. Mit der dunkelsten Miene. Oh-oh, das kann nichts Gutes bedeuten. Sie nickt unserem Physiklehrer zu, dann wendet sie ihren Blick zu uns. Sie sucht, sucht, sucht und findet. Mich.

„Ms. Chrysalis, würden Sie mir bitte in mein Büro folgen."

Verunsichert wie ein Reh im Scheinwerferlicht stehe ich auf und folge ihr wortlos. Was habe ich angestellt? Ich lasse die vergangenen Tage, Wochen und Monate seit Schulbeginn Revue passieren. Meine Vermutung fällt auf meine Arztbesuche, die waren ihr schon immer ein Dorn im Auge.

„Ms. Chrysalis, bitte nehmen Sie Platz." Wir sind in ihrem Büro angekommen. Ihre Stimme klingt ein wenig sanfter. „Ihre Großmutter liegt im Sterben."

Ein eisiger Schauer durchläuft meinen Körper und wie ein Zapfen sitze ich vor meiner Schulleiterin. Ich wiederhole ihre Worte in meinen Gedanken: Ihre. Großmutter. Liegt. Im. Sterben. Meine Granny wird gehen. Sie wird mich verlassen. Sie auch.

Mrs. Summer spricht weiter und weiter und weiter …

„Ms. Chrysalis?" Irgendwann höre ich ihre Stimme wieder.

Ich schaffe es nur, ihr kurz zuzunicken.

„Ihre Großmutter möchte Sie nochmal sehen."

Ich muss nicht mehr in das Physiklabor, Mrs. Summer wird meine Sachen in mein Zimmer bringen lassen. Wie betäubt laufe ich den Korridor entlang. Just, als ich das große Tor des Schulgebäudes öffnen möchte, halten mich zwei Hände sanft auf. „Soll ich mitkommen, Kleiner Fuchs?"

Ich bewege kurz den Kopf nach rechts und links, um seine Frage zu verneinen. Die Worte scheinen mich verlassen zu haben.

Er sagt nichts mehr, sondern schließt mich fest in seine Arme. Dann gibt er mir einen sanften Kuss auf die Stirn und geht zurück ins Labor.

Mein Fahrer wartet schon am Parkplatz auf mich.

Ihre Großmutter liegt im Sterben. Ich versuche, Mrs. Summers Worte zu verarbeiten. Vor vier Wochen habe ich sie besucht und alles schien in Ordnung gewesen zu sein, außer dass sie an Gewicht verloren hatte. Die Erinnerung an ihren veränderten Rahmen flackert auf.

Die Fahrt zum Krankenhaus kommt mir wie eine Weltreise vor. Ich trete durch die automatischen Türen und werde sofort von den typischen Geräuschen und Gerüchen empfangen. Am Eingang gibt mir eine freundliche Krankenschwester die Zimmernummer meiner Großmutter und weist mir den Weg.

Ich folge den Hinweisschildern zum Aufzug und fahre in den dritten Stock. Von dort sind es nur noch wenige Schritte bis zu ihrem Zimmer. Vorsichtig öffne ich die Tür.

In der Mitte des Raumes befindet sich ein Krankenbett mit zwei piepsenden Maschinen am Kopfende. Darin liegt meine Granny. Ihre Brust hebt und senkt sich leicht unter der Decke. Eine Krankenschwester steht neben der linken Maschine, prüft die Anzeigen und notiert die Werte. Als sie meine Anwesenheit bemerkt, begrüßt sie mich mit einem warmen Lächeln. „Guten Morgen, Sie müssen Siela sein.“

„Die bin ich.“

„Ich bin Joey.“

„Hallo, Joey! Wie geht es ihr?“

„Sie fragt ständig nach Ihnen.“

„Wie geht es ihr? Was ist passiert?“

„Die Ärztin wird später mit Ihnen reden. Ich lasse Sie jetzt allein.“

„Aber ich weiß doch nicht …“

„Es gibt nicht mehr viel, was Sie machen müssen, außer da zu sein.“ Mit diesen Worten lässt mich Joey allein mit meiner Großmutter.

Die Maschinen piepsen abwechselnd vor sich hin. Ich weiß nicht einmal, was sie hat. Was wird sie in das ewige Leben führen? Ich kann mich nicht erinnern, ob Mrs. Summer es mir gesagt hat. Ich nehme auf dem niedrigen und ungemütlichen Hocker Platz, der neben dem Bett steht. Er ist so tief, dass meine Ellbogen sich gerade noch auf die Matratze stützen können. Eine sehr unbehagliche Position, aber ich bin ihr nah.

Ich ergreife vorsichtig die Hand meiner Granny. Die Haut ist dünn und zart, von feinen Fältchen und Flecken gezeichnet. Die Zeit und das Alter hinterlassen ihre Spuren und machen vor nichts und niemandem

Halt, zumindest nicht in der sterblichen Welt. Innerhalb weniger Wochen hat sie enorm an Gewicht verloren. Ihre Finger sind knochiger, als ich sie in Erinnerung habe, doch sie rufen weiterhin das Gefühl von Geborgenheit hervor: Sie knetet den Teig für den nächsten Kuchen, sie dreht an der Lautstärke ihres alten Radios, sie streicht mir eine Locke aus dem Gesicht, sie trocknet meine vielen Tränen, wenn meine Mutter mal wieder verschwunden ist.

Eine vertraute Streicheleinheit auf meinem Kopf weckt mich aus dem, was sich wie ein Winterschlaf anfühlt. Granny ist wach und klopft mir sanft und zärtlich auf den Scheitel, eine liebevolle Geste, die sie ständig macht ... gemacht hat, wenn ich auf ihrem Schoß eingeschlafen bin. Nun wird es wahrscheinlich das letzte Mal sein.

„Granny!"

„Siela, mein Herz, da bist du. Endlich!", flüstert sie.

Ich wünschte, dass dieses endlich bedeuten würde, sie freut sich, mich zu sehen. Aber nein, es bedeutet, sie kann gehen.

„Ja, Granny. Endlich ..."

„Mein Herz ..."

„Granny, bitte. Du darfst dich nicht anstrengen."

„Ich bin am Ende meines Weges und meiner Tage angekommen, ich darf und werde mich anstrengen, um mich von dir zu verabschieden."

Bitte verlass mich nicht! Wie sehr würde ich ihr diese Worte sagen wollen. Wie sehr würde ich sie anflehen wollen, bei mir zu bleiben. Doch das hat sie ein Leben lang gemacht. Ich darf sie nicht auch beim Sterben aufhalten. Ich muss sie gehen lassen. Ich weiß es, es fällt mir aber verdammt schwer.

„Weine nicht, mein Herz. Du bist doch sonst immer so tapfer."

Ich möchte sie unterbrechen, aber sie lässt mich nicht.

„Bitte, lass mich ausreden! Bevor ich gehe …" Sie schluckt schwer. „… möchte ich dir noch etwas sagen, was mir auf dem Herzen liegt. Stelle dich deinen Ängsten, denn nur, wenn du sie konfrontierst, kannst du sie überwinden und wahre Freiheit finden. Akzeptiere deine Schwächen, aber lass sie nicht die Oberhand gewinnen. Fokussiere dich auf deine Stärken. Dies ist der Weg zur Selbstliebe …" Sie macht eine längere Pause und sucht nach Kraft für die kommenden Worte. „Verfolge deine Ziele, entferne den Staub aus deinen Träumen, lebe und liebe mit voller Leidenschaft. Bevor der Vorhang fällt und alles, was bleibt, die Stille ist. Und bitte vers…"

Ich warte darauf, dass sie weiterspricht, macht sie nicht. Stattdessen tut sie ihren letzten Atemzug und ihre Lider schließen sich. Und dann passiert etwas, was mich für eine kurze Zeit meinen Verlust vergessen lässt: Ihr Rahmen! *Liegt perfekt und strahlend um ihren Kopf herum. Und er verpufft. Für immer!* Ich habe so etwas Wunderschönes bisher nie gesehen. Obwohl, doch, bei den Geschwistern DeVine. Was soll das bedeuten?

Sobald der Rahmen verschwunden ist, kehrt der Schmerz zurück. Meine Granny ist von mir gegangen.

Alles, was sich nach ihrem letzten Atemzug abgespielt hat, ist wie mit Nebel umhüllt: Ich sitze auf dem Hocker für fünf Minuten oder fünf Stunden. Eine Ärztin betritt den Raum, ich nehme ihre Mundbewegung wahr, höre ihre tröstenden Worte. Sie erwähnt etwas von Nierenkrebs, Chemotherapie verweigert, es ging alles sehr schnell. Dann erwähnt sie etwas von Formalitäten, Beerdigung, Testament, Familie. Ich weiß nicht, ob ich nicke, ob ich eine Antwort gebe und wenn, ob es überhaupt die richtige ist.

Irgendwann stehen Eros, Anteros, Harmonie, Linda, Marc im Zimmer. Mrs. Summer hat ihnen einen außerordentlichen Erlaubnisschein ausgestellt. Eros muss mal wieder seinen Charme ausgespielt haben. Ab dem Moment nimmt Harmonie das Zepter in die Hand. Alle sagen etwas zu mir. Worte und Gesten dringen nur gedämpft zu mir durch. Ich weiß nur, dass Eros mir irgendwann zuflüstert, ich solle mich ein wenig ausruhen, versuchen zu schlafen. Er begleitet mich zum Haus meiner Granny. Eine eiserne und dunkle Stille empfängt mich, als ich die Haustür öffne. Das Radio schweigt. Der Backofen ist aus, kein Kuchen befindet sich darin. Die Lichter brennen nicht. Tränen steigen mir in die Augen.

Eros legt sanft einen Arm um mich und führt mich nach oben in mein Zimmer. Er hilft mir, mich hinzulegen, und bleibt an meiner Seite.

„Danke, dass du da bist", sage ich.

„Hattest du Zweifel?"

„Nein."

„Wie geht es dir?"

„Ich wünschte, ich könnte ewig schlafen oder zumindest dann aufwachen, wenn der Schmerz vorbei ist."

„Ich könnte da eingreifen, aber ich weiß nicht, ob es das Richtige ist.“

„Nein, danke, Eros. Ich muss da durch. Denn irgendwann holt dich dein nicht verarbeiteter Schmerz ein und das mit voller Wucht!“

„Ich hätte es nicht besser sagen können.“

„Das waren die Worte meiner Granny. So hat sie vermutlich den Schmerz über ihre verlorene Tochter verarbeitet.“

„Deine Mutter, Siela.“

„Ich weiß, wer sie ist.“

„Möchtest du ihr nicht Bescheid geben?“

„Ich habe nicht die leiseste Ahnung, wo sie steckt.“

„Auch da könnte ich dir behilflich sein.“

„Nein!“

„Es war ihre Mutter.“

„Ich möchte sie nicht sehen.“

„Siela, bitte ...“

„Ich habe ihren Rahmen gesehen“, wechsle ich das Thema. „Kurz nachdem sie ihren letzten Atemzug getan hat, hat er sich materialisiert und ein letztes Mal gezeigt.“

„Und wie war er?“

Ich bin dankbar, dass er in das Thema einsteigt. „Ganz anders als sonst. Der Rahmen meiner Oma war sonst immer abfallend, aus massivem Holz und porös, er lastete schwer auf ihren Schultern. Dieser letzte Rahmen lag leicht und leuchtend um ihren Kopf herum. Es war kein Holz, sondern ein Licht.“

„Und was sagt es dir?“

„Ich weiß es nicht.“

„Mmh …“ Mehr sagt er nicht, er dreht mich zu sich, küsst meine Tränen von den Wangen weg und wiegt mich sanft und liebevoll in den Schlaf.

In den vergangenen Tagen musste ich mich um kaum etwas kümmern. Harmonie und Linda waren meine stillen Helferinnen und ich bin extrem dankbar, dass sie den bürokratischen Kram übernommen haben. Sie haben das Bestattungsunternehmen angerufen, das Gespräch mit dem Reverend arrangiert, den Friedhof organisiert und die Blumen bestellt. Die Beerdigung findet heute statt. Wie sich das Leben in kurzer Zeit ändern kann.

Granny hatte nicht viele Freunde. Sie sind alle nach und nach von dieser Welt gegangen. Und Familie hatte sie auch keine mehr. Was im Umkehrschluss bedeutet, dass ich nun keine mehr habe. Ich drücke den Gedanken in die hinterste Ecke meines Gehirns. Nicht jetzt! Außer den Nachbarn und einigen Schulkameraden werden nicht viele Menschen anwesend sein. Und das ist gut so. So hätte es sich Granny gewünscht.

Sie haben alle meinen Wunsch respektiert und mich allein gelassen. Harmonie und Linda haben bei Anteros im Zimmer übernachtet und Eros ist in den frühen Morgenstunden gegangen. Ich habe ihn nicht einmal hinausschleichen hören, sein unverkennbarer Duft auf meinen Laken und das halbgeöffnete Fenster sind die einzigen Überbleibsel seiner Anwesenheit. Durch den Fensterspalt dringt das morgendliche Zwitschern der Vögelchen. Sie singen fröhlich und erzählen in hohen Tönen, wie wundervoll die Welt ist. An normalen Tagen würde ich es wie eine göttliche Melodie empfinden.

Aber heute ist kein normaler Tag. Heute ist die Beerdigung meiner Granny! Und die Welt ist alles andere als wunderschön. Kann meine Halbgöttlichkeit mir nicht wenigstens die Kraft geben, mit dem Verlust besser umzugehen? Ich möchte die Vögel zum Schweigen bringen und da ich keinen Jagdinstinkt habe, bleibt mir nur eine Option. Ich stehe auf und zum ersten Mal in meinem Leben achte ich nicht darauf, dass mein rechter Fuß vor dem linken den Boden berührt. Ach, egal. Was macht es jetzt noch für einen Unterschied? Was kann schlimmer sein als das, was mir heute bevorsteht?

Bevor ich die Gardinen öffne, schließe ich das Fenster. Stille. Der Gesang ist zwar nicht ganz verstummt, aber entfernter. Erleichterung durchfährt meinen Körper. Der Raum liegt noch im Halbdunkel, aber die vereinzelten Sonnenstrahlen, die durch die Gardinen drängen, verraten mir, dass wir wieder gutes Wetter haben. Das macht mich wütend. Es soll regnen, es soll schütten, es soll eine Flut ausbrechen. Das Wetter soll meine Seele widerspiegeln.

Ich möchte zu Fuß gehen. Vom Internatsausgang bis zum Friedhofseingang verläuft der Weg direkt. Ich muss mir keine Sorgen um meine schlechte Orientierung machen und meine Beine können ohne Einsatz meines Kopfes einfach gehen.

Die hartnäckigen Sonnenstrahlen durchbrechen die Baumkronen und tauchen die Allee in ein sanft goldenes Licht.

Das letzte Lebenszeichen meiner Oma sagte mir, dass sie glücklich war, diese Welt zu verlassen. Eine Wahrheit, an die ich mich noch gewöhnen muss. Sie lässt mich mit der Erkenntnis zurück, dass ich nun allein auf dieser Welt bin.

Während ich an diesen Gedanken wie eine Fliege im Spinnennetz klebe, bemerke ich, dass ich vor dem Friedhofseingang angekommen bin. Die stumme Ruhe dieses Ortes verstärkt die Lautstärke meiner Grübeleien. Als ich mich aber umschaue und von Weitem einige mir bekannte Gesichter erkenne, verstummen sie. Ein Antlitz lässt mein Herz schneller schlagen. Ich fixiere Eros und er gibt mir die Kraft, einen Schritt nach dem anderen in Richtung Grab zu laufen. Sobald ich neben ihm stehe, ergreift er meine Hand und Ruhe fließt durch meinen Körper. Es sind so wenige Trauergäste, dass wir alle im Halbkreis um das Grab passen.

Sobald der Reverend mich sieht, nickt er mir zu und beginnt mit der Trauerrede.

„Liebe Siela, liebe Freunde und Bekannte. In stillen Momenten des Lebens erkennen wir die Tiefe dessen, was wir verloren haben. Heute sind wir hier versammelt, um uns an ein kostbares Leben zu erinnern und von einem geliebten Menschen Abschied zu nehmen ...“

Das Geräusch von sich leise nähernden Schritten fängt meine Aufmerksamkeit. Das kann nicht wahr sein! Mit zerzaustem Haar und in einem altmodischen schwarzen Kleid mit weißem Kragen nähert sie sich zögerlich und stellt sich mir gegenüber auf die andere Seite des Grabes. Meine Mutter. Ihr Rahmen blitzt kurz auf, meine Wut gibt mir aber keine Möglichkeit, mich darauf zu konzentrieren. Sie kocht in mir wie ein Sturm, der plötzlich am Horizont aufzieht. Wer zum Teufel hat ihr Bescheid gesagt? Da dämmert es mir. Klar. Eros. Unsere Blicke treffen sich und ich erkenne in seinem, dass ich recht habe. Es kostet mich meine komplette Selbstkontrolle, während der gesamten Beerdigung die Ruhe zu bewahren, aber ich fühle mich in diesem Wirrwarr aus Trauer, Wut und Verrat gefangen und verloren. Ich kann mich kaum auf das konzentrieren, was hier wirklich wichtig ist: der Abschied von meiner Granny!

Kaum hat der Reverend die Zeremonie beendet, reiße ich meine Hand aus Eros' Griff und setze zum Weglaufen an.

Meine Beine und Füße bewegen sich automatisch zum Ausgang. Ich höre noch von Weitem Harmonie sagen: „Lass sie gehen. Es ist für den Moment das Beste, Eros."

Ich will nur weg. Die Sonne dringt hartnäckig durch die Baumkronen, während ich den Weg zurück zum Internat einschlage. Warum musste Eros das tun? Er hat meine Mutter eingeladen, ohne mich vorher zu fragen. Sie haben meinen Moment des Abschieds von meiner geliebten Granny ruiniert.

Als ich das Internatsgelände betrete, dämpfen vereinzelte Wolken die zuvor strahlende Sonne. Ich flüchte zu meinem Lieblingsplatz, nur die Alte Eiche kann mir die Geborgenheit schenken, die ich in diesem Moment nötig habe. Doch Eros tritt aus dem Schatten des mächtigen Baumes, als hätte er dort die ganze Zeit auf mich gewartet.

„Siela, bitte, lass uns reden", fleht er mich an.

Ich bleibe stehen und betrachte ihn kurz, bevor ich antworte. „Soll das ein Scherz sein, Eros? Wenn ja, dann ist er ziemlich schlecht."

„Kleiner Fuchs, ich flehe dich an." Er wirkt verzweifelt.

„Jetzt willst du reden? Nachdem du meine Welt erneut ins Chaos gestürzt hast?"

Mit zittrigen Händen versucht er, meine zu ergreifen. „Ich dachte, es wäre das Richtige."

„*Du* dachtest, es wäre das Richtige? Und entscheidest über meinen Kopf hinweg und agierst hinter meinem Rücken? Hörst du dir überhaupt selbst zu, Eros?" Dunkle Wolken ziehen langsam am Himmel auf und ein kühler Windstoß fährt durch meine Haare. Ich rücke von ihm ab. „Wolltest du deinen Großvater spielen? Die göttliche Macht ausüben und einfach entscheiden? Du hättest mich einbeziehen sollen. Du hättest mich fragen sollen, ob ich meine Mutter sehen möchte!"

„Du wärst nicht einverstanden gewesen."

„Genau, das wäre ich nicht gewesen. Und du kannst nicht einfach entscheiden, was das Beste für mich ist!"

„Ich habe in Liebe gehandelt", flüstert er und ein Donner unterbricht ihn.

„In Liebe?" Ich lache bitter. „Vielleicht sollte der Gott der Liebe besser wissen, wann er sich zurückhalten muss. Ist Empathie nicht auch eine subtile Form der Liebe? Von dieser Art der Liebe scheinst du offensichtlich wenig Ahnung zu haben." Ich kann mich kaum mehr beherrschen und das Wetter ebenfalls nicht. Ein heftiger Regenschauer ergießt sich über uns. Innerhalb weniger Sekunden kleben uns die Haare an den Gesichtern.

„Ich wollte eine Brücke bauen. Zwischen dir und deiner Mutter."

„Tja, stattdessen hast du eine Mauer gebaut. Zwischen uns, Eros.“

„Und Granny …“, versucht er, noch etwas zu sagen, aber ich hebe meine Hand.

„Nein, Eros. Du hast die Grenze überschritten. Du kannst meine Gefühle und Entscheidungen nicht kontrollieren. Du hast ohne Rücksprache, ohne Rücksicht gehandelt.“

„Was soll das bedeuten, Siela?“

„Ist es nicht offensichtlich? Ich kann dir nicht vertrauen. Ich will es auch nicht. Es ist vorbei, Eros.“ Ein Kloß steigt mir in den Hals und Tränen schießen mir in die Augen, als ich diesen letzten Satz ausspreche. Ich drehe mich um und gehe, lasse ihn allein im strömenden Regen zurück. Die Worte, die er mir nachruft, höre ich kaum durch das Geräusch des Wassers und das Donnern im Hintergrund. Ich richte meine Aufmerksamkeit auf die Schmetterlinge in meinem Bauch … und spüre ihren letzten Flügelschlag.

Ewige Lichter am Himmelszelt

Die Nacht hüllt mich in ihre Dunkelheit, eine Umarmung, die zu kalt und zu leer ist, verglichen mit Sielas Nähe. Meine Füße haben mich automatisch zur Alten Eiche geführt. Ihre Worte vibrieren hier noch in der Luft. Sie haben mich tiefer getroffen als jeder Blitz, den mein Großvater je vom Himmel hat fallen lassen. Die Regentropfen mischen sich mit den Tränen, die ich nicht zurückhalten kann.

Sielas Großmutter hatte mich gebeten, ihr Geheimnis zu wahren und ihre Tochter zu finden, und in einem Akt der Liebe habe ich Siela im Dunkeln gelassen. Ich habe ihre Welt erschüttert.

Als Gott der Liebe hätte ich es besser wissen sollen. Liebe ist Freiheit, nicht Kontrolle. Ich hätte Siela wählen lassen sollen, ich hätte ihr Vertrauen nicht missbrauchen dürfen. Die Wahrheit, so roh und ungeschönt, trifft mich mit voller Wucht: Ich habe sie verletzt, womöglich zu tief für eine Versöhnung.

Wie erkläre ich ihr, dass die Pflicht und Verantwortung meines Wesens ist, die Liebe in all ihren Facetten zu tragen und zu ehren? Auch die Liebe einer Mutter zu ihrer Tochter.

Ich habe geglaubt, dass mein göttlicher Ursprung mir erlauben würde, über menschlichen Gefühlsverwirrungen zu stehen. Doch hier stehe ich nun und in meinen Adern fließen eine Qual und ein Schmerz, die ich nicht einmal meinen schlimmsten Feinden wünsche. In dem Versuch, eine Brücke zu bauen, die jetzt in Trümmern liegt, habe ich alles verloren.

Ich werde auf diesen Moment zurückblicken, Jahrhunderte von jetzt, und erkennen, dass dies der Punkt war, an dem ich lernte, was es heißt, wirklich zu lieben. Nicht als ein Gott, der über den Wolken thront, sondern als ein Wesen, das sich den Regen auf das Gesicht fallen lässt und den Schmerz im Herzen spürt, genauso echt und zerschmetternd wie der Klang der Regentropfen, die auf die Erde zerplatzen.

***

Das gestrige Gewitter hat meine Haare völlig verwandelt. Ich schaue in den Spiegel und meine wilden Locken stehen wie Unkraut rebellisch in alle Richtungen ab. Da Linda und Harmonie noch schlafen, versuche ich, so leise wie möglich zu sein, während ich probiere, meine Haare vor dem Spiegel zu zähmen. *Opalrahmen, hängt schief. Und er verpufft. Wie immer.*

Ich stecke das Glätteisen an, aber es zeigt keine Reaktion. Selbst ein weiterer Versuch an einer anderen Steckdose bringt kein Ergebnis.

„Verdammt!", fluche ich etwas lauter als beabsichtigt. Harmonie rührt sich.

„Sorry, ich wollte dich nicht wecken", entschuldige ich mich.

„Kein Problem, ich habe ja nicht wirklich geschlafen."

Manchmal vergesse ich, dass sie eine Göttin ist. „Kannst du das Ding reparieren?", frage ich sie und zeige ihr das kaputte Gerät.

„Nein, das ist eher eine Aufgabe für meinen Großvater", antwortet sie und steht auf. Sie kommt auf mich zu und ohne Vorwarnung zieht sie mich in eine warme Umarmung. „Er hat wohl Mist gebaut, was?"

Ich weiß, dass sie nicht den Blitz meint, der mein Glätteisen lahmgelegt hat, und nicke nur.

„Ich bin immer für dich da, Siela."

Erst jetzt wird mir klar, wie sehr ich diese tröstenden Worte gebraucht habe.

„Hast du ein Ersatzgerät oder gehen wir auf Shoppingtour?", fragt sie mit einem sanften Lächeln, um mich aufzuheitern.

„Ich habe einen Ersatz im Haus meiner Granny", antworte ich, meine Stimme von einem Schniefen unterbrochen.

„Habe ich etwa ‚Shoppingtour' gehört?" Jetzt ist auch Linda wach.

Ein Hauch von Nostalgie und Trauer umhüllt mich, als ich durch die Eingangstür trete. Eiserne Stille empfängt mich. Ich drücke bewusst die Erinnerungen und Gefühle weg und konzentriere mich auf das, was ich brauche: mein Glätteisen.

Granny hat mir das Haus vererbt, doch ich würde alles dafür geben, sie statt dieser Stille hier bei mir zu haben.

Ich eile die Treppe hinauf zu meinem Zimmer. Je früher ich hier raus bin, desto besser. Ich hole das Gerät aus der Schublade und plötzlich höre ich ein Geräusch. Ich erstarre, lausche. Langsame Schritte, das Knarren des Holzfußbodens. Jemand ist im Haus. Vorsichtig schleiche ich die Treppe hinunter und betrete das Wohnzimmer.

Und da steht sie. Meine Mutter. Kurz frage ich mich, wie sie hereinkommen konnte, dann erinnere ich mich, dass sie einen Ersatzschlüssel besitzt.

Mein Herz rast vor Wut und Verletzung. „Was machst du hier?", frage ich kalt.

Sie sieht auf, auch sie hat nicht mit meiner Anwesenheit im Haus gerechnet. „Siela, meine kleine Königin …", beginnt sie zögernd, „… ich … ich wusste nicht, dass …"

„Was machst du hier?", wiederhole ich meine Frage. „Nicht hier in diesem Haus, sondern in Loveland?"

„Siela, sie war meine Mutter!"

„Und ich bin deine Tochter und in all den Jahren hat es dich einen Scheiß interessiert", fauche ich sie an.

„Ich weiß, dass ich kein Recht habe, hier zu sein, aber ich musste kommen. Es gibt so vieles, was ich dir sagen möchte."

Ich lache bitter. „Wirklich? Und warum jetzt?"

Sie ringt um Fassung, ihre Stimme zittert. „Ich weiß, dass du wütend auf mich bist. Ich konnte dir nie die Liebe geben, die du verdient hast."

„Wie konnte ich erwarten, Liebe von dir zu bekommen? Er war und ist ja immer wichtiger als ich gewesen."

„Nein, nicht er war wichtiger als du, sondern das Gefühl von Freiheit, das er mir gegeben hat. Und, ja, ich suche weiterhin wie verrückt nach ihm, aber weil ich dieses Gefühl wieder spüren möchte."

Ich glaube, ich höre nicht richtig. „Genug!", brülle ich sie an, auch meine Stimme zittert. Welche Mutter macht ein solches Geständnis vor der eigenen Tochter? Es trifft mich tiefer, als ich zugeben möchte. Enttäuscht und verletzt stürme ich aus dem Haus.

Der Starfield Park ist außerhalb des Internats schon immer mein Lieblingsort zum Nachdenken gewesen. Er ist drei Minuten Fußweg vom Haus meiner Großmutter entfernt. Die Stille hier hilft mir, Ordnung in meinen Kopf zu bringen. Meistens. Heute ist es leider nicht der Fall.

Das Gedankenkarussell wirbelt und lässt mir keine Ruhe. Die Worte meiner Mutter haben mich getroffen. Hart. Wut steigt in mir auf. Und ich hasse meinen Erzeuger nur noch mehr. Diese verdammte Götterwelt!

Ich möchte mich gerade auf den Weg zurück zum Haus machen, als ich Schritte näherkommen höre. Es ist Harmonie.

„Hey, hast du dein Glätteisen gefunden?", fragt sie mich und nimmt neben mir auf der Bank Platz.

Ich nicke nur kurz.

„Und?"

Ich erzähle ihr von dem kurzen Treffen mit meiner Mutter und von der Wut und den negativen Gefühlen, die ich Pan gegenüber hege. Dann zeige ich ihr den Brief, den er mir geschrieben hat und den ich seit meinem Geburtstag in meiner Tasche trage.

„Seit Grannys Tod hat sich die Wut auf meine Eltern verstärkt, ich fühle mich schutzlos, verlassen, orientierungslos. Und … ich komme über diesen Brief nicht hinweg, Harmonie. Er kotzt mir eine Wahrheit vor die Füße, ich bin eine Halbgöttin. Und jetzt? Was soll ich mit dieser Offenbarung machen? Er wirft mir diese krasse Nachricht hin und hat nicht einmal den Mut, sie mir persönlich zu übermitteln. Ich fühle mich ungewollt und ungeliebt und seit dem Tag ihres Todes wachsen diese Gefühle stetig. Und weißt du, was mich am meisten wütend und traurig zugleich macht?"

„Was?"

„Völlig taktlos schreibt er mir auf ein abgenutztes Eichenblatt, dass ich eine Halbgöttin bin, und trotzdem will er mich nicht sehen und kennenlernen. ‚Du bist etwas Besonderes, Siela, aber meine Freiheit ist mir dennoch wichtiger!' Das hat er mir mit diesem Brief gesagt. Und jetzt sagt mir meine Mutter dasselbe in Grün. Ihre verdammte Freiheit ist ihnen lieber als ihre Tochter. Und Granny ist nicht mehr da, um mich aufzufangen."

„Er hat geschrieben, dass er *noch* nicht den Mut hat, dir gegenüberzutreten."

„Ist doch dasselbe!"

„Ist es das?"

„Ach, ich weiß nicht, Harmonie. Es kommt gerade alles auf einmal: Ich bin eine Halbgöttin, meine Granny geht von uns, meine Mutter kreuzt auf und …" Ich breche ab.

„Und?", ermutigt sie mich weiterzusprechen.

„Ich vermisse deinen Bruder, aber auch er hat mich zutiefst verletzt und ich weiß leider nicht, ob ich ihm wieder vertrauen kann."

„Vielleicht …", beginnt Harmonie vorsichtig, „… ist es an der Zeit, über Vergebung nachzudenken, nicht um deine Eltern oder um Eros willen, sondern für dich, Siela.“

Ich schnappe nach Luft, verblüfft über ihren Vorschlag. „Vergebung? Nach allem, was sie getan haben?“

„Vergebung ist nicht gleich Versöhnung. Vergebung ist für deinen inneren Frieden, eine Selbstheilung. Du akzeptierst, dass das Geschehene unwiderruflich ist, und entscheidest, dass es nicht dein ganzes Sein definieren soll. Es bedeutet, dass du dich selbst von dem Gewicht des Grolls befreist, den du trägst. Es ist ein Geschenk an dich selbst, ein Weg, inneren Frieden zu finden.“

Ich schweige einen Moment und denke nach. „Es ist schwer vorstellbar.“

„Vergebung kann einfach bedeuten, dass du die Kontrolle über dein Wohlbefinden zurückgewinnst, dass du dich nicht mehr von der Verbitterung beherrschen lässt. Versöhnung ist ein anderer Pfad und der muss nicht beschritten werden, es sei denn, du wählst ihn.“

„Ich weiß nicht, Harmonie“, sage ich leise und blicke in den Himmel, als könnte der mir die Antworten geben, die ich benötige.

Sobald ich mich wieder Harmonie zuwende, spiegelt sich in ihrem Ausdruck ein tiefes Verständnis, das nur die Göttin der Harmonie aufbringen kann. „Nimm dir die Zeit, die du brauchst, Siela. Vergebung ist ein Prozess.“ Sie streichelt meinen Arm. „Es wird frisch. Wollen wir zurück ins Internat? Ms. Atherton wartet.“

„Ja, ich rufe unseren Fahrer.“

Meine Albträume quälen mich erneut. Wie ein kleines Kind fürchte ich mich vor der Nachtruhe. Die ersten Tage nach Grannys Tod hat mir das Internet geholfen, mich so lange abzulenken, bis ich vor dem Bildschirm einschlief. Doch das will nicht mehr klappen. Eros ist nicht da. Seit unserer Trennung erscheint er weder in meinen Träumen, noch sehe ich ihn im Internat. Er ist wie vom Erdboden verschluckt. Seine zarten Berührungen und seine sanfte Stimme waren mein Anker.

Statt Schafe zu zählen, lasse ich den Tag Revue passieren und bleibe im Unterricht von Ms. Atherton hängen.

Das heutige Thema war Psyche, Eros' Geliebte „vor einer halben Ewigkeit und sieben Leben", wie sie immer zu sagen pflegt. Allein bei der Erwähnung ihres Namens empfinde ich einen Stich von Eifersucht, selbst wenn ich weiß, dass sie nicht mehr auf dem Olymp ist.

Heute konnte ich nichts als Bewunderung für sie empfinden. Trotz der nahezu unmöglichen Prüfungen, die Aphrodite ihr stellte, fand sie stets einen Weg, sich durchzusetzen. Ihre Reise war nicht nur ein Abenteuer in der mythologischen Welt, sondern auch eine innere Reise der Selbstentdeckung und des persönlichen Wachstums.

„Inmitten all dieser Herausforderungen und Gefahren", so Ms. Atherton, „fand Psyche die Kraft, gegen ihre eigenen Ängste und Unsicherheiten zu kämpfen. Sie ist das ultimative Beispiel dafür, dass wir, wenn wir felsenfest an uns glauben, jede noch so schreckliche Angst überwinden können. Und wenn sie es konnte, dann könnt ihr es auch. Lasst euch nie vom Gegenteil überzeugen!"

Ich wiederhole diese motivierenden Worte wie ein Mantra in meinen Gedanken und wiege mich so in den Schlaf. Und wie erwartet, finde ich mich sofort am Rande der Lichtung wieder. Allein. Traum und Realität verschmelzen heute. Ich wage einen Schritt nach vorn, die Kerzenlichter, die Eros und ich am Abend meines Geburtstages hier hinterlassen haben, brennen noch und schenken der Dunkelheit meiner Albträume Wärme und Licht. Und mir geben sie den Mut weiterzugehen. Ich traue mich zu dem Halbkreis der Kerzen hin, dort, wo der Spaziergang als Familie zu dritt begann. Ich spüre das Leid über den Verlust meines Vaters und schaue auf die Stelle, an der er verschwunden ist. Der Knoten in meinem Hals wird mit jedem Schritt größer. Die Angst und der Schmerz wollen mich lähmen, aber ich gehe energisch weiter zu der Stelle, an der meine Mutter mich losgelassen hat. Ein Stich im Magen durchzuckt mich und Tränen sammeln sich in meinen Augen, aber ich lasse mich nicht aufhalten. Schließlich erreiche ich das Ende der Lichtung. Der Ort, an dem die kleine Siela geschrien hat.

Ich spüre die Wut, das Leid und die Einsamkeit. Die Tränen rollen nun unkontrolliert über meine Wangen und ich lasse sie fallen. Ich versuche, alles loszulassen. Die Vergangenheit, die Wut, die Einsamkeit, den Schmerz. Ich stehe nackt vor meinen Ängsten, blicke sie direkt an und sage ihnen, dass sie keine Kontrolle mehr über mich haben. Dieser Ort bedroht mich nicht mehr. Er hat sich von einem Schauplatz des Schmerzes zu einem der Heilung gewandelt. Ich habe einen weiteren Schritt in die richtige Richtung getan – allein, aus eigener Kraft und ohne Eros. Ich bin mir bewusst, dass dies nur der Anfang eines langen Wegs ist.

Ich weiß nicht, wie viele Minuten oder Stunden ich hier stehe. Es fühlt sich an, als hätte ich all meine Tränen geweint. Und dennoch komme ich von der Lichtung nicht weg.

Eine Präsenz lässt mich innehalten, ich drehe mich um und dort im Halbschatten steht er. *Elfenbein, komplett zerkratzt, aber perfekt um den Kopf herum. Und er verpufft. Wie immer.* Pan, mein Vater. Ich weiß, dass er es ist, obwohl ich ihn nie zuvor gesehen habe. Die Wut flackert sofort in mir auf. Wie ich schon sagte: der Anfang eines langen Weges.

„Was willst du hier?", frage ich, meine Stimme hart und kalt.

Pan tritt näher, seine Augen spiegeln eine Ruhe, die mit meinem Sturm kontrastiert. „Ich wollte mit dir sprechen, Siela."

„Jetzt? Nach all den Jahren des Schweigens?"

„Ich habe Fehler gemacht", gibt er zu, und obwohl seine Stimme fest ist, schwingt ein Anflug von Bedauern mit.

„Fehler? Du hast mich verlassen!", schreie ich ihn an.

Pan bleibt stehen, erträgt meinen Zorn mit einer Stille, die mich noch wütender macht. „Ich habe meine Gründe gehabt."

„Gründe?" Meine Stimme zittert und ich spüre, wie sich neue Tränen ihren Weg bahnen. „Du hast mich allein gelassen, mit einer Mutter, die ..." Ich kann nicht weiterreden.

„Ich kann die Vergangenheit nicht ungeschehen machen, Siela. Aber ich bin hier, jetzt, um dir zu helfen, mit dem, was du bist.“

„Jetzt? Jetzt brauche ich dich nicht. Ich komme alleine zurecht“, sage ich und versuche dabei, die Tränen zu unterdrücken. Es stimmt nicht. Ich könnte seine Hilfe benötigen. Ich denke an das, was Harmonie über Vergebung gesagt hat. Ich könnte Stärke zeigen, aber ich bin schwach. „Verschwinde.“

„Siela, bitte ...“

Ich wache schweißgebadet auf. Das war nicht nur ein Traum!

Wie beim letzten Mal führen mich meine Beine wie von selbst den Weg die Allee entlang und wie am Tag der Beerdigung scheint heute hartnäckig die Sonne.

Eine drückende Stille empfängt mich, als ich den Friedhof betrete. Ich streife die Grabsteine entlang, bis ich das Grab meiner Granny finde. Es ist umrahmt von frischen Blumen. Ein besonders blühendes Pflänzchen sticht hervor. Ein brennender Schmerz erfasst mich. Meine Mutter war hier.

„Granny, ich vermisse dich“, flüstere ich. Mehr Worte finde ich nicht. Stattdessen setze ich mich im Schneidersitz neben dem Grab nieder und schweige. Die schönsten Momente, die ich mit meiner Granny hatte, waren in Stille. Nachdem wir uns über den Tag und die Neuigkeiten ausgetauscht hatten, aßen wir ihren Kuchen und schwiegen. Heute genügt mir genau das, um mich gebührend von ihr zu verabschieden: Stille.

„Ich liebe dich, Granny. Wir sehen uns“, sage ich zum Abschied. Als ich wieder auf den Beinen bin, höre ich

Schritte, die sich nähern. Ich drehe mich um und meine Mutter kommt auf mich zu.

„Siela …", beginnt sie, doch ich hebe abwehrend meine Hand.

Ich bin nicht in Stimmung für Gespräche.

„Siela, bitte, lass mich ausreden." Als ich nichts erwidere, spricht sie weiter. „Ich weiß, dass du mich nicht sehen möchtest, dass du wütend auf mich bist, dass ich keine gute Mutter war. Ich weiß, dass ich Fehler gemacht habe. Ich kann die Vergangenheit nicht ändern, aber ich kann versuchen, in der Zukunft da zu sein. Wenn du mich lässt. Bitte! Hier ist meine Nummer. Ruf an, wenn du bereit bist."

Zögerlich reicht sie mir einen kleinen Zettel, auf den sie ihre Telefonnummer gekritzelt hat. Sie tritt einen Schritt vor, hat ihre Arme leicht geöffnet. Doch dann stoppt sie, die Arme sinken wieder herab. Ohne ein weiteres Wort dreht sie sich um und geht.

Ich warte einige Minuten und mache mich dann auf den Weg zurück ins Internat.

„Marc, du Bildschirm-Junkie! Was liest du da wieder?" Bettys schrilles Organ übertönt alle Gespräche am Esstisch.

Linda, Harmonie und ich verstummen und schauen zu den beiden hinüber. Anteros ist joggen und Eros weiterhin verschollen.

„Unglaublich", sagt Marc und starrt auf sein Handy. „Sie haben eine neue Sternenkonstellation entdeckt." Er dreht sein Smartphone so, dass wir alle den Bildschirm sehen können. „Sie hat die Form eines Schmetterlings und sie nennen sie ‚Kleiner Fuchs'."

Ein kollektives „Oh!" geht durch die Runde und mein Herz überspringt einen Schlag. Ich schaue Harmonie an und sehe ein leises Schmunzeln auf ihren Lippen. Ein unausgesprochenes Verständnis hängt in der Luft.

„Könnt ihr euch das vorstellen?", fährt Marc fort. „Eine Sternenkonstellation, benannt nach einem Schmetterling. Wie poetisch!"

„Nennt Eros dich nicht so?", fragt Linda.

Ich nicke kurz.

„Zufälle gibt's", sagt sie und schaut wieder auf Marcs Handy.

„Ja, Zufälle gibt's", wiederhole ich, während ich ein weiteres Mal zu Harmonie blicke. Ihr Ausdruck sagt mir alles, was ich wissen muss. Es war Eros' Werk, ein Zeichen seiner Liebe, geschickt aus den Weiten des Universums. Ein Liebesbrief über die Sterne.

Nach dem Mittagessen suche ich Zuflucht am Fuße der Alten Eiche. Die grobe Rinde schmiegt sich vertraut gegen meinen Rücken. Nach all den Jahren, in denen sie meine Stütze war, wundere ich mich, dass ich nicht längst eine Markierung in den Stamm graviert habe. Das Rascheln der Blätter und das gelegentliche Zwitschern eines Vogels sollten beruhigend wirken, aber ich bin zu aufgewühlt. Der Albtraum von letzter Nacht war zu real. Pan war bei mir und jetzt hat Eros eine Sternenkonstellation für mich kreiert. Ich komme mit dieser übernatürlichen Welt nicht klar. Ich möchte mein normales Leben wieder.

„Hallo, Ms. Chrysalis", begrüßt mich meine Mythologielehrerin, während sie sich mir nähert und schließlich vor mir stehen bleibt.

„Ms. Atherton, was machen Sie denn hier?"

„Darf ich mich zu Ihnen setzen?"

„Klar."

„Darf ich fragen, was Sie bedrückt?"

Ich bin immer wieder beeindruckt von der Empathie dieser Frau! „Ich habe heute Nacht ein Lebenszeichen von meinem Erzeuger erhalten", vertraue ich ihr an.

„Möchtest du darüber reden?"

„Nein." Denn ich wüsste nicht, wo ich anfangen soll.

„Verstehe."

Ich habe in der Tat das Gefühl, dass sie mich versteht.

Wir schweigen und es ist nicht unangenehm. Die Vögel und Insekten übernehmen eine Zeit lang die Gespräche.

Dann bricht sie die Stille: „Darf ich dir eine Geschichte erzählen, die mir besonders am Herzen liegt?"

Ich nicke und sie fährt fort.

„Es geht um Zeus, den Gott der Götter und seine Beziehung zu der großartigen Titanin Metis. Sie war für ihre Schönheit und ihre Weisheit bekannt. Eines Tages erfuhr er von einer Prophezeiung, die besagte, dass er und Metis Kinder haben würden, die ihn in Macht übertreffen würden. Die Vorstellung, dass seine eigenen Kinder ihn entthronen könnten, verursachte Zeus große Angst. Um sich zu schützen, traf er eine drastische Entscheidung: Er verschlang Metis, um die Prophezeiung zu verhindern. Was er aber nicht wusste, war, dass Metis zu diesem Zeitpunkt bereits schwanger war. In seinem Inneren schmiedete sie die Rüstung für ihr ungeborenes Kind. Die Geräusche des Hammers gegen das Metall hallten in Zeus' Kopf wider und verursachten ihm unerträgliche Schmerzen.

In seiner Qual suchte er nach Hilfe und ließ sich von dem Gott des Handwerkes mit einer Axt den Kopf spalten. Stell dir vor, Siela, aus diesem gespaltenen Kopf entsprang eine voll bewaffnete und erwachsene Frau, die Göttin Athena. Diese wird oft als seine bevorzugte Tochter bezeichnet. Ein Detail, das oft in den Lehrbüchern übersehen wird, ist die Tatsache, dass Athena trotz der tragischen Umstände ihres Entstehens ihren Vater Zeus zwar nicht verstanden, ihm jedoch vergeben hat.“

„Warum erzählen Sie mir das?“

„Ich kenne deinen Erzeuger nicht, Siela. Aber er kann nicht so schlimm sein, als dass du ihm nicht vergeben kannst.“

„Wenn Sie wüssten!“

„Ich vermute, du möchtest darüber ebenfalls nicht reden?“

„Genau.“

„Ich verstehe dich. Darf ich dir nur noch eins sagen? Ich habe mit Eros gesprochen. Er leidet gerade sehr unter eurer Trennung und bereut es, diese Grenze überschritten zu haben, selbst wenn er in Liebe gehandelt hat. Ich werde dich jetzt wieder allein lassen.“ Ms. Atherton erhebt sich. Mit einer mütterlichen Geste streicht sie mir über den Kopf und geht.

Sie hat mit Eros gesprochen. Er hat sich unserer Mythologielehrerin anvertraut. Seltsam. Er leidet, behauptet sie. Ich auch. Habe ich überreagiert? Soll ich Harmonies Rat befolgen und ihm vergeben? Die Fragen hallen unaufhörlich in meinem Kopf wider. Er wollte mir helfen, auf seine eigene Art, und hat mir einmal mehr gezeigt, dass selbst Götter Fehler machen können. Er ist der Gott der Liebe. Vielleicht war es Naivität oder Überzeugung, die ihn dazu gebracht haben, hinter meinem Rücken zu handeln, aber war es nicht trotzdem Liebe? Sollte ich als halbgöttliches Wesen nicht anders auf solch ein Verhalten reagieren?

Er ist der Gott der Liebe und ich eine Halbgöttin. Und da liegt des Pudels Kern. Seitdem ich von unserer beider wahren Natur erfahren habe, spüre ich eine Veränderung in mir. Kann man mir das übelnehmen? Es klingt mehr nach einem Fantasy-Roman und doch ist es Teil meiner Realität. Seine Göttlichkeit, kombiniert mit meiner eigenen Halbgöttlichkeit löst eine leise Angst in mir aus. Es fällt mir nicht leicht, an diese neue Wahrheit zu glauben und sie zu akzeptieren, so sehr ich es versuche. Ich kann dies alles nicht begreifen. Aber es gäbe da jemanden, der mir helfen könnte.

In der kommenden Nacht brauche ich nicht lange, um mich auf der Lichtung wiederzufinden. Und er ist ebenfalls da. Pan.

„Ich freue mich sehr, dass du mich wiedersehen möchtest, Siela", begrüßt er mich.

„Ich kann leider keine Freudensprünge machen", gebe ich zu. „Ich habe Fragen und möchte verstehen und wäre dir sehr dankbar, wenn du mir ein einziges Mal in deiner Existenz deine Hilfe anbieten würdest."

„Selbstverständlich."

„In den vergangenen achtzehn Jahren war es nicht so selbstverständlich", murmele ich, weil ich es mir einfach nicht verkneifen kann.

„Wie kann ich dir helfen?" Er ist geschickt im Themawechsel.

„Ich will wieder normal sein! Warum kann ich nicht wieder normal sein?" Der ganze Frust will aus mir herausbrechen, aber ich reiße mich zusammen. „Ich will keine Halbgöttin sein. Ich will nichts in mir haben, was mich an dich erinnert." Und an meine Mutter, wenn ich ehrlich bin.

Pans Gesicht zeigt einen Schatten der Trauer, aber auch des Verständnisses. „Siela, du bist Teil beider Welten – der menschlichen und der göttlichen. Du kannst wählen, wie du leben willst, aber das Wissen um deine wahre Natur kann dir Kraft geben, nicht nur Last sein."

Ich schüttle verständnislos den Kopf. „Kraft? Was für eine Kraft gibt es darin, von den Göttern und meiner eigenen Mutter im Stich gelassen zu werden?"

Pan nimmt einen tiefen Atemzug und bei seiner nächsten Antwort liegt Sanftmut in seiner Stimme. „Du hast die Kraft der Einsicht. Die Rahmen, wie du sie nennst, sind Seelenschimmer. Sie sind Verbindungen zu den Seelen anderer. Sie können dir helfen, zu verstehen, zu heilen und sogar zu verändern."

„Zu heilen?", wiederhole ich leise, die Idee schwebt in meinem Kopf herum wie ein verlorenes Puzzleteil. „Du meinst, ich könnte damit anderen helfen?"

„Ja", sagt Pan, in seinen Augen glänzt etwas, das wie Hoffnung aussieht. „Du könntest."

Die Wut in mir beginnt nachzulassen, langsam ersetzt durch eine unerwartete Neugier. „Zeig mir, wie."

Pan nickt. „Das werde ich."

Wir setzen uns auf die Picknickdecke, die Eros zu meinem Geburtstag ausgebreitet hatte.

Pans Blick geht über die Lichtung, als könnte er durch die Zeit selbst sehen. „Um die Seelenschimmer zu beherrschen, musst du zunächst verstehen, dass sie ein Fenster zur Seele eines jeden Wesens sind. Sie spiegeln ihre tiefsten Emotionen, Wünsche und Leidenschaften wider. Du musst lernen, diese Energien zu lesen und zu interpretieren.“

Emotionen, Leidenschaften, Wünsche wiederhole ich in Gedanken Pans Worte.

„Warum flackern einige Rahmen öfter auf als andere?“, möchte ich wissen.

„Wenn sich eine Veränderung in der Entwicklung der Seelenschimmer ergibt, dann machen sie sich bemerkbar“, antwortet er.

Erkenntnis keimt in mir auf. Marcs Rahmen aus Vinyl ist ein Spiegelbild seiner Seele, die durch Musik definiert wird. Und Ms. Atherton, umgeben von einer perfekten Fassung, der ihre Weisheit widerspiegelt.

Pan ruft mich zurück in die Gegenwart. „Komm zu mir“, sagt er. Als ich näher rutsche, legt er eine Hand auf meine Stirn und die andere auf mein Herz. Mein Vater berührt mich das erste Mal in meinem Leben.

„Fühle die Verbindung zwischen deinem Geist und deinem Herzen. Das ist der Schlüssel. Dein Geist sieht die Rahmen, aber erst dein Herz kann sie verstehen.“

Ich schließe die Augen und konzentriere mich auf seine Worte. Unter Pans Anleitung beginne ich, meine Atmung zu verlangsamen, und eine Ruhe senkt sich über mich, die ich lange nicht gefühlt habe.

„Nun, stelle dir vor, wie ein Seelenschimmer um jemanden aussieht. Siehst du Farben? Bewegungen?

Muster? Material? Wie ist die Neigung der Rahmen? Diese sind Zeichen, die du entziffern musst.“

Ich konzentriere mich und Bilder beginnen, sich vor meinem inneren Auge zu formen – flüchtige Rahmen um die Menschen, die mir nahestehen.

„Lerne, sie ohne Urteil zu betrachten. Sie sind nicht gut oder schlecht, sie sind einfach. Mit der Zeit wirst du lernen, ihre Sprache zu verstehen, und wie du mit dieser Gabe umgehen musst.“

„Wie kann ich die Informationen, die ich erhalte, nutzen?“, frage ich, die Lider weiterhin geschlossen.

„Beginne mit Kleinigkeiten. Nutze sie, um Verständnis für die Handlungen anderer zu entwickeln. Wenn du die Motivationen hinter ihren Taten erkennst, kann das der erste Schritt sein, um zu helfen und zu heilen.“

„Und wie kann ich verändern?“ Ich öffne meine Augen.

„Veränderung beginnt im Inneren. Indem du Einsicht in die Seelen anderer gewinnst, kannst du Wege finden, sie zu unterstützen und zu inspirieren, ihre eigenen Rahmen zum Besseren zu verändern. Aber vergiss nie, Siela, echte Veränderung kann nur kommen, wenn die Person selbst dazu bereit ist.“

Was er mir sagt, ergibt Sinn und ist alles schön und gut. „Aber was ist mit meinen Kopfschmerzen? Wie kann ich lernen, damit umzugehen?“

Pan sieht mich mitfühlend an. „Die Kopfschmerzen sind ein Zeichen deiner Überforderung. Dein Geist und Körper wussten all die Jahre nicht, was die Rahmen bedeuten, und haben versucht, auf diese Wahrnehmung zu reagieren. Jetzt kennen sie ihre Bedeutung und können sich schrittweise an die Rahmen gewöhnen. Du musst sie einzeln und bewusst wahrnehmen, nicht alle auf einmal." Er berührt leicht meine Schläfen. „Versuche, deinen Geist zu fokussieren. Konzentriere dich nur auf einen Rahmen. Stell dir vor, wie du die anderen ausblendest, bis sie nur noch ein Hintergrundrauschen sind. Und noch etwas: Die Fähigkeit, diese Rahmen zu sehen, ist eine Form von energetischer Wahrnehmung. Wenn du lernst, deine eigene Energie zu regulieren, wirst du die Kopfschmerzen kontrollieren können. Meditation und Atemübungen können dir dabei helfen, ebenso wie andere Formen der geistigen Disziplin."

Meditation und so ein Kram. Daran glaube ich nicht. Aber ich fühle mich ermutigt. Er hat mir zumindest einen Weg aufgezeigt, wie ich meine Fähigkeit beherrschen und die Schmerzen kontrollieren kann. „Danke. Ich werde üben und ich werde lernen", sage ich entschlossen.

Pan nickt zufrieden. Eine Weile sitzen wir still nebeneinander. Dann fragt er mich: „Was liegt dir noch auf der Seele?"

Nur die simpelste und doch schwierigste Frage. „Wie finde ich meinen Weg als Halbgöttin?"

Pan schaut mich sanft an. „Halbgöttlich zu sein bedeutet nicht nur, Kräfte zu besitzen, die über die menschlichen hinausgehen. Es bedeutet auch, zwischen zwei Welten zu stehen und gleichzeitig zu keiner vollständig zu gehören. Es bedeutet, mit deinem Herzen und deinem Geist eine Brücke zu bilden, eine Verbindung herzustellen, die nur du erschaffen kannst." Er legt eine Hand auf meine Schulter. „Deine Existenz ist ein Wunder. Du wirst lernen müssen, beide Seiten deines Erbes zu akzeptieren und das Gleichgewicht in dir zu finden. Die halbgöttliche Natur gibt dir eine einzigartige Perspektive und Fähigkeiten, die andere nicht haben. Du wirst Herausforderungen begegnen, die andere nicht verstehen können, aber du wirst auch in der Lage sein, Dinge zu bewirken, die anderen unmöglich erscheinen, wie mit den Rahmen, die du siehst. Deine Gabe. Vertraue auf dich, Siela …"

„Warum hat Zeus dich nicht ausgelöscht? Du bist eine Beziehung mit einer Sterblichen eingegangen und dennoch darfst du leben und dich weiterhin in beiden Welten frei bewegen."

„Weil mein Tod seine göttliche Ordnung aus dem Gleichgewicht bringen würde."

Eine weitere Frage habe ich noch. „Warum bin ich so anders als du? Du bist der Gott der Natur und der Herden. Nichts von alldem, was dich ausmacht, spiegelt sich in dem Seelenschimmer wider." Ein sanfter Wind streicht über die Lichtung, als würde selbst die Natur gespannt auf Pans Antwort warten.

„Jedes Wesen, sei es göttlich oder sterblich, trägt ein einzigartiges Schicksal. Auch wenn ich dein …", Pan macht eine Pause, „auch wenn du von mir abstammst, bedeutet das nicht, dass du eine Kopie meiner Eigenschaften sein musst. Nicht jede Blume blüht auf die gleiche Weise, nicht jeder Baum trägt die gleichen Früchte. So ist es auch mit den Kräften, die uns Göttern und Halbgöttern gegeben sind. Die Eigenschaften deiner Mutter haben auch Einfluss auf deine Fähigkeiten. Ihre Leidenschaft, ihr Freiheitsgefühl, ihre Träume, ihre unerschütterliche Hoffnung. Kommen sie dir bekannt vor?"

Ich antworte nicht. Ich habe sie tief in mir eingesperrt, weil ich nicht so enden wollte wie meine Mutter.

Ein Schrei aus dem tiefsten Wald hinter uns unterbricht Pan und lässt mich aufschrecken.

„Ich muss los, Siela.“

Er verschwindet in der Dunkelheit, ich stehe noch einen Moment auf der Lichtung und wache dann auf.

Ich bleibe hellwach in meinem Bett liegen, aber an Schlaf ist nicht mehr zu denken.

Ein sanftes Gefühl der Erleichterung breitet sich in meiner Brust aus, als ob ein schwerer Stein von meinem Herzen genommen wurde. Als hätte ich eine Last abgelegt, die ich viel zu lange getragen habe. Ich habe einen weiteren Schritt in die richtige Richtung getan.

Pans Ratschläge und Worte kreisen in meinem Kopf. Alles wurde nun beim Namen genannt. Ich kenne die Bedeutung der Rahmen und es scheint meinem Körper und Geist gutzutun, denn seit Langem fühle ich mich wieder vollkommen entspannt.

Meine Aufgabe ist es, die Welten in mir zu vereinen und aus dieser Kraft heraus zu leben und jetzt weiß ich wie. Pan hat mir Tipps dazu gegeben. Im Grunde einfach, wenn da nicht Zeus wäre …

Die Worte von Pan schweben plötzlich in meinem Kopf: Die Vorstellung, dass seine eigenen Kinder ihn entthronen könnten, verursachte Zeus große Angst. Er verschlang Metis.

Die Rahmen, wie du sie nennst, sind Seelenschimmer. Sie sind Verbindungen zu den Seelen anderer. Sie können dir helfen, zu verstehen, zu heilen und sogar zu verändern. Der doppelte Rahmen um Zeus …

Ein Donnerschlag lässt mich aufschrecken und dann sehe ich nur noch schwarz.

Ich stehe im Zentrum des Olymp, mein Herz klopft mir bis zum Hals.

Vor mir thront Zeus, dessen Zorn die Luft zum Vibrieren bringt. „Die Dinge sind nicht mehr so, wie sie einst waren“, donnert er. „Es gibt eine Verschiebung, eine Störung der göttlichen Ordnung. Und du, Halbling, bist schuld daran!“ Sein Blick bohrt sich in mich, als könnte er mich allein mit seiner Wut verbrennen.

Ich fühle mich wie ein Eindringling in einer Welt, die für mich weiterhin zu groß, zu mächtig, zu fremd ist. Meine Anwesenheit hier, an diesem heiligen Ort, scheint die alten Säulen des Olymp selbst zu erschüttern.

„Du störst die Ordnung, Halbling, deine bloße Existenz ist ein Affront gegen meine Regeln! Ich hatte dir befohlen, unsichtbar zu bleiben, und doch hörst du nicht.“ Zeus’ Stimme hallt nach, eine wütende Flut, die mich zu verschlingen droht. Hat er von mir und Eros erfahren? Hat sich die Plasmawelt aufgelöst? „Was tust du hier? Was willst du hier?“

Was ich hier tue? Er hat mich doch hierher geschleudert?

„Ich habe sie gerufen!“ Eine weibliche Stimme ertönt in den Raum.

Ich kann nicht ausmachen, woher sie kommt.

„Wer spricht da? Verschwinde, verschwinde aus meinem Geist. Ich befehle es dir!“, schreit Zeus und fasst sich schmerzerfüllt an den Kopf.

„Hättest du das mal bedacht, bevor du mich verschlungen hast. Mein Körper mag verrottet sein, aber meine Seele ist sehr lebendig, um dich zu quälen."

„Metis!"

„Ganz genau, mein ehemaliger Geliebter. Die bin ich."

„Wage es nicht zu sprechen, Weib. Schweig!"

„Du redest wie ein Narr. Wie willst du mich zum Schweigen bringen? Es gibt nur einen Weg dazu: Dein Tod, deine Verdammnis."

„Ich werde den Gott..."

„Mein Körper hat sich in Asche verwandelt und du hast ihn schon lange ausgeschieden. Und für meine Seele gibt es auf dem Olymp keine Göttin mehr, seit Psyche fort ist. Die Seele hat dich immer wenig gekümmert, Zeus. Aber nun gibt es einen Lichtblick für mich." Metis spricht zu Zeus, aber ihre Worte scheinen auch für mich gedacht zu sein. Sie ist die Stimme der Vernunft im Sturm der göttlichen Wut.

Eine Diskussion entfacht zwischen ihnen und ich stehe schweigend da, von ihrem Kampf um Macht und Kontrolle erschrocken und gleichzeitig fasziniert.

„Was möchtest du, Metis? Warum sprichst du jetzt zu mir nach all den Jahren des Schweigens?"

„Deine Schwächen und deine Ängste drängen mich dazu."

„Bei meinem Donner! Ich bin nicht schwach und ich fürchte nichts."

„Ja, ja, Zeus. Manche Dinge ändern sich nie. Also, deine Ordnung, ja? Sie bereitet dir Sorge. Was war es nochmal? Ach ja, ich entsinne mich: die Verunreinigung der göttlichen Reinheit, der Verstoß gegen die göttliche und menschliche Hierarchie und der Verlust der göttlichen Macht. Bei Unordnung naht das Ende. Ooooh! Es klingt alles so mystisch und gefährlich …"

„Genug der Spotterei!" Zeus' Stimme grollt durch den Raum. Seine Hände formen sich zu Fäusten, die er drohend hebt. „Die göttliche Ordnung ist wie drei Seiten einer Pyramide, wenn eine Seite bricht, fällt die gesamte göttliche Welt zusammen. Verunreinigung kann zu einem Verstoß gegen die Hierarchie führen, der wiederum den Verlust der göttlichen Macht nach sich ziehen könnte. Verstehst du es nicht? Das Ende würde kommen. Aber dir kann es ja egal sein."

„Ha! Deine Pyramide, Zeus. Stets war es dir von extremer Wichtigkeit, eine Struktur zu haben, die dich, den Gott der Götter, an der Spitze sieht: Reinheit, Hierarchie und Macht! Was, wenn dies alles eine Illusion ist, die du selbst erschaffen hast?"

„Dass ich nicht lache! Eine Illusion?"

Ich werde Zeugin eines Konflikts, der älter ist als die Menschheit selbst, und ich stehe mittendrin. Als sei ich die Brücke, das fehlende Puzzleteil, das entweder zum Zusammenbruch oder zur Rettung führen könnte.

Ein Klopfen lässt Metis und Zeus verstummen.

„Wer wagt es zu stören? Herein!", brüllt er.

„Vater, auf ein Wort?"

„Was gibt es, Aphrodite? Tritt ein."

Aphrodite – Zeus' Tochter und Eros' Mutter – schaut sich kurz im Raum um, ihr Blick trifft den meinen und in einem Lidschlag werde ich wieder zurück in mein Bett katapultiert.

Amors letzter Pfeil

In der Dunkelheit meiner Träume wandele ich, geführt von Sternen, die mir den Weg zu ihr weisen sollen. Siela, mein Kleiner Fuchs, leuchtet jetzt am Nachthimmel – eine Konstellation, die ich gestaltet habe, ein stilles Geständnis meiner Liebe.

Die Worte meiner Mutter hallen noch immer in meinem Kopf nach. Sie hat mich vergangene Nacht in meinem rastlosen Schlaf besucht. „Eros, mein Sohn, höre mir zu!" Aphrodites Gestalt erscheint aus dem Nebel meiner onirischen Welt.

„Mutter, wer lässt dich in meine Träume rein?" Ich drehe mich zu ihr um. Ihr unerwarteter Besuch wühlt meine Nerven auf.

„Morpheus hat mir Zugang gewährt."

„Klar, wer sonst? Sag, was möchtest du? Was lässt dich durch die Pforten meines Schlafs treten?"

„Deine Spielchen, mein Sohn. Noch entgehen sie deinem Großvater, aber nicht auf ewig." Ihre Augen funkeln.

„Ich weiß nicht, wovon du sprichst."

„Eine Plasmawelt? Warum?"

„Ihretwegen, Mutter. Schau sie dir an."

Sie folgt meinem Blick in Sielas Traumwelt. „Wer ist dieses schlafende Wesen?"

„Das ist Siela."

„Ein Mensch." Ich kann den bitteren Geschmack in ihren Worten fast schmecken.

„Eine Halbgöttin. Es ist Pans Tochter."

„Er schon wieder. Der Verunreiniger schlechthin! Beende das Spiel mit ihr und löse die Plasmawelt auf."

„Nein", antworte ich und balle meine Fäuste.

„Es war keine Bitte."

„Es ist kein Spiel, Mutter. Ich liebe Siela."

„So wie du alles in diesem Universum liebst. Es ist deine Aufgabe."

Herausfordernd hebe ich das Kinn. „Du hast mir nicht zugehört. Ich sagte, dass ich sie liebe. Du lehrtest mich, dass Liebe keine Grenzen kennt."

„Du hörst mir jetzt gut zu! Ich lehrte dich auch, dass auf dem Olymp Regeln herrschen. Regeln, die dich immer wenig interessierten. Ich habe darüber hinweggeschaut und die Wut deines Großvaters gedämpft, sofern es mir möglich war. Jetzt ist Schluss. Ein Halbling kommt nicht auf den Olymp. Beende diese Beziehung!"

„Mutter ... Lass mich meinen eigenen Weg gehen. Selbst wenn das bedeutet, dass ich eine Halbgöttin liebe."

„Soll ich etwa meinen Sohn in den Ruin schicken?"

„Reißen da alte Wunden auf, Mutter?"

„Alte Wunden oder nicht, die Vergangenheit lehrt uns, dass solche Verbindungen gefährlich sein können."

„Fragt sich, für wen?", flüstere ich.

„Die Diskussion ist für mich beendet!"

Ich soll die Beziehung zu Siela beenden, aber was ist Liebe, wenn nicht das mutige Bestehen entgegen aller

Warnungen? Ein wildes Tier, das sich nicht zähmen lässt?

Liebe kennt keine Grenzen, das hat meine Mutter mich einst gelehrt, und doch verlangt sie von mir, meine eigenen Gefühle zu zügeln. Sie spricht von Regeln, von göttlichen Ordnungen, die ich nie als meine eigenen angenommen habe.

Die Generalprobe unseres Theaterstücks steht bevor, unser Wiedersehen nach meiner endlosen Abwesenheit.

Ich werde auf der Bühne stehen, nicht als Gott, sondern als Mann, dessen Herz sich nach Vergebung sehnt. Ich werde dort stehen und um eine zweite Chance bitten.

Wird sie die Liebe in meinem Blick sehen, das Zittern meiner Hände spüren, die Stille, die meine wahren Worte verbirgt? Wird sie erkennen, dass jede Geste, jeder Schritt, jeder gesprochene Satz nur für sie ist?

Liebe lässt sich nicht zähmen, das ist ihre größte Gabe und ihr schwerstes Leid. Sie ist das Feuer, das uns verbrennt und das wir doch niemals missen wollen.

***

Die heutige Generalprobe bringt ein Gewirr an Gefühlen in mir hervor, das mit einem Cocktail vergleichbar ist.

Bevor ich die schwere Tür zum Theaterraum öffne, halte ich inne. Ein Knoten bildet sich in meinem Bauch – ist es Angst oder Vorfreude? Die Frage, ob Eros heute hier sein wird, schwirrt in meinem Kopf. Er war in den vergangenen Tagen wie vom Erdboden verschluckt, ich habe ihn seit der Beerdigung nicht mehr gesehen. Die für mich erschaffene Konstellation war sein einziges Lebenszeichen.

Mit einem tiefen Atemzug schiebe ich die Tür auf und betrete den Raum. Alle warten schon auf mich. Heute beginnen wir nicht mit dem Stuhlkreis, die Stühle sind in zwei Reihen vor der Bühne aufgestellt.

Mrs. Dawson kommt direkt zur Sache: „Ms. Chrysalis, Mr. DeVine, the stage is yours."

Eros steht bereits auf der Bühne. Meine Kehle schnürt sich zu, das Herz schlägt mir bis zum Hals. Ich steige zu ihm hinauf.

Sobald Marc – die Aufführung ist ein fächerübergreifendes Event – die ersten Töne der einführenden Musik erklingen lässt, fällt es mir schwer, die Realität vom Stück zu trennen. Wir sind wieder Amor und Psyche, doch diesmal mit einer zusätzlichen Schicht aus realen Emotionen. Wir sind beide sofort in unseren Rollen. Die Dialoge fließen natürlich, die Chemie zwischen uns lässt sich nicht leugnen. Den Schmerz, den Amor spürt, fühlt auch Eros, und das Leid, das Psyche empfindet, sitzt ebenso tief in mir. Seine Nähe bringt eine Wärme mit sich, die ich nicht fühlen sollte. Und in jedem Blick, den ich ihm zuwerfe, in jedem zitternden Satz unserer Charaktere, finde ich Fragmente unseres eigenen, unvollendeten Dialogs.

Kaum dass wir die Szene erreichen, in der Amor Psyche bittet, ihm zu vertrauen, dimmen sich die Lichter. Unsere Mitschüler scheinen alle den Atem anzuhalten. Eros bindet mir die Augen zu. Die Intensität in seiner Stimme ist echt, nichts ist gespielt ... wie auch? Er ist der

Gott, der er vorgibt zu sein. Es ist fast zu viel für mich. Mein Herzschlag beschleunigt sich. Jeder meiner Sinne wird geschärft: Ich spüre den Stoff gegen meine Lider, nehme den Duft seines Atems wahr, die Wärme seiner Nähe. Es ist eine Übung des Vertrauens, die so viel mehr bedeutet als ihre Darstellung auf der Bühne.

„Ich vertraue dir, Amor", sage ich. Meine Stimme zittert und die Worte fühlen sich überraschend echt an.

Kaum ist die Probe beendet und das Licht zurückgekehrt, nehme ich die Augenbinde ab, schaue auf und treffe auf Eros' Blick. Darin finde ich einen Spiegel meiner eigenen Zerrissenheit und trotz der Mauern, die ich errichtet habe, erkenne ich meine, unsere wahren Gefühle.

Der Applaus unserer Mitschüler bringt mich zurück in die Realität. Mrs. Dawson nickt zufrieden, Generalprobe überstanden. Erleichterung macht sich in mir breit. Doch als ich mich umdrehe ist Eros verschwunden. Ein Stich der Enttäuschung durchfährt mich. Ich stehe da, mitten auf der Bühne, und fühle mich plötzlich sehr allein trotz des Applauses und der Mitschüler um mich herum. Und ich weiß, ich möchte nicht mehr ohne Eros sein.

An der Ausgangstür steht Anteros, er schaut mich eindringlich an …

Bis heute war der Flügel D für mich tabu. Nicht, dass ich kein Interesse an Jungs gehabt hätte, aber ich war nie so versessen darauf, eine Strafe zu riskieren, nur um in deren Schlafbereich zu gelangen. Heute ist es anders.

Nach der Generalprobe bin ich mit Anteros eine ausgedehnte Runde spazieren gegangen.

„Das Leben bietet keine Garantien, Siela. Aber wenn du jetzt eurer Beziehung den Rücken kehrst, könntest du dich ewig fragen, was hätte sein können. Ist das ein Risiko, das du eingehen willst?", hatte Anteros mich gefragt.

Gedanken an mein letztes Treffen mit Zeus schießen durch meinen Kopf, seine bedrohlichen Worte, seine Wut und Strenge, die mir das Gefühl gaben, so klein und unbedeutend zu sein. Aphrodites durchdringender Blick in dem kurzen Moment, die ich sie überhaupt sehen konnte. Beide machen mir Angst. Doch trotz der göttlichen Warnungen kann ich meine Gefühle nicht leugnen und ich möchte es auch nicht.

Deswegen stehe ich nun vor Eros' Zimmer. Anteros wird heute Nacht nicht hier sein, was uns die Zeit für eine Aussprache gibt. Meine Hand zittert leicht, als ich nach der Türklinke greifen möchte, doch bevor ich sie berühre, öffnet sich die Tür. Er hat mich kommen hören, klar!

„Siela, was machst du hier?" Eros schaut besorgt in den Flur, um sicherzustellen, dass mich die Hausaufsicht nicht sieht. Dann nimmt er sanft meine Hand und lässt mich herein. Alle Schlafräume sind identisch aufgebaut, um zu unterstreichen, dass wir hier im *Loveland Elite Hall* alle gleich sind und behandelt werden. Im Zimmer der Brüder DeVine herrscht aber pures Chaos. Hatte ich etwas anderes erwartet?

„Hätte ich gewusst, dass du kommst, hätte ich aufgeräumt."

„Chaos scheint dein zweiter Name zu sein", versuche ich, die Atmosphäre aufzulockern.

„Chaos ist nur ein Teil meines göttlichen Charmes", steigt Eros mit ein. „Andere Aspekte kennst du bereits."

Mit einem Mal wird die Luft zwischen uns schwer. Eros steht mir gegenüber und alles um mich herum scheint zu verschwinden. Das Chaos, das Zimmer, die Wände, selbst das komplette Internat.

Sein Blick wird intensiver. „Ich hoffe, du bist neugierig genug, um den Rest zu entdecken."

„Ich …", zögere ich und nehme einen tiefen Atemzug, bevor ich die Worte herausbringe: „Ich habe Angst, Eros."

„Aber dennoch stehst du hier. Warum, Kleiner Fuchs?"

Ich zögere erneut mit meiner Antwort.

„Warum?", wiederholt Eros seine Frage.

„Weil ich trotz meiner Angst ein Leben ohne dich nicht riskieren möchte."

Er zieht mich sanft in seine Arme. Wir stehen da, mitten im Chaos des Raumes, schweigend, denn es sind keine Worte nötig. Die Wärme seines Körpers vertreibt die Angst, die mich umgeben hat. Und genau das ist es, was ich brauche.

„Auch ich möchte ein Leben ohne dich nicht riskieren! Ich bitte dich um Verzeihung für mein Verhalten", unterbricht Eros als Erster die Stille.

Mit sanften, aber bestimmten Händen hebt er mein Gesicht an, sodass wir einander direkt ansehen. In seinem Ausdruck erkenne ich eine Mischung aus Hoffnung und Entschlossenheit. Und dann, mit einer Sanftheit, die mich gleichzeitig beruhigt und elektrisiert, senkt er seine Lippen auf meine. Der Kuss ist tief und voller Sehnsucht.

„Ich habe dich vermisst, Siela. Bitte verzeih mir", wispert er mir ins Ohr, nachdem sich unsere Lippen voneinander gelöst haben.

Und ich habe ihn vermisst. „Eros, ich möchte eins mit dir werden. Ich ..."

„Noch nicht, Kleiner Fuchs. Noch nicht", unterbricht er mich. Er zieht mich erneut in seine Arme und küsst sanft meine Stirn.

Marc sitzt am Esstisch mit einer auffallenden Gelassenheit. Seitdem Harmonie ihm bei der Recherche für seinen Vortrag geholfen und er diesen mit Bravour gemeistert hat, wirkt er tiefenentspannt. Generell ist mir aufgefallen, dass eine angenehmere Atmosphäre herrscht. Zumindest an unserem Tisch im Speisesaal. Selbst Betty erscheint mir erträglicher.

„Hast du schon die Playlist für das Gala-Wochenende zusammengestellt, Marc? Setzt du auf das Handy oder auf den Plattenspieler?", möchte Harmonie wissen.

Unbewusst hat sie mit ihrer Frage einen wunden Punkt bei mir getroffen: das alljährliche Gala-Wochenende. Meine Gedanken schweifen besorgt ab.

Eros holt mich sanft in die Gegenwart zurück: „Erde an Kleiner Fuchs. Die letzte private Theaterprobe wartet auf uns."

Das ist tatsächlich etwas, worauf ich mich freue. Es geht uns weniger um das eigentliche Proben, da wir die Generalprobe schon hinter uns haben, sondern mehr um die Zweisamkeit.

Auf dem Weg in den Theatersaal spricht Eros meine nachdenkliche Miene umgehend an. „Was war am Mittagstisch los?"

„Das Gala-Wochenende beschäftigt mich", gebe ich zu.

„Was könnte schöner sein, als eine Gala mit dem eigenen Freund zu besuchen? Vor allem, wenn dieser Freund zufällig auch ein Gott ist", scherzt Eros.

„Vielleicht, wenn die Halbgöttin an seiner Seite nicht ständig mit den Rahmen zu kämpfen hätte", erwidere ich.

„Siehst du sie weiterhin als eine Schwäche?"

„Was meinst du?"

Eros hält mitten im Flur an, stellt sich vor mich und fixiert mich intensiv. „Du sagtest doch, dass Pan dir einige Tipps gegeben hat. Versuche doch, sie anzuwenden. Nur so kannst du lernen, sie zu kontrollieren. Auf dem Feld."

Ich weiß, dass er recht hat. Trotzdem bin ich verunsichert. „Auf der Gala werden viele neue Gesichter sein, Schmerzen sind da vorprogrammiert."

Er lächelt, hebt eine Hand und streicht mir sanft über die Wange. „Wie Pan gesagt hat: Beginne mit kleinen Schritten. Stell dir vor, du kannst ihre Intensität steuern, sie dimmen. Sie müssen nicht in voller Stärke auftreten. Wenn du merkst, es wird zu viel, atme tief durch und versuche, sie zurückzudrängen. Lass sie nicht die Kontrolle übernehmen." Sein Blick ist aufmerksam und ermutigend. „Du bist diejenige, die entscheidet, wie hell sie leuchten. Fokussiere dich zuerst auf einen Rahmen, versuche seine Farbe und seine Intensität in deinem Geist zu verändern. Stell dir vor, wie du ihn langsam verdunkelst, bis er nur noch ein sanftes Leuchten ist, das dich nicht überwältigt." Er macht eine kleine Pause. „Und denk daran, die Atmung ist wichtig. Tiefes, ruhiges Atmen hilft dir, dich zu konzentrieren und ruhig zu bleiben. Es wird nicht sofort perfekt funktionieren und das ist in Ordnung und normal. Übung und Geduld sind der Schlüssel. Mit der Zeit wirst du lernen, die Rahmen nicht nur zu dimmen, sondern sie womöglich für kurze Zeit ganz verschwinden zu lassen. Es ist wie ein mentales Training. So trainierst du deinen Geist, mit dieser Gabe umzugehen, statt von ihr überwältigt zu werden."

Eros wiederholt im Grunde Pans Worte, sie aus seinem Mund zu hören, schenkt mir aber mehr Ruhe und Sicherheit.

„Linda und Harmonie möchten mich zu einer Shopping-Tour überreden. Sie wollen ein neues Kleid für die Gala kaufen."

„Begleite sie doch! Es ist die perfekte Übung und außerdem möchte ich meinen Kleinen Fuchs in einem wunderbaren Kleid sehen."

„Ich habe viele wunderschöne Kleider in meinem Schrank", entgegne ich.

„Neues. Ich möchte meinen Kleinen Fuchs in einem wunderbaren *neuen* Kleid sehen." Er hat mich überredet.

Der Trubel der Stadt umfängt mich wie ein munteres Gemälde, während ich mit Harmonie und Linda durch die belebten Straßen schlendere. Die Lebendigkeit der Menschen, das Lachen, die Gespräche, das bunte Treiben – alles erscheint mir heute intensiver, lebhafter.

Als wir in einem kleinen Boutique-Café Pause machen, beobachte ich die Leute um mich herum. Früher hätte der Anblick so vieler Rahmen um die Köpfe der Menschen meine Schläfen pulsieren lassen, ein Vorbote der Kopfschmerzen, die mich dann heimsuchen würden. Doch jetzt nehme ich mir Pans und Eros' Ratschläge zu Herzen. Ich atme tief durch und lasse für einen Moment die Lider sinken. Ich konzentriere mich auf meinen Atem, wie Pan es mir beigebracht hat, und fühle, wie sich die angespannten Fäden meines Geistes lösen.

Als ich die Augen wieder öffne, fokussiere ich mich bewusst auf einen einzelnen Rahmen, den einer älteren Dame, die ihrem Enkelkind gegenübersitzt. *Rosa Zuckerwatte, makellos um ihren Kopf. Und er verpufft. Wie immer.* Der sanfte Rosaton steht in perfekter Harmonie zu ihrem glücklichen Gesichtsausdruck. Ich spüre die Liebe, die sie umgibt, und ich kann nicht anders, als zu lächeln. Ich erlaube mir, den Rahmen der Dame zu spüren, ohne dass er mich überwältigt, und blende die anderen aus, bis sie nicht mehr als ein sanftes Licht in meinem Bewusstsein sind.

Später, als wir durch die Läden schlendern und unsere Festgarderobe auswählen, konzentriere ich mich bewusst nur auf die Kleidung und blende die Menschen in dem Geschäft aus.

Ich kann die Rahmen zähmen. Dennoch sind es zu viele, die auf mich einprasseln und es ist eine enorme Energie, die ich bewältigen muss. Ich bin sehr müde, aber die krassen Kopfschmerzen bleiben aus. Nur ein leichtes Pulsieren der Schläfen sucht mich heim. Es ist ein Fortschritt, ein kleiner Sieg über die Herausforderung, die mir mein Erbe aufbürdet.

Mein Kleid für das Fest ist wie ein Spiegelbild des Waldes bei Nacht: tiefgrün und durchzogen mit einem Netz aus goldenen Linien, die wie funkelnde Sterne wirken.

Linda entscheidet sich für ein feuriges Rot und Harmonie für ein schimmerndes Gold. Trotz unserer unterschiedlichen Geschmäcker gibt es eine Sache, in der wir uns einig sind: Wir sind überglücklich mit unseren Einkäufen.

Es fällt mir schwer zu glauben, dass das Gala-Wochenende schon fast vor der Tür steht und damit das Ende meines letzten Jahres im Internat. Der bevorstehende Abschied macht sich bemerkbar: Es findet kaum mehr Unterricht statt, am Tag nach dem offiziellen Gala-Abend steht nur noch unsere Theateraufführung an und danach warten lediglich die Prüfungen auf uns.

Innerhalb weniger Tage wurde die Aula Magna in einen beeindruckenden Ballsaal verwandelt. Ihre riesigen Türen öffnen sich und ein Meer aus funkelnden Lichtern und eleganter Kleidung breitet sich vor mir aus und mit ihm die Rahmen, da viele Eltern und weitere geladene Gäste heute auch anwesend sind. Doch ich bin vorbereitet. Ich habe vorhin meditiert. Die vielen Seelenschimmer, die um die Köpfe der Gäste flimmern, sind zwar da, aber anstatt sie als Sturm über mich hereinbrechen zu lassen, nehme ich sie als sanfte Wellen wahr. Ich kann sie kontrollieren.

Die Gala ist in vollem Gange. Die Musik spielt, Pärchen tanzen und der Saal ist gefüllt mit Gesprächen und Lachen, das Klirren von Champagnergläsern mischt sich mit den Musiknoten des Orchesters.

Ganz selbstverständlich führt mich Eros auf die Tanzfläche, einige Köpfe drehen sich zu uns. Ich zögere, aber er lässt keine Unsicherheit zu.

„Vertrau mir!"

Und genau das mache ich. Wir gleiten über das Parkett, unsere Bewegungen im Einklang mit der Musik. Ich bin mir sicher, dass hier seine Götterhand im Spiel ist, denn ich tanze. Es ist unglaublich, aber wahr.

„Du siehst umwerfend aus", flüstert Eros mir ins Ohr und ich kann das stolze Funkeln in seinen Augen nicht übersehen. „Die Sterne würden vor Neid erblassen, wenn sie dich jetzt sehen könnten."

„Hör auf mit deinen kitschigen Sätzen", ermahne ich ihn, muss aber gleichzeitig lachen. Ich habe mich heute entschieden, meine Haare in ihrer natürlichen Form zu tragen – lockig und wild.

Er zieht mich enger an sich und wir schweben im sanften Rhythmus des Walzers. Ich spüre die Blicke der anderen Gäste, aber nur für einen Moment.

Nach dem Tanz gehen wir an unseren Tisch, wo wir gemeinsam mit unseren Freunden das herausragende Gala-Essen genießen. Das Orchester spielt leise im Hintergrund.

Im Verlauf des Abends fühle ich mich mehr und mehr Herrin meiner eigenen Fähigkeiten. Pans Worte, die in meinem Gedächtnis widerhallen, sind zu einem Leitfaden geworden, der mich durch die Flut an Emotionen und Energien um mich herum führt.

Als die Uhr Mitternacht schlägt, öffnen sich die Türen. Die Wiese vor dem Internat wurde in ein märchenhaftes Lichtermeer verwandelt. Überall sind Stände mit Essen und Getränken und in der Mitte steht eine riesige Bühne, auf der Marc auflegt.

Ich ziehe meine Schuhe aus und genieße das kühle Gras unter meinen Füßen.

Alle feiern ausgelassen. Die Stimmung ist fröhlich. Die Musik dröhnt aus den Lautsprechern und die Menschen bewegen sich rhythmisch dazu. Marc strahlt. Betty steht neben ihm und sie lachen gemeinsam. Linda, Anteros und Harmonie stehen in einer Ecke, quatschen und lachen. Eros scheint Flügel bekommen zu haben, er ist verschwunden.

Mir wird es auch zu viel und ich möchte allein sein.

Das Geräusch der Menge verblasst, während ich mich langsam von der Party entferne. Die Dunkelheit umhüllt mich allmählich. Keine Spur mehr von den Lichtern und Farben des Festes, kein lautes Lachen und Singen, keine mitreißende Musik mehr. Stattdessen kann ich das Rascheln der Blätter an den Bäumen und meine Schritte auf dem Gras hören. Jetzt kann ich stehenbleiben. Ich setze mich hin, der Rasen ist feucht, aber es stört mich nicht. Ich umarme meine Knie und betrachte den Sternenhimmel. Auf dieses Gemälde habe ich gewartet und nur hier, weit weg von der Stadt und den Lichtern des Festivals, kann ich es in aller Ruhe bewundern. Wie ein kostbares Meer an Diamanten funkeln sie in unterschiedlicher Intensität. Ununterbrochen seit Jahrhunderten.

Ich horche auf, als ich Schritte hinter mir höre.

„Wusstest du, dass für die antiken Griechen der Sternenhimmel wie ein Geschichtenbuch war?“ Eros nimmt hinter mir Platz und zieht mich in seine Arme.

Ich schmiege mich an seine Brust und lege meinen Kopf an. „Machst du etwa Ms. Atherton Konkurrenz?“

„Er symbolisierte die Verbindung zu ihren Göttern. Die Sternbilder und ihre Geschichten waren für die Menschen nicht nur irgendwelche Konstellationen am Himmel, sondern auch eine Möglichkeit, ihre Götter in der Natur und im Universum zu sehen. Sie betrachteten den Himmel als eine lebendige Erzählung ihrer Geschichte, als ein Geschichtenbuch, das sie in den Sternen lesen und interpretieren konnten. Dadurch konnten sie ihre Mythen und Legenden lebendig halten und sie von Generation zu Generation weitergeben.“

„Bis heute.“

„Genau, bis heute.“ Wir schauen beide in den Sternenhimmel.

„Bist du auch auf diesem universellen Bilderbuch abgebildet?“

„Und das fragst du?“

„War klar! Und wo ist der Gott der Liebe zu finden?“

„Schließ deine Augen.“ Er drückt mich fester an sich und haucht mir einen Kuss auf den Hinterkopf.

„Warum?“

„Tue es einfach. Geschlossen?“

„Ja.“ Ich vertraue ihm und folge seiner Anweisung.

„Warte kurz.“

„Was machst du?“

„Sei nicht ständig so ungeduldig! So, jetzt kannst du sie öffnen.“

„Was hast du gemacht?“

„Schau in den Himmel. Welche Konstellationen erkennst du?"

Ich blinzle und versuche, die Sterne zu fokussieren.
„Nicht viele."

„Streng dich ein wenig an, sei keine Spielverderberin." Sein Ton ist spielerisch.

„Okay, also ... ich erkenne Orion ..."

„Sehr gut."

„Eros, die ganze Welt erkennt Orion. Selbst wenn die
Wolken den Himmel wie eine Schafherde bedecken,
entdeckt man ihn."

„Ich frage mich seit Jahrhunderten, weshalb ihm im
Firmament so viel Platz und Licht geschenkt wird."

Ich kann ein Kichern nicht unterdrücken. „Ist da jemand neidisch?"

„Wenn du ihn kennen würdest, würdest du diese
Frage nicht stellen. Was erkennst du noch?" Seine kindische Begeisterung ist ansteckend.

„Kassiopeia."

„Super!"

„Und wo bist du?"

Er streckt den Arm aus und deutet in den Himmel.
„Folge meinem Finger. Siehst du die blasse Konstellation da drüben? Siehst du die fünf Sterne, die zusammen eine gekrümmte Form bilden? Wie ein fröhliches
Lächeln?"

„In der Nähe von Pegasus?"

„Hey, von wegen, du kennst nicht viele Sternbilder.
Ja, genau."

„Das ist doch der nördliche Fisch?"

„Ja, also, weißt du dann, wo sich der südliche befindet?"

„Ja, das lange Dreieck.“

„Und nun verbinde sie.“

Ich zeichne in Gedanken eine Linie von einem Stern zum anderen, bis die gesamte Konstellation vor meinem inneren Auge entsteht. „Das ist das Sternbild der Fische.“

„Richtig.“

„Und wo bist du?“

„Ich bin einer der Fische.“

„Wie bitte? Das wusste ich gar nicht! Und welche deiner Geliebten ist der andere Fisch?“

„Zu dem Zeitpunkt hatte ich keine Liebe, die es wert war, im Sternenhimmel verewigt zu werden.“

„Nicht einmal Psyche?“ Ich kann die Neugier nicht zurückhalten.

„Es war lange vor ihrer Zeit.“

„Und wer ist dann der andere Fisch?“

„Aphrodite“, flüstert er.

„Deine Mutter?“ Die Überraschung lässt mich zu ihm blicken.

„Meine Mutter.“ Er schaut mich nicht an.

„Also hat Ms. Atherton doch recht, wenn sie sagt, dass du ihr Lieblingssohn bist.“

„Eigentlich hatte ich mir den Verlauf dieser Sternenkunde anders vorgestellt.“ Sein Gesichtsausdruck wird ernst und ich frage mich, was er eigentlich vorhatte.

„Wie?“

„Never mind. Schließ bitte wieder deine Augen.“

„Schon wieder?“

„Bitte, Siela.“

„Kann ich sie wieder öffnen?“

„Ja.“

„Kannst du mir bitte sagen, warum ich die Augen schließen musste? Was hast du gemacht?"

„Im universellen Geschichtenbuch geblättert ..."

„Ist nun dort auch der Kleine Fuchs zu finden?"

„Was glaubst du?", flüstert er mir ins Ohr. Ein Prickeln wandert durch meinen ganzen Körper.

„Wir sollten langsam wieder zurückgehen, Eros", sage ich, frage mich aber im nächsten Moment, warum ich etwas behaupte, das ich nicht meine.

„Sollten wir das, Kleiner Fuchs?", flüstert er noch leiser. Eine sanfte Rauheit versteckt in seiner Stimme.

Ich verliere kurz die Orientierung, mein Herzschlag überschlägt sich. Eros' Nähe wieder spüren zu können, seinen Atem an meinem Ohr, das alles lässt meinen Kopf schwirren.

„Als du mir neulich in meinem Zimmer offenbart hast, dass du eins mit mir werden möchtest", spricht er weiter. „Fühlst du es weiterhin?"

Ob ich eins mit ihm werden möchte? Ja, das tue ich, mehr als je zuvor, trotz oder gerade wegen all der „Noch nicht, Kleiner Fuchs"-Momente, die uns hierhergeführt haben.

„Warum heute, Eros?"

„Weil heute die Sterne bereit sind, unsere Geschichte in ihrem Buch zu verewigen." Er küsst sanft meine Wange und mit einem Ruck sind wir auf den Beinen.

Mit beiden Händen nimmt er mir die Sicht. „Vertrau mir", sagt er. Die Blindheit bin ich mittlerweile gewöhnt.

Wir heben ab. Meine Füße verlassen den Boden und ein Gefühl der Leichtigkeit durchströmt mich. Eine sanfte Brise fährt durch meine Haare. Eros ist dicht hinter mir, sein Griff um mich fest. Die Reise dauert nur einen Atemzug und schon berühren unsere Füße wieder den Boden. Ich höre das sanfte Plätschern von Wasser in der Nähe und die nächtlichen Gespräche der U-hus. Eros' Hände lösen sich langsam von meinen Augen und als ich sie öffne, finde ich mich auf der vertrauten Lichtung meiner onirischen Welt wieder. Vor mir erstreckt sich ein See, den ich bisher noch nie wahrgenommen hatte. Der Mond spiegelt sich auf der ruhigen Wasseroberfläche wider und strahlt wie ein Scheinwerfer auf ein Boot, das am Ufer hin und her schaukelt.

Mit einer einladenden Geste nimmt Eros meine Hand und gemeinsam steigen wir ein. Es ist mit weichen Decken und kleinen, funkelnden Lichtern liebevoll geschmückt. Mit einem kräftigen Stoß setzt Eros das komfortable Wasserfahrzeug in Bewegung und navigiert es geschickt mit einigen gezielten Ruderschlägen vom Ufer weg. Als wir die Mitte des Sees erreichen, lässt er die Ruder sinken und wir machen es uns gemütlich, umhüllt von der zarten Beleuchtung. Das Boot gleitet nun sanft von allein im Wasser, im Takt unseres Atems.

Eros umfasst mit seinen Händen meine Kniekehlen. „Kleiner Fuchs, bist du sicher, dass …"

Anstelle einer Antwort ziehe ich ihn zu mir und küsse ihn. Erst sanft, dann eindringlich. Seine Reaktion lässt nicht lange auf sich warten. Er erwidert meinen Kuss leidenschaftlich und streicht mit seinen Händen liebevoll über meinen Körper. Die sanften Flügelschläge der Schmetterlinge in meinem Bauch mischen sich mit dem Wellengang, der in einer perfekten Symphonie wogt mit unseren Atemzügen wogt.

Die Enge des Bootes verschwindet und scheint uns den Raum zu geben, den wir brauchen. Wir legen uns beide hin. Ich spüre seine Hände unter meinem Kleid. Mit jeder Spur, die er mit seinen Fingern auf meiner Haut hinterlässt, bricht mein innerer Käfig in sich ein. Ich fühle mich frei, ohne Boden unter den Füßen. Seine Berührungen sind zart und fordernd zugleich. Es ist eine Explosion aus Sanftheit, Küssen, Hautkontakt, Liebkosungen, Knistern und beschleunigtem Herzschlag. Und dann werden wir eins. Unsere Seelen verschmelzen zu einer. Der Wellengang passt sich unseren Bewegungen an. Mit jeder Berührung, jedem Kuss vertiefen wir unsere Verbindung, als ob wir auf einer höheren Ebene kommunizieren würden. Ein stärkerer Wellenschlag schickt Wasser über den Rand des Bootes. Und nochmal und nochmal und nochmal. Dann kehrt Stille ein, durchbrochen nur von unserem gemeinsamen Atem und den ersten Regentropfen, die unangekündigt auf die Wasseroberfläche und unsere nackten Körper prasseln.

Mein erstes Mal. Ich, die ich mir geschworen hatte, mich nie derartigen Emotionen hinzugeben, habe mich dennoch auf sie eingelassen – und das mit dem Gott der Liebe höchstpersönlich. Fühle ich mich anders? Definitiv. Es ist, als sei ich endlich ich. Als hätte ich ein verlorenes Stück von mir wiederentdeckt. Der ständige Druck, meine wahren Gefühle zu unterdrücken und meine tiefsten Leidenschaften nicht auszuleben, ist verschwunden. So fühlt sich Freiheit an. Wenn dies die

Empfindung ist, welches meine Mutter mit Pan erlebt hat, fange ich an, sie zu verstehen …

„Sisi, seit Stunden schon starrst du aus dem Fenster. Ist alles gut?" Lindas Stimme bringt mich zurück ins Zimmer.

„Ja, ich habe nur ein wenig geträumt."

„Du kannst später weiterträumen, du hast gleich deine Aufführung. Bist du ready?"

„Ja, das bin ich. Es gibt noch eine Sache, die ich dir sagen wollte."

„Was denn?"

Es zerreißt mich innerlich, dass ich meiner besten Freundin mein wahres Wesen nicht verraten kann. Aber mein erstes Mal kann und möchte ich ihr nicht verheimlichen. Ich erzähle ihr von der Magie des gestrigen Abends.

„Ich sagte doch, Sisi, Eros ist die Liebe, die nicht nur deinen Körper, sondern auch deinen Geist und deine Seele erhoben hat!" Sie schließt mich lächelnd in eine feste Umarmung.

„Das ist er in der Tat."

„Jetzt lass uns auf das Wesentliche konzentrieren. Wie wird dieses Stück?"

„Herzbrecherisch gut!" Und ich bin von meiner Antwort felsenfest überzeugt. Nichts kann schiefgehen.

Der schwache Schein der Bühnenlichter fällt durch die dicken Vorhänge und ich kann bereits das Gemurmel der Zuschauer hören. Die Theateraufführung beginnt jeden Augenblick und mein Herz pocht laut in meiner Brust. Von den DeVines fehlte heute jede Spur, sie waren weder beim Frühstück noch beim Mittagessen da. Harmonie hat unser Zimmer bereits in den frühen Morgenstunden verlassen.

Hinter der Bühne gleicht es einem Bienenstock. Überall flitzen Schüler umher, proben ihre Zeilen, richten ihre Kostüme. Mrs. Dawson läuft von einer Ecke zur anderen und gibt hektisch letzte Anweisungen.

„Hast du deine Öllampe?", fragt sie mich.

„Ja, ja, alles hier", antwortete ich abwesend und suche nach Eros.

Ich finde ihn schließlich in einer abgedunkelten Ecke und mein Herz setzt einen Schlag aus. Sein Rahmen blitzt kurz auf: Er hängt schief! Meine Alarmglocken läuten.

„Eros?", frage ich vorsichtig. Als er nicht reagiert, rufe ich lauter: „Eros?"

„Hey", antwortet er schließlich mit einem Lächeln, das jedoch nicht seine Augen erreicht.

Das Unbehagen wächst in mir. „Was ist passiert?"

Mrs. Dawson tritt dazwischen und unterbricht uns in ihrer typisch energischen Art. „Eros, Siela, wir beginnen gleich! Ihr seid bereit, ja?"

„Selbstverständlich", antwortet Eros. „Komm, Siela, auf geht's, Hals- und Beinbruch!" Er ergreift fest meine Hand und ich kann eine Träne nicht unterdrücken. Vorhang auf!

„Dort liegt er, mein Geliebter, dessen Antlitz ich bisher nicht erblicken durfte. Ist er ein Monster oder ein Gott? Soll ich im Zweifel bleiben oder der Neugierde nachgeben? Was, wenn ich ihn tatsächlich verliere? Aber was, wenn er doch ein manipulatives Monster ist, wie meine Schwestern sagen, und er mich einlullen und zerstören möchte? Neugierde, du siegst. Oh, Gott, was dürfen meine Augen sehen? Ein ungeheuerlicher Anblick der Schönheit. Die Perfektion in ihrer reinsten Form. Flügel auf dem Rücken und Pfeile und Bogen an seiner Seite. Es ist ... ich kann es kaum glauben ... Amor, der Gott der Liebe." Ab hier folge ich nicht mehr dem Skript, sondern meinem Herzen. „Eros, Gott der Liebe, du hast die Liebe zu mir geführt. Zu mir, die ich nie lieben wollte. Dein Pfeil traf zunächst nicht mein Herz, sondern meinen Nacken. Du hast dein wahres Gesicht nicht gezeigt, nein. Du warst spielerisch und frech, arrogant und selbstverliebt. Du hast einen Platz in meinem Innersten gefunden und mir das Geschenk gemacht, von dem ich niemals zu träumen gewagt hätte: ‚Eine Liebe, die sowohl den Körper als auch den Geist und die Seele berührt.‘ Und jetzt, hier vor dir, spreche ich die Worte aus, von denen ich dachte, ich würde sie niemals aussprechen: Ich liebe dich, Eros."

Die Luft ist so geladen, dass man die Spannung fühlen kann. Würde eine Feder aus Eros' künstlichen Flügeln fallen, so würde ihr leises Aufprallen wie ein Donnerschlag klingen. Eine absolute Stille breitet sich im Saal aus.

Eros sieht mich mit weit aufgerissenen Augen an. Seine Stimme zittert leicht, als er antwortet. „Was soll ich sagen, meine Geliebte? Wir hätten alles haben können. Die Ewigkeit und die Unendlichkeit wären Nichts im Vergleich zu dem gewesen, was unsere Liebe und unsere Seelen vereint hätten erringen können. Wo blieb mein Wort? Nun ist alles zerstört. Nun ist alles vorbei. Nun ist das Band zwischen uns zerrissen. Lebe wohl, meine Geliebte!" Er dreht sich um und verlässt die Bühne. Er ist dem Skript ebenfalls nicht gefolgt ...

Wir konnten den dritten Akt nicht aufführen. Eros hat das Theater verlassen. Und die zwei für Harmonie und Anteros reservierten Sitze in der ersten Reihe sind leer. Trotzdem wurde die Vorstellung nicht zum Desaster. Dank Mrs. Dawsons schnellem Denken und Improvisationstalent erklärte sie dem Publikum, dass wir uns für ein avantgardistisches, offenes Ende entschieden hätten, das Raum für eigene Interpretationen und Fantasien lässt. Und die Zuschauer haben gejubelt.

Ich stehe völlig verstört hinter den Kulissen und versuche zu verstehen, was soeben passiert ist. Ein Papierflieger landet zunächst in meinem Nacken, dann auf dem Boden. Mein Herz rast, als er sich öffnet:

Game over, Kleiner Fuchs!

Dieser letzte Papierflieger, ohne Schmetterling, fühlt sich an, als hätte jemand mit einem Hammer auf den roten Zielpunkt einer Fensterscheibe im Zug geschlagen – ein Punkt, den man nicht treffen sollte, weil er das Glas zum Zerspringen bringt. Und genauso zerbricht gerade mein Herz in unzählige Stücke.

Die Schockwelle, die durch das Internat geht, ist deutlich zu spüren. Linda, Marc und selbst Betty sind genauso fassungslos wie ich. Das Gerücht breitete sich aus wie ein Lauffeuer: Die DeVines haben wegen familiärer Gründe abrupt das Internat verlassen.

Ich male mir die schlimmsten Szenarien aus. Doch ein Gedanke dominiert: Zeus hat von der Plasmawelt erfahren!

Ich habe den Theatersaal verlassen und sitze an der Alten Eiche, den Papierflieger – Eros' letztes Zeichen an mich – fest in meinen Händen, als ob er ein magisches Amulett wäre. Ich muss zu ihm. Was kann ich machen?

Plötzlich materialisiert sich mein Vater neben mir. „Hallo, Siela", begrüßt er mich.

„Sag, hat Zeus sie zurückgerufen?"

„Ja", antwortet er ohne Umschweife.

„Ich muss zu ihm, Pan!" Mein Entschluss steht fest.

„Das ist ein gefährlicher Weg, den du einschlagen willst", warnt er mich.

„Es ist mir egal, ich werde nicht zulassen, dass er stirbt. Und seine Geschwister auch nicht." Ich werde nicht lockerlassen, bis Pan nachgibt. Bisher bin ich immer plötzlich in die Welt der Götter hineinkatapultiert worden, weil Zeus und Metis es so wollten, den Weg dorthin kenne ich nicht. Pan schon.

„Siela, es schmerzt mich, es zu sagen, aber du bist ein Halbling", versucht er, mich aufzuhalten. „Er wird dir keinen Einlass gewähren, wenn er nicht will."

„Ich weiß, was ich bin. Aber in mir fließt auch göttliches Blut. Und sei dir sicher, ich werde den Olymp finden und hineinkommen, selbst wenn es mein ganzes Leben dauert. Aber es wäre einfacher, wenn du mir den Weg zeigen würdest", sage ich und fixiere ihn fest. „Bitte!"

Pan schaut mich lange an, in seinem Ausdruck ein Zwiespalt, den ich nicht deuten kann. „Du bist ganz deine Mutter, unbeirrbar und entschlossen." Dann seufzt er tief, als ob er eine schwere Entscheidung getroffen hat und fügt hinzu: „Siela, du stehst davor."

„Komme ich durch dich hindurch?" Ich frage mich, wie das klappen soll.

Er schüttelt den Kopf und macht eine vage Geste zu der Alten Eiche.

Ich starre ihn ungläubig an. „Sie ist das Tor? Das ist der Eingang zum Olymp?"

„Ja", bestätigt er. „Die Eiche ist ein Portal, das die Welt der Götter und die der Menschen verbindet. Ein verborgener Pfad, den nur wenige kennen und noch weniger beschreiten können."

Mein Herz schlägt schneller, als mir klar wird, was das bedeutet. All die Stunden, die ich im Schatten dieser Eiche verbracht habe, waren sie ein Vorbote meines Schicksals?

„Wusstest du das, als du dieses Internat für mich ausgesucht hast?", frage ich ihn.

„Ja." Pan schaut mich ernst an. „Ich habe es gewusst. Ich habe insgeheim gehofft, dass du eines Tages bereit sein würdest, diesen Schritt zu tun."

Ich schaue zur Alten Eiche hinüber, die jetzt in einem ganz neuen Licht erscheint – nicht nur ein stiller Zeuge meiner Einsamkeit, sondern ein Wegweiser zu meinem Erbe. Meine Verbindung zu diesem Baum war nie ein Zufall. Wie oft habe ich in ihrem Schatten gesessen und, ohne es zu wissen, am Eingang meiner Zukunft gestanden?

„Zeig mir, wie es funktioniert."

Er nickt, legt seine Hand an die raue Rinde und schließt die Augen. Ich tue es ihm gleich und spüre eine Welle warmer Energie, die durch die Eiche pulsiert.

„Fühle den Baum. Erkenne, dass er Teil deiner Geschichte ist, ein Teil deiner Seele", flüstert Pan. „Fühle die Verbindung zwischen deinem Herzen und diesem uralten Tor. Es wird sich für dich öffnen, weil es dein Recht ist."

Etwas Altes und Mächtiges erwacht. Als ich meine Lider öffne, stehe ich nicht länger nur neben einem Baum. Ich befinde mich auf der Lichtung meiner Träume. Ich verharre einen Augenblick und mein Atem stockt, als mich die Erkenntnis wie ein Blitz durchzuckt. Dieser Ort, wo sich in meinem Schlaf die Wege meiner Eltern unzählige Male trennten, ist der Vorort zum Olymp. Die Grenze zwischen dem Göttlichen und dem Menschlichen. Und ich bin ein Wesen zwischen den Welten.

Ich bin eine Halbgöttin und dies ist meine Eintrittskarte zum Olymp, selbst wenn ich nicht sicher bin, ob ich ihn jemals wieder lebend verlassen werde. Bis hierhin war Pan mein Begleiter. Ab jetzt muss ich allein weitergehen. Ich werde den Weg schon finden, hat mir Pan versichert. Ich vertraue ihm und mir. Weiter als zur Lichtung bin ich in meinen Träumen nie gelaufen.

Obwohl ich diesen Ort in- und auswendig kenne, ist es, als würde ich den grünen Boden das erste Mal betreten, als würde ich die zauberhafte Atmosphäre das erste Mal wahrnehmen. Die Sonnenstrahlen malen ein schillerndes Muster auf die Wiese. Keine einzige Wolke unterbricht das Blau des Himmels. Der Duft von frischem Moos und wilden Blumen liegt in der Luft und umhüllt mich wie eine sanfte Umarmung. Meine Eile hat sich verflüchtigt und ich fühle mich fast fremdgesteuert, als würde mich die Natur einladen innezuhalten und als wolle sie mir sagen: „Keine Sorge, Siela. Ich nehme dich an die Hand."

Ich laufe durch das feuchte Gras und lausche der Melodie der Insekten und Vögel. Ein Hauch von Mystik liegt in der Luft und jeder Schritt führt mich tiefer zu mir und meinen Gedanken.

Ein Reh huscht elegant durch das Unterholz und bringt mich zurück in die Gegenwart. Ich habe das Ende der Lichtung erreicht. Und wie Pan es mir versprochen hatte, kann ich mich nicht verirren. Ein schmaler Weg führt zum Ufer des Sees, der mir so vertraut ist. Der See meines ersten Males. Die Erinnerungen daran haben sich unwiderruflich in meinen Geist, meiner Seele und meinen Körper eingebrannt.

Die ruhige Wasseroberfläche und das Ufer locken mich mit einem Versprechen von Frieden, Ruhe und Gelassenheit. Ich betrachte mein Spiegelbild. *Fast vollständig geformter Opalrahmen, leuchtet intensiv. Und er verpufft. Wie immer.* Hier kann ich meinen eigenen Gedanken kurz freien Lauf lassen, bevor ich den Götterberg erreiche. Ich bin völlig fasziniert von dem sanften Plätschern der Wellen. Eine grünblaue Libelle huscht an mir vorbei. Ich schaue ihr nach, wie sie höher und höher fliegt. Mir stockt der Atem. Ein anthrazitfarbener Wolkenteppich schwebt über dem See. Von jetzt auf gleich ist es stockduster, der Wind beginnt zu peitschen und die Wellen des bis eben noch friedlichen Gewässers jagen in die Höhe. Schwere Regentropfen fallen auf meine Haut. Sie fühlen sich an wie Fäuste. Eine wilde Welle schlägt erneut gegen das Ufer und mir direkt ins Gesicht. Ich verliere das Gleichgewicht. Als hätten sich diese gnadenlosen Naturgewalten gegen mich verbündet, werde ich ins eisige Wasser geschleudert. Der Aufprall und die Kälte nehmen mir den Atem. Ich versuche, mich über Wasser zu halten, aber die Strömung zieht an meinen Beinen. Mein Herz rast vor Panik. Ich versuche verzweifelt, nach oben zu kommen und nach Luft zu schnappen. Es ist ein Kampf, den ich nicht gewinnen kann. Die Dunkelheit des Sees verschlingt mich ... Wie lange wird es wohl dauern, bis ich sterbe? Ich hoffe, es geht schnell. Es ist nicht, wie man es aus den Filmen kennt, keine Bilder der Vergangenheit begleiten mich, kein Licht, kein Engel. Nur die blanke Angst und der Wunsch, dass der Tod rasch eintritt. Mein Körper fühlt sich schwerer und schwerer an und ergibt sich dem Druck des Wassers. Ich höre auf zu denken.

Alles fühlt sich entfernt an, als würde ich von außerhalb auf eine Szene blicken, die ich nicht ganz greifen kann. Wasser, Dunkelheit und dann ... Licht. Eine Figur, die mit den Wellen kämpft, nach Luft schnappt, ertrinkt. Ich sehe mich.

Jemand betritt die Szene. Eine majestätische Gestalt, halb Mensch, halb Tier, tritt aus dem Schatten hervor und zieht die ertrinkende Figur, mich, aus dem Wasser.

Plötzlich packen mich starke Arme und ziehen mich nach oben. Ein Licht durchdringt die Dunkelheit. Ist es die Sonne oder spielt mein Geist mir einen Streich? Das Wesen ist mir vertraut oder doch nicht? Ich kenne es. Es ist Pan. Mein Vater. Er sieht anders aus, als er sich mir bisher gezeigt hat, aber ich weiß, dass er es ist. Warum ist er jetzt plötzlich hier?

Hastig atme ich die frische Luft ein. Meine Lungen brennen. Pan bringt mich fort. Wo befinde ich mich? In einem Wald? Einem Tempel? Die Bilder verschmelzen miteinander – Bäume, Säulen, Himmel, alles wirkt wie ein sich ständig veränderndes Gemälde. Ich kann nicht sagen, was real ist und was nicht. Vielleicht nichts davon. Ist dies alles nur ein Traum? Oder ein Albtraum?

„Mein Kind." Pan.

Mein Kopf liegt auf etwas Weichem – seinem Oberschenkel. Ich blinzle, versuche, die Konturen seiner Figur zu erkennen, aber alles ist verschwommen, als befände ich mich weiterhin in den Tiefen des Sees.

Ein weiterer Mann betritt die Szene, seine schwarzen Locken unverkennbar, sein Ausdruck voller Leid. Eros. Er sieht mich mit einer Mischung aus Verzweiflung und Hoffnung an, streckt seine Hände aus und berührt meine.

„Wo sind wir?", höre ich mich schwach fragen.

„Zwischen den Welten", antwortet er. „Bitte geh nicht, Kleiner Fuchs, bitte bleib bei mir!"

Bin ich gestorben? Ist dies der Tod?

Ich sehe mich, wie ich meine Augen schließe.

Ein Schrei der Verzweiflung bricht aus Eros' Seele hervor. Jetzt ist er es, der mich in seinem Schoß hält, seine Gottesflügel ausgebreitet wie die Skulptur des Canova.

Ich nehme noch ein fernes Flüstern wahr, eine Stimme, die mich zu einer anderen Welt ruft, dann umhüllt mich wieder die Dunkelheit.

Im Herzen des Olymps

Siela ist tot. Verzweiflung, unermesslicher Schmerz, ein unerträgliches Gefühl des Verlustes machen sich in mir breit. Der Gedanke, dass sie nicht mehr ist, durchdringt jede Faser meines Seins. Alles um mich herum fühlt sich plötzlich leer und sinnlos an.

Ich schaue in den endlosen Sternenhimmel, der jetzt dunkler erscheint. Selbst die neue Konstellation, die ich für sie erschaffen habe, scheint ihren Glanz verloren zu haben. Die Ironie, dass ich den Himmel für sie gestalten, sie aber nicht vor dem dunklen Wasser schützen konnte, zerreißt mir das Herz.

Die Worte meiner Mutter klingen in meinen Ohren: „Jetzt ist Schluss. Ein Halbling kommt nicht auf den Olymp. Beende diese Beziehung." Die Wut, die ich gegen sie und gegen meinen Großvater hege, lodert in mir wie ein unlöschbares Feuer. Alles wegen der verdammten göttlichen Ordnung und seiner Überzeugung, dass er das Recht hat, über das Schicksal jedes einzelnen zu bestimmen.

Ich knie nieder, meine Hände graben sich in den göttlichen Staub des Olymp, ich suche nach einem Zeichen, einem Funken Hoffnung, dass dies alles nur ein Albtraum ist. Aber die Stille um mich herum ist erdrückend, meine eigene Verzweiflung das einzige Geräusch in dieser sonst so lebhaften Welt.

Was ist ein Gott wert, wenn seine Macht nichts gegen den Tod ausrichten kann?

Ich stehe vor den Toren des Urteils, gleich werde ich hereingerufen. Mein Großvater hat von der Plasmawelt erfahren. Eine verzweifelte Sehnsucht nach meiner eigenen Vernichtung macht sich breit. So möge Zeus tun, was er für richtig hält. In mir ist bereits gestorben, was einst unsterblich schien: Nicht der Gott der Liebe, sondern Eros, der einfach nur Siela liebte.

***

Ein Leuchten dringt durch die dünne Haut meiner Lider und malt tanzende Muster auf meine Netzhaut. Meine Augen fühlen sich schwer an, als ich es aber endlich schaffe, sie zu öffnen, blendet mich ein grelles Weiß. Reflexartig schließe ich sie wieder. Wo bin ich? Meine letzte Erinnerung ist ein verzweifelter Eros, der mich anfleht, bei ihm zu bleiben. Ich bin demzufolge gestorben und befinde mich wortwörtlich im Licht. Oder?

Ich liege auf einer weichen Unterlage, fühle mich seltsam leicht. Beim zweiten Versuch, meine Augen zu öffnen, kneife ich sie gegen das Licht zusammen und lasse sie sich langsam an die Helligkeit gewöhnen.

Ich befinde mich in einem Raum ohne Wände und Decke. Er besteht nur aus Licht. Ist dies meine Ewigkeit? Bin ich im Himmel oder in der Hölle?

Aus dem Nichts ertönt plötzlich erneut die Stimme, die mich hierhergerufen hat. Sie ist kaum wahrnehmbar, weiterhin nur ein leises Flüstern. Woher kommt sie? Soll ich ihr folgen? Aber wie komme ich aus diesem endlosen Raum heraus? Lohnt es sich, mir die Mühe zu machen, mich aufzusetzen?

Als könne die Stimme meine Zweifel hören, wird sie lauter, eindringlicher und dennoch ist sie weiterhin unverständlich. Der Drang, ihr zu folgen, überkommt mich. Womöglich bekommt der Tod ein Gesicht. Ich stehe auf und eine Tür formt sich aus der weißen Wand vor mir. Ein Spalt steht offen und ich höre die Stimme, die lauter und energischer wird. Sie vermischt sich mit weiteren und weist mir den Weg. Mit leichten und federnden Schritten gehe ich auf sie zu. Das Licht verblasst allmählich und mit einem Mal befinde ich mich in einem kalten und steinernen Palast, der in Dunkelheit gehüllt ist. Mit Mühe kann ich die Tür ausfindig machen, hinter der die Diskussion zu hören ist.

„Du hast sie getötet!" Eros' Stimme ist voller Wut, Verzweiflung und Schmerz, als hätte er in tiefer Trauer geweint.

„Ich habe rein gar nichts getan, du elender kleiner Gott. Und selbst wenn ich es getan hätte, dir gegenüber müsste ich mich nicht rechtfertigen." Die Antwort kommt mit der Wucht eines Donnerschlages. „Aber ich sage dir, wer bald dem Tod entgegentreten wird. Du, Eros, und deine Geschwister. Ihr dachtet, ihr seid schlauer als Fallaxios? Ihr werdet bald erfahren, was es heißt, das gleiche Schicksal zu erleiden." Ihr habt es gewagt, mich zu täuschen!" Zeus' Verachtung ist spürbar und jedes Wort lässt mich selbst hinter der Tür erzittern.

Seine Macht ist unbestreitbar, seine Wut wie ein brodelnder Vulkan, bereit, auszubrechen und alles auf seinem Weg auszulöschen, selbst seine eigenen Enkelkinder.

„Vernichte mich! Mir tust du nur einen Gefallen!", sagt Eros mit einer Entschlossenheit, die mir weitaus mehr Angst macht als Zeus' Wut.

Und dann leiser, aber dennoch unmissverständlich, höre ich die Stimme, die mich bis hierhergeführt hat. Sie spricht deutlich meinen Namen. Und ich erkenne sie wieder. Es ist Metis.

„Nein!" Ohne zu zögern, möchte ich die schwere Holztür aufstoßen, doch ich bekomme sie nicht auf, sie ist entweder verschlossen oder ich bin zu schwach. Verzweiflung macht sich in mir breit. Ich muss Zeus aufhalten und hämmere gegen die Tür, aber sie hören mich offenbar nicht. Ein Geräusch hinter mir lässt mich aufschrecken. Eine Tür hat sich geöffnet. Vorsichtig gehe ich hindurch. Es ist ein weiterer weißer, lichtdurchfluteter Raum. Ich beginne zu glauben, dass ich mich doch in der Hölle befinde ...

Die Schritte, die ich höre, könnten ebenso gut aus dem Herzen der Erde kommen, so gewaltig und bebend sind sie. Ich drehe mich um und dort steht er, Zeus, in seiner ganzen Macht. Er sieht mich nicht. Ich werde erneut Zeugin einer Konfrontation zwischen Zeus und der Stimme von Metis in seinem Inneren.

„Metis! Du wagst es, mir Befehle zu erteilen?", bellt Zeus in einem Ton, der den Marmor erzittern lässt.

„Ich erteile keine Befehle", antwortet Metis, deren Stimme sowohl von überall als auch von tief in ihm zu kommen scheint. „Ich gebe nur freundliche Ratschläge, die du in deinem eigenen Interesse besser befolgen solltest."

„Was willst du?"

„Deine jüngsten Entscheidungen werden Unruhe in den Olymp bringen. Sie könnten zu genau dem führen, was du am meisten fürchtest. Dem Ende. Bist du sicher, dass du den Gott der Liebe vernichten willst?"

„Verdammte Okeanide, schweig!", schreit Zeus, doch seine Worte verhallen machtlos im Raum.

„Nein, Zeus. Ich schweige nicht. Du hörst mir jetzt genau zu. Die gesamte Götterschaft muss sich an deine Regeln halten, sich deiner Wut beugen. Du sprichst von Reinheit, Hierarchie und Machtverlust. Aber was ist mit der Liebe?"

Ich trete vor. „Genau, was ist mit der Liebe, Zeus?", wiederhole ich Metis' Frage.

Zeus' Miene gleicht einem Gewitter. „Du Halbling", spuckt er aus, als ob mein Titel ein Fluch wäre.

„Ich bin vielleicht ein Halbling", entgegne ich mit fester Stimme, „aber ich bin auch das Bindeglied – nicht nur zwischen Ihnen und Metis, sondern zwischen beiden Welten."

Metis' Lachen hallt in Zeus' Kopf wider. „Siehst du? Selbst ein Halbling versteht es besser als du. Wenn du jetzt den Gott der Liebe vernichtest und mit ihm seine Geschwister, dann hast du dein Ende, das du so sehr fürchtest."

Zeus zuckt zusammen, als wäre Metis' Stimme ein Dolchstoß. „Deine Worte sind giftig wie eh und je. Aber selbst Gift kann in kleinen Dosen heilsam sein. Ich werde darüber nachdenken."

„Das wäre klug von dir", sagt sie. „Und vergiss nicht, eine Göttin der Seele könnte uns guttun. Selbst eine Halbgöttin wäre von Nutzen."

„Ich werde keinen Halbling hier auf ...", beginnt er, doch hält abrupt inne.

„Schweig!", befiehlt Metis. „Sprich den Satz nicht aus! Sie wird Ruhe in deinen Kopf bringen und mir die Freiheit schenken."

„Ich werde sie sprechen lassen. Aber wenn ihre Worte mich nicht überzeugen, werde ich sie verdammen."

„Einverstanden", sagt Metis mit einem Unterton von Triumph.

Ich nicke ebenfalls, fest entschlossen, die Probe zu bestehen. „Einverstanden."

Zeus nickt langsam, ein gezwungenes Einverständnis in seiner Geste. „Dann sei es so. Siela, du wirst sprechen. Aber wähle deine Worte weise. Folge mir!"

Ich folge Zeus in eine imposante Halle ... voller Götter. Ihre Rahmen leuchten, als würde sich eine Schatzkiste öffnen. *Und sie verpuffen. Wie immer.*

„Kleiner Fuchs! Siela! Du lebst!", ruft Eros mir zu. Er will zu mir gelangen, wird aber von einem dröhnenden „Halt!" aufgehalten.

Ich schaue mich um. Es ist nicht die Halle meiner bisherigen Treffen mit Zeus. Dieser Saal ist von überwältigender Pracht. Der Vatikan erscheint dagegen wie ein bescheidenes Kämmerlein. Hohe Säulen aus weißem Marmor reihen sich aneinander, auf ihnen fein gearbeitete Reliefs, die Geschichten anderer Zeiten erzählen. Das Licht aus verborgener Quelle durchflutet den

Raum und taucht es in einen warmen, glühenden Schein.

In der Mitte, leicht erhöht, nimmt Zeus auf einem prächtigen Thron aus goldenen Strahlen Platz. Selbst im Sitzen strahlt er Macht und Dominanz aus. Sein Blick ruht auf mir. Mein eigener schweift über die Versammlung. Die anderen Götter sitzen auf Lichtthronen in einem Halbkreis um ihn herum, fast wie in einer antiken Arena. Ihre Position lässt keinen Zweifel daran, wer das Zentrum der Macht ist.

Ich schaue kurz aus einem der unzähligen Fenster, die den Saal flankieren. Der Ausblick ist atemberaubend, aber es sind nicht die Weite des Olymp oder die schwebenden Gärten, die meine Aufmerksamkeit fesseln. Es ist eine Eiche – ein Koloss, so erhaben, dass ihre Krone in den Wolken zu verschwinden scheint. Als hätte die Alte Eiche des *Loveland Elite Halls* ihren Weg hierher gefunden. Sie ist ihr vergrößertes Abbild. Ihre Äste sind mächtig, fast wie die Säulen um mich herum, aber voller Leben und mit Blättern, die mir sehr bekannt vorkommen. Sein erstes Lebenszeichen verfasste mein Vater Pan darauf.

Die Eiche strahlt eine Ruhe aus, die im krassen Gegensatz zur geladenen Atmosphäre im Saal steht. Sie ist ein stiller Wächter, der mir zeigt, dass ein Teil meiner Welt auch hier existiert.

Ich richte meine Aufmerksamkeit wieder auf die Versammlung und entdecke Anteros und Harmonie, die neben ihrer Mutter sitzen. Bei ihrem Anblick läuft mir ein kalter Schauer über den Körper. Weiter hinten erkenne ich Ms. Atherton. Sehe ich richtig? Sie schaut mich lächelnd an. Ist sie etwa ebenfalls …? Aber klar! Die Göttin Athena. Die anderen Götter sind mir fremd.

Eros steht vor Zeus, erstarrt, als sei er aus Stein. Er wollte zu mir kommen, das verrät seine Haltung. Das Wort seines Großvaters hat ihn jedoch gelähmt.

„Bin ich gestorben?", frage ich. Meine Stimme zittert leicht. Der Zweifel begleitet mich weiterhin.

„Leider nein", erwidert Aphrodite in einem Ton kalt wie eine sternenlose Nacht.

„Schweig, Aphrodite! Pass auf, denn bald könntest du am Abgrund der Vernichtung stehen. *Du* hast meinen Donnerkeil geklaut und das Gewitter verursacht", donnert Zeus zurück.

„Mutter! Du schon wieder?" Pures Entsetzen begleitet Eros' Worte, als er erfährt, dass seine Mutter mich wie einst Psyche töten wollte.

„Nicht jetzt, Eros. Ich spreche nun", unterbricht sein Großvater ihn. „Nun, Siela, du stehst im Zentrum des Olymp. Sage mir und den anderen, weshalb ich Eros und seine Geschwister nicht töten soll?"

Ich hole tief Luft, richte meine Aufmerksamkeit ausschließlich auf Zeus und spreche mit einer Klarheit und Entschlossenheit, die mich selbst überraschen: „Es gibt nur eine Antwort auf Ihre Frage, Zeus. Es ist die Liebe. Diese Antwort mag kitschig, banal und abgedroschen klingen, aber wenn Sie mal in meiner Haut gesteckt hätten, würden Sie verstehen, dass dem nicht so ist.

Meine Mutter war stets auf der Suche nach ihrer großen Liebe und Pan, mein Vater – siehe da, ein Gott – hat nie den Mut gehabt, zu seiner Tochter zu stehen. Sie prägten mein Bild der Liebe, das ein Bild der Enttäuschung, des Verrats und Schmerzes war. Ich habe mich stets von meinen Ängsten und Albträumen beherrschen lassen und habe alle meine Hoffnungen und Leidenschaften in meinen inneren Käfig gesperrt. Als Eros in mein Leben getreten ist, veränderte sich alles. Er kam nicht nur als ein Gott, sondern als jemand, der sich ehrlich um mein Wohl sorgte. Jedes Mal, wenn ich in seine Augen schaue, fühle ich eine Geborgenheit und ein Verständnis, die ich bisher nicht kannte. Er zeigte mir, was es bedeutet, von einem anderen geliebt zu werden – bedingungslos. Diese Gefühle haben mir geholfen, meine eigenen Barrieren niederzureißen.

Eros hatte den Schlüssel in der Hand, den ich längst verloren geglaubt hatte. Er hat mir nicht nur geholfen, die Tür zu meinem inneren Käfig zu öffnen, sondern auch, meine tiefsten Ängste zu überwinden – und das nicht nur, wenn er an meiner Seite war. Das Wichtigste, was er mir beigebracht hat, ist, mich selbst zu lieben und meine Dämonen alleine zu bekämpfen.

Diese beiden Arten von Liebe – die Liebe zu einem anderen und die Liebe zu mir selbst – haben mich stärker gemacht, als ich es mir je hätte vorstellen können.

Und wenn das nicht die wahre Kraft der Liebe ist, dann weiß ich auch nicht. Deshalb stehe ich hier im Herzen des Olymp und flehe Sie an, Zeus, den Gott der Liebe nicht zu vernichten!"

Kaum habe ich die Worte ausgesprochen, erscheint wie durch Zauberhand ein Spiegel vor mir. Er fängt mein Spiegelbild ein. Meine Haare sind getrocknet und meine wilden, roten Locken fallen um mein Gesicht. Das Abbild reflektiert nicht nur mein Äußeres, sondern auch meine Seele, meine Stärke und meine Selbstliebe und es ist ein Bild von atemberaubender Schönheit. *Opal, perfekt um meinen Kopf herum. Und er verpufft. Wie immer.*

Der Spiegel verschwindet und eine erhabene Stille senkt sich auf den Saal. Alle, selbst Zeus, schweigen. Nach einer gefühlten Ewigkeit ist er es, der das Schweigen bricht, indem er theatralisch in die Hände klatscht. Es ist mehr Drohung als Beifall. Ein sarkastisches Spektakel, das die Schwere des Moments nur verstärkt.

„Bewegende Ansprache, wirklich. Eine beachtliche Leistung für eine … Halbgöttin. Doch genügt es, um mich davon abzuhalten, den Gott der Liebe auszulöschen?"

Ein eisiger Schauer überkommt mich und ich finde keine Worte mehr. Es ist vorbei.

„Ja, Vater. Ja, sie sollte es." Athena tritt elegant vor. „Denn was Siela so leidenschaftlich darlegt, müsste dir das Offensichtlichste sagen: Ein Universum ohne Liebe bricht zusammen. Wünschst du dir das als Vermächtnis, Zeus? In den Annalen der Zeit werden viele Helden und Krieger genannt. Aber wahre Stärke liegt nicht im Kampf, sondern in der Erkenntnis, der Selbstakzeptanz und in der Liebe, nicht wahr, Vater? Und sag mir, wer wären wir ohne die Liebe?"

Zeus sieht benommen aus. Er scheint nach Worten zu suchen. „Siela, du hast mir heute gezeigt, dass wahre Macht nicht nur aus übernatürlichen Kräften oder himmlischem Zorn kommt, sondern aus der Tiefe des Herzens, aus einer unerschütterlichen Stärke der Seele und natürlich aus der Liebe. Ich werde gnädig sein und Eros und seine Geschwister am Leben lassen. Denn meine Tochter Athena hat recht: Wer wären wir ohne die Liebe? Selbst ich habe es einst getan, selbst ich habe einst geliebt." Der zweite Rahmen, der Zeus umgibt, verblasst, löst sich langsam auf, bis er komplett verschwindet. Metis ist frei. „Siela, du bist willkommen auf dem Olymp, nicht nur als Gast, sondern als jemand, dessen Platz hier wohlverdient ist. Und alle anderen hier anwesenden Götter, gewöhnt euch nicht an diese Gefühlsduselei. Ich bin nach wie vor der mächtigste Gott der Götter!"

Eros sprintet herüber zu mir und zieht mich in eine Umarmung, die nach Unendlichkeit schmeckt und sich wie Ewigkeit anfühlt.

DIE APOTHEOSE DER LIEBE

Ich werde niemals lieben, habe ich mal gesagt. Nun liebe ich – tiefer und stärker, als ich je zu träumen wagte.

Ich werde niemals Kinder haben wollen. Doch mit Eros an meiner Seite bekommt das Wort Familie eine ganz neue Bedeutung.

Ich werde niemals einen Gott verehren. Nun ja, was soll ich dazu sagen? Ich bin in einer Beziehung mit einem.

Ich werde niemals meinem Herzen folgen. Ich bin ihm gefolgt, habe die Lichtung meiner Albträume überquert und überwunden und bin direkt im Olymp gelandet.

Es ist unmöglich, zwischen zwei Welten zu leben. Doch ich tue es.

Es war die Angst vor dem Unbekannten und die Wachsamkeit meines verletzten Herzens, die mich zu diesen steinernen Überzeugungen gebracht hatten. Doch mit jedem Tag lerne ich, flexibler zu sein und vorschnellen Urteilen keinen Raum zu geben, gestärkt durch meine Leidenschaft, meinen Mut und die Macht der Liebe.

Denn die Macht der Liebe ist unaufhaltsam. Man kann sie nicht zähmen, man kann sie nicht in einen Käfig sperren, man kann sie nur leben. Seit ich den Olymp betreten habe, hat sich mein Leben verändert, auf eine Art und Weise, die ich nie für möglich gehalten hätte.

Ich habe die Abschlussprüfungen nicht nur bestanden, sondern mit Bravour gemeistert. Ein Funke von Eros' göttlicher Unterstützung? Gut möglich. Oder es war mein neugeborener Glaube an mich selbst.

Alle drei Universitäten, für die ich mich beworben hatte, haben mir ihre Türen geöffnet. Nun studiere ich Psychologie. Das Studium wird mir helfen, meine Gabe zu leben und meinen eigenen Rahmen zu festigen. Später werde ich anderen Menschen helfen, ihre Seelenschimmer zu erkennen und ihre inneren Grenzen zu überwinden.

Die Götter des Olymp respektieren mich, nicht nur wegen meiner Verbindung zu Eros, sondern auch wegen eben meiner Fähigkeiten. Zeus hat mir angeboten, mich zur Göttin der Seele zu ernennen. Das würde bedeuten, meine Sterblichkeit und mein Leben hier auf Erden aufzugeben. Ich habe noch nicht zugesagt. Meine Beziehung zu Aphrodite bleibt kompliziert, fast als sei ich in Psyches Fußstapfen getreten. Selbst Eros hat Schwierigkeiten mit seiner Mutter. Es fällt ihm schwer, ihr zu verzeihen.

Die Verbindung zu meiner Mutter hingegen baut sich langsam auf. Als ich mich auf der Lichtung meinen Ängsten und Traumata gestellt habe, wurde mir klar, dass dies ein notwendiger Schritt in Richtung Heilung sein würde. Den Zettel mit ihrer Telefonnummer habe ich aufbewahrt und mich bei ihr gemeldet. Es gibt viel

Misstrauen, das überwunden werden muss. Die Zeit wird zeigen, in welche Richtung sich diese Beziehung entwickeln wird. Und Pan? Mein Vater hat mir gezeigt, wie ich meine Gabe beherrschen kann, und hat mich aus jenem See gerettet, das hat Eros mir bestätigt. Aber die Freiheit ist ihm weiterhin wichtiger. Seitdem habe ich ihn nicht mehr gesehen. Ich kann aber heute sagen, dass ich ihm dankbar bin, dass er mir das Leben geschenkt hat, zweimal.

Linda, Marc und ich sind jetzt über verschiedene Städte des Landes verteilt. Trotz der Entfernung haben wir uns fest vorgenommen, uns mindestens zweimal im Jahr persönlich zu treffen, auch wenn unser erstes geplantes Treffen bereits verschoben werden musste. Doch unsere täglichen Nachrichten halten die Verbindung lebendig. Marc hat es, wenig überraschend, an die *Juilliard School of Music* geschafft.

Ich gehe meine Granny regelmäßig am Grab besuchen.

Meine Beziehung zu Eros ist weiterhin einzigartig. Wir pendeln zwischen Erde und Olymp, verliebt und verbunden durch ein Band, das stärker ist als Zeit und Raum. Es ist nicht immer einfach, wenn die Sterblichkeit auf die Ewigkeit trifft, aber unsere Liebe überbrückt diese Unterschiede.

Eros lehrt mich die Wege des Olymp und die unendlichen Möglichkeiten einer Halbgöttin, während ich ihm die Schönheit des Lebens und die Risiken der Endlichkeit auf Erden zeige.

Meine Gedanken könnten noch in tausende Richtungen rasen, aber ich zwinge sie zur Ruhe und richte meinen Blick auf den ruhigen See unseres ersten Males, in dessen Tiefe ich beinahe ertrunken wäre. Ein bekannter Schmerz am Nacken lässt mich zusammenzucken. Zu lange ist es her seit dem letzten Mal. Ich schaue über meine Schulter und finde einen Papierflieger aus wertvollem Papyrus auf dem Boden. Ich hebe ihn auf und er entfaltet sich in meinen Händen:

The game is on forever, Kleiner Fuchs!

Darunter eine feine Zeichnung des Schmetterlings, dem ich meinen Spitznamen zu verdanken habe. Als ich aufschaue, strahlt mich das grün-braune Funkeln seiner Augen an.

***

In den unzähligen Äonen meiner Existenz habe ich die Macht der Liebe in all ihren Facetten erfahren, doch nie hat sie mich so tief berührt, so vollständig verwandelt wie in dem Moment, als Siela in mein Leben trat.

Siela hat mir, dem Gott der Liebe, gezeigt, dass Liebe nicht durch göttliche Macht oder sterbliche Begrenzungen definiert wird, sondern durch die Bereitschaft, füreinander Opfer zu bringen und Vergebung zu gewähren. Sie lehrt uns, Brücken über die Abgründe unserer Unterschiede zu bauen. Liebe lässt sich nicht zähmen, sie fließt wie ein wilder Fluss, der sich unbeirrt seinen Weg durch die Landschaften unserer Seelen bahnt, stets bereit, zu vergeben, zu heilen und zu vereinen.

Die Herausforderungen, die wir gemeinsam gemeistert haben, die Stürme, die wir überstanden, und die Versöhnungen, die uns stärker zusammengeschweißt haben, all dies sind Zeugnisse der unaufhaltsamen Kraft unserer Liebe.

Sie hat die Wut meines Großvaters Zeus herausgefordert, die Götter des Olymp beeindruckt und mich dazu gebracht, über die Grenzen meiner eigenen göttlichen Natur hinauszublicken.

Unsere Geschichte ist ein Zeugnis dafür, dass Liebe die Zeit überdauert, dass sie die Dunkelheit erhellt und Welten verbindet.

Und während ich in die Sterne und auf die Konstellation des Kleinen Fuchses blicke, frage ich mich: Was ist erhabener als ein Himmel, der unzählige Stürme überstanden hat?

ENDE

DANKSAGUNG

Wer mich kennt, weiß, wie wichtig mir Dankbarkeit ist. Mein tiefster Dank geht an:

Meine Testleser:innen Jessy, Luise, Ga, Nicole, Karin und den beiden Sabrinas. Ohne eure Adleraugen und euer ehrliches Feedback, wäre dieses Werk nicht das, was es heute ist.

Meine big famiglia – ihr seid mein Fels in der Brandung. Grazie.

Markus, für deine Liebe, Geduld und Unterstützung. In jedem Moment.

Das Team von dp, insbesondere Carina und Sandra. Für eure Geduld, eure wertvollen Tipps und dass ihr mir die Chance gegeben habt, mein Debütroman zu veröffentlichen.

Und last but not least Alisha, meine Agentin. Für dein Vertrauen, deinen unermüdlichen Einsatz und deinen Glauben an mich und meine Geschichten.